悄然30年

林建华 著

人民东方出版传媒
東方出版社

图书在版编目（CIP）数据

悄然30年/林建华著.—北京:东方出版社,2017.4
ISBN 978-7-5060-5559-8

Ⅰ.①悄…　Ⅱ.①林…　Ⅲ.①散文集—中国—当代　Ⅳ.①I267

中国版本图书馆CIP数据核字（2017）第092814号

悄然30年
（QIAORAN 30 NIAN）

作　　者：林建华
策 划 人：曹志杰
责任编辑：辛春来　曹志杰
插　　图：赵可慧
出　　版：东方出版社
发　　行：人民东方出版传媒有限公司
地　　址：北京市东城区东四十条113号
邮　　编：100007
印　　刷：三河市腾飞印务有限公司
版　　次：2017年6月第1版
印　　次：2019年5月第3次印刷
开　　本：880毫米×1230毫米　1/32
印　　张：9.75
字　　数：210千字
书　　号：ISBN 978-7-5060-5559-8
定　　价：36.00元

和善

独立

冷静

向上

序　一

虽然之前也多少写过一些东西，但是给人写序还是第一回，尤其这个人还是自己的父亲。都说男生跟母亲更为亲近，我也不例外。上大学时保持着跟母亲每天一个电话的频率，但是主动给父亲打电话的次数却屈指可数，一般都是借着跟母亲打电话的机会和父亲聊上一两句话。就连父亲的微信也是在我出国读研的前一天为了联系方便才加上的，在此之前我跟父亲的联络更像是证明手机短信这个功能尚未被淘汰。对我来说，父亲其实可以算得上是一个最熟悉的“陌生人”。

还记得我年纪很小的时候，有一次和父母逛街，莫名其妙地相中了一款毛绒玩具，商铺的小贩大概是从我的表现中看出了我执意要买的念头，一点儿还价的余地都不肯留。当时年幼的我还不懂得那么多，反正一心只想着要把那个毛绒玩具带回家。母亲在家里一般都是扮演“唱白脸”的角色，所以免不了给我讲了一通大道理，具体的也记不十分清楚，反正总之我明白自己和那件玩具终究有缘无分。但就在已经准备离开的时候，父亲却掏钱买下来了。这件毛绒玩具至今仍被我放在家里，虽然早已过了喜爱它的年纪，但是总觉得它对于我是一个特殊的存在，所以即使搬过好几次家，也不曾将它丢弃。

在我看来，买玩具这件事情父亲倒应该也不是乱花钱，只是觉得我已经得到应有的教育，还是可以适当满足一下不算太过分的愿望。相较于一般家庭的严父慈母的教育模式，我们家某种程度上可能是反了过来，母亲虽然称不上严厉，倒也是一般扮演讲道理“做恶人”的角色，而父亲则在更多的时候是给甜枣的那个人，不太过分的要求都尽量满足。大概是和父亲不似同母亲般那样无话不说，父亲总是用这种方式默默表达他对儿子的疼爱。

所以之于我，这本书是个很好的契机让我去了解父亲。父亲在书中所记录的点点滴滴，有些曾讲给我听，有些虽然没有告诉过我但我也是知道的，但更多的则是在书中才头一次获悉，可以说这本书让我认识了一个更加立体的父亲。书中记录了父亲的点点滴滴，但如果非要我用一个词形容父亲的话，我觉得父亲是一个有恒心的人，尤其是在跑步这件事情上。

其实对于跑步这件事我还是有一点儿发言权的，作为一个曾经靠跑步减掉超过30斤的“过来人”，我深知跑步是一件会上瘾的事儿。当然想要达到上瘾的地步，让它成为一种深入骨髓的习惯，如果一天不跑步就仿佛缺少了什么的话，必定需要长年累月的积累。中学的体育课要测验1000米跑，那时候我每次从做准备活动的地方走到起点都有一种“风萧萧兮易水寒，壮士一去兮不复还”的悲壮感，总觉得400米操场两圈半的路程是如此漫长。这种感觉一直延续到大二，机缘巧合下开启了自己的跑步生涯，从第一次和同学跑完2公里之后走两步开始抽筋，到后来可以轻松地跑完10公里，我深知这其中的不容易。当时20岁左右的我是精力最为充沛的时候，在刚开始跑步的那段时间里总是浑身不得劲，而父亲开始跑步时已步入中年，就算达到和我相同的程度付出的努力都定要比我多出不少，更何况父亲无论是从跑步的距离抑或是坚持跑步的年限都更远超过我，没有一颗恒心是万万做不到的。

我养成跑步的习惯是在大学，大学生活之于我还算比较轻松，每天例行的夜跑从最初的减肥到后来的健体再到之后成了生活中不可缺少的调味剂。然而当毕业后的第二年我参加工作，每天朝九晚五地工作上一天，却总是借口自己太累不想动弹，将原本在学校每天日常的锻炼变成了许久不触碰一次的奢侈品。虽然通过其他方面的控制，体重倒也没有反弹，却再也没有大学时每天坚持跑步的动力。有时候也试过像父亲一样早起一段时间晨跑完再去工作，但却总是被想多睡一会儿的心理战胜。每当这个时候我便不由得打心底里佩服父亲数年如一日的坚持，父亲要处理的事情更多，身上的压力更大，却依旧可以坚持每日锻炼，甚至出差在外也不例外。每天早上父亲都会在微信群中晒出自己当天的战果。每次当我跟同学分享父亲早上又跑了十几二十公里，或者前两天又完赛了一个全程马拉松，在同学的惊叹声中我都由衷觉得自豪，对父亲也不由得更生几分敬意。

初次读完父亲的这部书是在寒假去纽约的飞机上。虽然大学时就已经在外省求学，但是毕竟都在国内，有时任性了也可以偷偷坐上高铁溜回家待上几日。所以到目前为止独自在外生活超过半年可以算得上离家最久的一次。但跟父亲从四川只身一人到北京闯荡江湖，再到人至中年事业重新异地起步相比，不论是大学还是现在，我的身上都不曾背负过父亲那么大的重担与压力。虽不是大富大贵，但是至少衣食无忧，我有什么兴趣爱好倒也不会因为太过“囊中羞涩”而难以培养。与父辈相比，迄今为止的人生基本算得上一帆风顺。但我深知这一切都是靠父辈的双手打拼出来的，所以始终抱有一份感恩的心。我不知道未来的我会怎样，唯愿将来我的子女说起我的时候，至少也能有同样的评价。

父亲动笔写这本书的时候是大学毕业30年，而我现在满打满算也才刚刚步入人生的第二个本命年，还不及父亲踏入社会的时间长。还记得第一个本命年的时候，12岁的我总觉得自己已经长大了，有什么重的东西总是抢着帮父母拎，生怕别人不知道我有那么大的能量。当时的我对24岁有着各种遐想，觉得下一个本命年简直遥不可及，要把整个当时的人生长度再来一遍，到那时自己一定会变得无所不能。而当我真的来到第二个本命年，却发现自己还有很长的路需要走，每当我回看一段时间前自己的想法、文字，总觉得不成熟甚至有几分幼稚。对于即将24岁的我，成长更像是不断地自我肯定与否定，不断地从先前的人生中总结经验教训。大概这就是所谓的“前事不忘，后事之师”吧。所以在我看来，父亲的这本书是回忆录，也是对自己过去30年的一份总结报告。

期待父亲下一个，再下一个十年，每一个十年的一份份的人生总结。

我会是最忠实的读者。

序　二

本书作者一直被我尊称为师，不止是因他的博学多才，善于读书，善于学习，更是源自于他那种不断总结、不断反思，以及执着于自己的一份追求的精神！

拿到这份手稿，我还是很激动的：能够第一时间阅读到手稿，拥有这份信任是很幸运的事情。带着一份期待与好奇，我迫不及待地翻看起来，细细品读着师长的文字，深深感受到：师长这30年的经历，同时也代表了一个时代！

师长用愉快的文字，记录了在那遥远的年少时代，是如何通过努力、一步一步踏踏实实达成自己的第一个梦想——考上大学的。随后，师长将真实放在第一位：真实地描写了大学的生活及毕业如愿来到北京工作；真实地再现了改革开放初期年轻人的梦想，真实地展现了自己下海与独立创业的过程；真实地写下了在大型央企的工作状况。这种种丰富的经历，对于目前很多年轻人都是一种激励与启迪：努力，才会改变一切；不努力，连原地踏步都无法实现！现在的年轻人有太多浮躁、太多好高骛远、太多欲望！所以，我认为这是一本真正让人励志的书籍：书稿讲述了作者在事业当中如何通过自己一步一步摸索，一步一步不断学习来不停地提高自己，这正是年轻人所缺少的！

同时，我们也通过一些篇章、插曲能够感受到师长的感恩、感怀与知恩图报！例如师长对老师深情地表达他内心的那份细腻，让我作为读者很是感动泪涌！这种感恩的情感，这种知恩图报的观念，对我们现在很多年轻人抱有的一种理所当然的思维理念也是一种提升！任何的一种情感与帮助绝对没有理所当然！人都该学会感恩！

这本书从努力奋斗到做人哲学都给当下很多年轻人一种启示！读罢手稿，我对师长油然多了一种敬意：这样肯于总结自己、剖析自己来让更多成长中的年轻人获益的长者，很少了！这也是值得我们推崇的！

真心希望大家阅后能深切体会！

比格品牌创始人　马继芳

2017年5月18日

目　录

上　部　悄然30年

下　部　得与失30悟

悄然 30 年

上　部

第一篇

鲤鱼跳龙门

一个农村的孩子，在20世纪80年代，尤其还是在贫穷的偏远农村，在上学之前可能连村庄都没有离开过的孩子，离开农村就像上天一样困难。当初的穷和苦以为全世界都一样，因为我不知道什么是世界也更不知道什么是全世界。

六七十年代的农村家家户户都有好几个孩子，能够上小学还能上初中最后上高中的少之又少，所以时至今日我基本上联系不上太多的小学同学和初中同学，因为他们大多数已经外出在全国各地打工多年。当我有机会回到村子时，他们大多数还在外面为生存而打工。我真是非常幸运地完成了“鲤鱼跳龙门”。

第一章

努力重要　运气一样重要

记忆中的 1983 年 5 月到 6 月，我在四川省广安县所辖的农村中学恒升中学进行高考前的最后冲刺学习阶段。广安县是中国改革开放总设计师邓小平同志的出生地（现在已经更名为广安市广安区）。

恒升区（当时还不叫镇）当时管辖好几个乡，是广安县相对比较偏僻的一个区，而且相当贫穷。当地大多数农民在 20 世纪 80 年代初期刚刚解决温饱问题，能够吃饱饭。而在 70 年代，他们还需要国家救济，每家每户在生产队挣工分。当初是集体生产，交够国家公粮外，基本很难再能有一年的口粮。那时乡与乡没有公路，更别提村与村之间了。我是在 1981 年 9 月被录取到广安县花桥区花桥中学读高中的。在读了半年高中后因为家庭原因，我申请转学到了恒升中学。当初还因为我的考试成绩名列前茅，花桥中学一直不愿批准我的转学，后来通过人找了关系才转到了恒升中学。由于在花桥中学就读的时间只有半年时间，所以教过我的老师大多数不太记得了，同班同学有联系的现在也只有一位了。因为当初通讯往来只有靠书信。

四川省在 80 年代初期不是所有的高中生都有资格进入高

考考场的，苦读了两年或者三年的同学们可能连高考考场都进入不了，对于基本都来自农村的同学们不能不说是非常残酷的，因为当时的我们想离开农村，大概高考是唯一的一条路，或许还可以去当兵。否则我就会随着打工大军——农民工一道，到祖国各地去寻求儿时的梦想，挣钱娶媳妇。

我们当初的乡下中学高中只读两年，我的综合成绩当时大概只是在我们班上中等或者偏上一点，我就读的班是我们年级的快班（也叫尖子班），现在大城市的中学叫实验班。在恒升中学读了一年半高中后，我和所有应届毕业生以及往届复读生一起，应该是在 1983 年 4 月底或者 5 月初都满怀信心而又纠结地踏入高考的预选考场。其实我们大多数同学心里非常明白，进入预选考场可能意味着高中生活的彻底结束，回到农村或者外出打工，加入农民工的队伍。每个同学心里的紧张程度可想而知，承受的压力很可能都超出了自己的心理素质。可以说这是决胜跳过龙门的关键的一步，也可以说，在某种意义上，压力已经超过真正的高考考场了。在当时高考预选通过率在 25%～30%，意味着至少 70%的考生无法进入 7 月的高考正式考场了。苦读 10 年最后连高考正式考场都无法进入，对于一心要跳过龙门的农村考生本人和家庭的打击可想而知。

不知道我当初是因为不懂事还是没长大或者说心理素质好，进入高考预选考场时，我平平常常地三天考完了。我收拾好行李回到了离学校 10 公里的家，和小伙伴一起游荡或者帮助家里收麦子和插秧，在游荡中等待高考预考成绩的公布。

80 年代初期农村还比较迷信，人们希望通过算命来改变自己的命运。在高考预考成绩公布前，我母亲还曾找一位与我年龄相仿的盲人算命先生给我算命，说我预选会通过。与那位算命先生至今三十多年没有见面了，一是我毕业后被分配到了北京工作，回老家的时间很少，而且偶尔回去时间也很短，一般也就过年的那几天。不过我还依稀记得他的模样：身高在一米六七左右，体重感觉在 120 斤左右，经常穿着一件比较旧的蓝色上衣。在我的老家，农村 80 年代初期能够穿上蓝色新衣服的就算家庭条件不错的了。很可惜他与我虽是一个乡的同龄人，在我的印象里他好像小学都没毕业，或者至少没上初中吧。也许上天是公平的，他每次赶集的时候都会借着拐棍独自或者与他人一起在街上一个相对固定的位置坐定，等待希望改变命运的客人的光顾。一些朴实憨厚的农民可能把自己卖鸡蛋或者卖粮食的钱拿出几毛，递到他的手中，期望能够为自己或者孩子们算出一个好的命运。因此他生意还不错，估计应该比 80 年代外出打工的农民收入要高吧。

我的母亲可能出于对她唯一的儿子我的命运的期望和关心吧，我还有两个姐姐和一个妹妹，农村或多或少都有重男轻女的思想，所以我的母亲经常找一些算命的先生，包括这位与我年龄相仿的先生给我算命。

我母亲出生在重庆城里面，在日本人对重庆大轰炸的日子里，我母亲与她的两个姐姐和一个妹妹失去了她们自己的家。她们的父母离开了人世，为了生存她们分别被不同的人家收养，所以她们的姓后来都不一样。我母亲当时被在重庆做生意的广安人家收养，最后跟随收养的一家人到了广安农村。可能因为这些吧，母亲希望我早日跳出农村。其中算命好像便是预知未来的方法。

每次所谓的算命都要报上自己的出生年月日和具体出生时间，也就是书上说的生辰八字。其实到今天我也不知道自己出生的具体时间，因为那个时候我的家里面根本没有可以用来计时的钟表，所以我母亲都是根据经验来判断我出生在戌时。因为我出生在农历的正月，我母亲说关门为戌，我恰恰出生在天黑关门之后。

说句实话，我虽然出生并长在农村，但其实除了读书并没有干过什么农活，所以小的时候长得还算白白净净。从小村里的人就说“这个娃儿今后要吃国家饭”，也就是当时大家说的当国家干部。当时我虽然小不太懂什么是国家干部，但起码知道是吃供应粮的，所以从小心里就有那么个期盼的未来，好像知道自己今后不会在农村一辈子。当时我去过我们最大的城市龙台寺（也就是我们赶集的乡镇），名字叫龙台寺其实就是比较有历史的一条老街。到了赶集的日子，十里八乡的农民把自家种的蔬菜或粮食，以及自家鸡下的鸡蛋拿到龙台寺去交换，换回些家里需要的柴米油盐或者买上一些日常用品。我和大人们或者小伙伴们很多时候穿着一双布鞋或光着脚丫走在乡间的羊肠小道，走三公里路去到龙台寺，就是希望大人们能给我们买几颗糖或者带糖的吃的或者喝的，如饼干或者糖水。赶集，就好似我未来的第一个台阶。

或许真的是我的生辰八字比较好，少时每次算命，人家都说我这个娃儿在 17 岁时就会吃国家饭。巧合的是，1983 年 5 月参加高考预考的时候，我刚刚过 17 岁生日不久。大概是被说的多了，所以当高考预选考试完回到村里的时候，我自己并没有太多的担心。当大家，包括母亲、村里的大姑一家和其他村民问我有没有把握通过预考关时，我虽然口头说不知道，但心里还是希望能借算命先生所言，顺利通过。

等待的日子总是让人煎熬，虽然没有十足的把握，但没最后的消息时心里还是毛焦火辣的。那时，农村还没电灯，夏天时蚊子苍蝇又很多，我也只能天天晚上看着满天的星星在等待中期待着。

在预考后不久，大约两礼拜，我得到一个好消息：我顺利通过高考预考。可惜的是，与我同村的几位高中生没有通过预考，等待他们的只能是复读或者加入外出打工的农民工大军。

第二章

考场不相信眼泪

1983 年 5 月下旬，我们恒升中学通过高考预选的理科生集中在一个班上集中复习，准备再战 40 多天参加每年 7 月 7、8、9 日三天的正式高考。在集中学习的日子里，学校抽调了全校各科最优秀的老师组成一支坚强有力的师资队伍，以确保能让我们更多的学生顺利通过高考。我们的中学虽然很偏僻，而且基本都是农村生源，但当时考上大学的人数比例在四川省名列前茅，所以我们这一届受前几届的鼓舞也个个志在必得。愿望是好的，但最终结果是：我们考上大学本科的还是屈指可数，我再一次非常幸运地成为屈指可数之一。

说实话，在高考集中学习的日子里，我每天脑子都在嗡嗡作响，有几天都有头痛欲裂的感觉，我自己偷偷地在镇上药店买了几瓶补脑液喝了，不知道是真管用还是心理作用最后头居然不疼了。

当时，绝大多数同学都住在学校的集体宿舍。我因为家庭原因没有住在学校，而是住在了离学校几百米的粮站。当同学们晚饭后在教室里集中复习的时候，我并没在其中，所以后来毕业后我与原来的同学和预选后集中在一起的同学来往很少，以致毕业多年后很多同学的名字都不记得了，尤其是女同学到现在一个名字都不记得了。现在由于通讯信息发达了，她们通过各种渠道联系上我时，在报出名字后我依然不记得，真是惭愧。现在除了与当年或者后来通过复读考上大学的同学有些联系外，其他同学鲜有联系。

集中学习就是每天考试两门课或者三门课，如物理、化学，轮到第二次上课时就讲解卷子。我真是福星高照啊，我是考试一次进步一次：在高考预选的成绩中，我大概是以最后几名的成绩过了预选的门槛的，没想到在 6 月接近高考前我的考试成绩一次高过一次，已经名次很靠前了，到最后我自己都感到非常骄傲了。这也让我对于天天考试感到有些厌倦了。有一次，我的班主任李老师（也就是我们的化学老师，是我们中学化学讲得最好的老师）在讲解化学试卷时，我小声说："天天考试天天讲解有啥子意思嘛？"没有想到，被李老师听到了。当时，李老师火冒三丈当着全班同学的面狠狠教训了我，并且说："若你要能考上大学，我用手掌煎鸡蛋给你吃！""手掌煎鸡蛋"，大家知道是不可能的，这意思就是说我考不上大学。我当时没有反驳，也没有资格反驳，因为比我成绩好的同学都在认认真真地听啊。说实话，到今天为止我一直感谢李老师，并且一直认为李老师是用一种极端的方式鼓励我、鞭策我、教育我。事实证明，我接受了这种鼓励，也让我自己成功地迎接了高考的挑战：那以后的 20 多天里，我都是复习到后半夜两点，早上五六点便起床看书。

1983 年 7 月 5 日，我和同学们到达县城准备参加高考。我非常清楚地记得，我母亲给了我 7 块钱让我到县城参加高考。在 1983 年，对普通人家而言，7 块钱可不是一笔小钱啊，但大多数参加高考的同学家里面都为他们准备了10块钱或者更多一点儿：高考对于我和我的同学的意义，每个人心里十分清楚，所以各自的家庭无论如何也要筹齐这笔参加高考的巨款啊，哪怕到处借也不能因为钱而耽误高考。

为了节约路费，母亲帮我找了一辆运输粮食到县城的货车。我搭着这辆货车经过好几个小时的颠簸，在天快黑时到了县城；其他同学坐农村长途公共汽车也到达了县城，并且住在了县城的招待所。尽管县城离老家只有不到50公里，但在当时交通非常不方便，50公里的山路弯弯曲曲比现在的500公里好像还遥远。为了节约费用，我费了番周折找到了我的一位初中同学，因为我高中毕业之前好像还没去过县城，对县城确实太陌生。记忆中，我这位同学高中还未毕业就接了他母亲的班，放弃了参加高考的机会，因为高考也有很大不确定性，同时因为他接他母亲的班后可以马上解决工作问题，所以他选择了接班——当了一名初中老师。我参加高考时他正好在我们县教师进修学校学习，于是我在高考期间和他住在了一张单人床上：他们的寝室三张高低床，我和他挤在上铺。现在想起来确实不容易，他们寝室六位同学，算上我就七位了，每天晚上每个人都要关心地问问我当天考得怎样，还要聊聊天，基本上没有时间准备第二天的考试。

在广安二中参加高考的那三天里，天气特别地热，考场里也没有电风扇。同学们都提前半小时到达考场，前后左右的考生，我好像一个都不认识。记忆中第一天考语文、数学，考完后我也不知道考得好还是不好，总之感觉不好不坏。第二天好像考物理、化学。我特别清晰地记得，我很清楚化学考得咋样，基本考出了平常的水平。最为奇葩的是在考英语的时候，因为是在下午，比较困，在考试时我居然趴在桌子上睡着了。睡了 20 多分钟，监考老师敲我的桌子问我还考不考了。我惊醒后出了一身冷汗。还好那个年代不用考听力，说实话，我初中没学过英语，高中英语也一般。尽管耽误了 20 多分钟，但我居然还在考试结束铃声响起前把试卷答完了。后来的分数证明我发挥得还不错，完全达到了我的正常水平。

高考完我和大家一道坐长途汽车回到了学校。回家后，我把剩下的 4 块钱交给我母亲。母亲原本以为 7 块钱是不够用的，看到我交回了 4 块钱，悄悄地回到屋里流下了眼泪。

第三章

上天之音

高考后不到一星期，各位考生就回到了学校填报志愿。首先要求各位考生回忆自己的高考情况，一门课一门课地对考试成绩进行预估，估算出每门课的成绩，然后把七门课总成绩加在一起作为填报志愿的参考依据。说实话，当初出了考场就不记得考得怎么样，何况还过了几天呢？所以完全靠着模糊的记忆一道题一道题地想。经过一上午的预估，每个考生都把自己的汇总成绩报到了学校相关负责人那儿。我记得当初我的班主任李老师，还对部分同学的估分表示了怀疑，其中还单独找我谈了谈，问了问我的估分准确不准确。可我哪里知道准确与否啊？不过自我感觉应该相差不大。后来，分数公布之后，我预估每科成绩不是那么准确，但意外的是总成绩居然一分不差。上天对我如此照顾啊！总分 460 分，在当时已经算高分了！

当初，高考之前只出过一次远门的我，对外部世界了解太少太少了。因为母亲的姐妹住在城市里，我 1982 年年底的时候一个人去了远在渡口（现在的攀枝花市）的大姨家，还顺道去了重庆的二姨和小姨家。但时至今日，我都想不起来当时是怎么去的了，基本上是朦朦胧胧去了又回来了。

虽然有这趟出远门的经验，但对城市依然陌生，对中国的大学基本上没有任何了解，也仅仅知道上几届考上大学的师兄师姐们回到母校提起的几所大学，如四川大学、重庆大学、成都电子科技大学、西南师范大学、西南交通大学等在成都和重庆的大学，还有几所大专学校，对省外的大学包括北京大学、清华大学一点儿都不了解。

我们填报志愿完全是参考自己的预估分数，高考分数要填完志愿后 15 天左右才能知道，所以填报志愿时有点瞎子摸象的感觉。当初我根本不清楚自己想读什么专业，也许是男孩子的天性或者其他什么原因，我当初很想报考与公安有关的学校或者部队院校，但这样的院校一般都不是重点大学。记忆中，我们当初好像是填报五所重点大学和五所普通大学，然后是大专学校、中专学校。

记得学校行政办公室里的老师，在不到 100 平方米的礼堂内挂满了很多大学的招生简章，有些院校是彩色的招生简章，有些院校是黑白的招生简章，包含各所学校的学校简介、专业设置、地理位置等。由于我当初估计的分数是达到了重点大学往年的提调档线的，尽管老师表示了怀疑，但我依然按照我自己的意见，着重看重点大学的情况。

我上届和上上届的校友都有考上重庆大学的，可能加上我母亲的两位姐妹家都在重庆，所以我重点看了重庆大学、西南政法大学、重庆建筑学院、西南师范学院、西南农学院等学校。外省市的学校包括北京的各所大学基本都没有研究和考虑：一是对外省市没什么概念，二是也没有什么兴趣似的。所以，在试填时，我把重庆大学放在了第一志愿，好像当初选的专业是机械之类的吧。老师看了大家的第一稿后，要求大家重新考虑考虑。我们也都明白，老师希望我们在志愿选择上更加有把握些，以便提高被第一志愿录取的概率，也能为母校争光。

于是，我们所有人都重新考虑自己的志愿。就在我纠结着没有思路的时候，旁边好像有一位上届已经考上大学的师兄在和另一位考生说话："你可以选西南农学院农业经济管理专业呀。"我在旁边听见后问了一句："农业经济管理专业，今后出来是干什么的？"那位师兄说："出来是当官的。"啊，是当官的呀？我心里一阵窃喜：从小算命先生说我是要当国家干部的，不就是当官的吗？天哪！难道这就是我的命吗？于是，我在没有征求任何人意见的情况下，毫不犹豫地把西南农学院放在第一志愿，把农业经济管理专业放在了第一专业。重庆大学放在了第二志愿。可谁又知道，我们村的一位复读生，总分比我低一分，还被重庆大学录取了。当初我还后悔，为什么不把重庆大学放在第一志愿呢？

后来的事实证明，我选择西南农学院是非常幸运的。我遇上了对我恩重如山、像父亲一样爱护我的恩师王方宝老师，他是我们系里的党总支部副书记，主管学生工作；还有我们年级的辅导员老师罗太贵老师。他们两位老师后来成了我在大学二年级入党的介绍人。同时，也遇到很多情投意合的犹如兄弟般的同学，虽然毕业30年了，我们还保持着密切的来往和联系。有几位同学，我们每年都会想方设法见面，最少也要通几次电话。因为我毕业后分配到了北京，而大多数同学则是留在了西南地区，想见面也不是那么容易的。唯一遗憾的是，我虽然学的是农业经济管理专业，但后来的工作与农业关系不大；而且也没有如当初那位算命的老兄所说，当上官。

第四章

梦想已经在路上

等待……等待……继续等待……

这次的等待，相比等待高考预选考试的结果，意义是完全不同的：决定命运的时候到了。我们填完志愿书后就是各自回家，开始漫长的等待：首先要等待高考分数的公布，分数公布后就知道自己考上没有，也知道自己能考上哪个档次的学校；然后就是等待录取通知书。那个时候没有什么网络，通信也不发达，每个乡有一部手摇电话，还有就是公社有广播。

回到家里，7 月的盛夏确实难熬啊！有时候气温会接近 40 度，家里面人手一把扇子，晚上纳凉或者白天空隙之时自己为自己扇风。家家户户一到夜晚就在坝子上浇上凉水，放上凉席，人们就躺在上面聊天、歇息。我记得很清楚，我妹妹经常做好晚饭，比如面条之类后，端到家人面前。那时候自己家的麦子磨的面粉做成面条在太阳下晒干，味道很不一样，现在基本上很难再吃到那样的面条了。

农田里的水稻长势很旺，各家各户都在精心为水稻田除草、施肥、灌溉。那个时候生态环境比现在好多了，稻田里自然长着一些小鱼，而且还有黄鳝。我们几个伙伴还经常去田里抓鱼或者捉黄鳝。很多时候庄户人家不太容许我们去他们的田里抓鱼捉黄鳝。当时的农村已经实行家庭联产承包责任制，每家每户都有自己的地块了。在田边，能看见一块一块的庄稼长势都不太一样，水稻的高低矮胖都不一样，因为每家每户用的种子不太一样、施肥也不太一样、尽心程度也不太一样，但是大家的积极性都非常高，因为收割后除了交给国家的剩下的粮食都是自己的。

回到家里也没多少事情可干，我从小一直比较喜欢的事情就是放牛。我家里一直养的是黄牛，我居然把它训练成了可以骑的黄牛，很多时候我都把它当成一匹马骑着到处跑、到处逍遥，所以我就带着我的邻居小伙伴到处玩耍。大概在7月底的某个傍晚之际，我和院子的几位伙伴在水稻田边玩耍时，抬头一看，离地十多米高的空中，突然有一团一团火苗在不停地游走。我高兴地急忙叫小伙伴们抬头看，可是除了其中一位我的小跟班伙伴看见火苗外，大多数人都说没看见。回家告诉我的母亲，母亲说这是非常幸运的事情，预示着我将高考成功。

我的小跟班伙伴，上完初中没有考上高中，在家里待了几年后也加入了农民工大军。他具体是去福州还是广东打工，我现在都不记得了，不过现在他在昆明过得还不错，有了自己的事业。每年春节他都会开着自己的轿车，跋涉1500公里左右回到老家——老家有自己的房子，老家有自己的亲戚，老家有自己熟悉的味道。有时候我很羡慕他可以年年回到自己成长的地方，吃到自己喜欢的家常菜。

终于等到要发榜的日子了，我约了我邻村一个参加高考的伙伴一起步行十多公里到我们的学校去看高考成绩。我们一路走一路聊，一路聊一路担心，一路担心一路希望。其实，心里都希望自己考上大学，何况这是鲤鱼跳龙门的唯一路径啊！

在一路纠结中，很快就来到了我就读的中学，远远地看见班主任李老师站在学校大门口，等待大家来到学校查看成绩。和我一起去的邻村伙伴已经复读了两年，参加高考三次了，对他来说压力更大。我认为与我比较而言，他的希望更大，因为每年复读生考上的人数都多于我们应届毕业生，毕竟他们经过千百次的大大小小考试，当初书本的内容就那么多，就看大家的熟悉程度和解题能力了，一般来讲复读成功的概率远远大于我们应届生。所以，在接近学校大门口时，我主动让他走在了我的前面。可是奇怪的一幕发生了，我迄今还记忆深刻而且非常清晰：我的班主任老师，也是他的班主任老师李老师，没有和他打招呼，绕过他大步来到我的面前，笑容满面地远远地伸出手与我相握并不停地说祝贺祝贺。这时我明白了：我考上了，而他再次落榜。更加让我大吃一惊的是，李老师告诉我的高考分数与我当初预估的总分一分不差。上天再次关照了我！跳过龙门的希望已经来到了！还好的是，我的这位邻村伙伴通过自己的努力，在第二年终于考上了大学。他一共读了五年高中，家里面为他继续读高中和参加高考，想尽了办法才交齐学费。他读高中还不算最长的，在我记忆中，有位同学读了八年高中考上了大学，家里面为他举债不少。

这一幕记忆犹新，这一幕始终在眼前。

第五章

远方来信

非常幸运的是，我高考的分数超过重点大学录取分数线很多，按照前几年的录取规律来看，被重点大学第一志愿录取的可能性非常大，也就是被西南农业学院农业经济管理专业录取的可能性很大。当初将西南农学院作为第一志愿并没有人帮我参考或者提出建议，包括学校老师也没有建议或者过问一下，不像现在一个高考生有很多人帮忙分析呀、提出建议呀。我感觉那时的高中老师对外部世界也没有太多了解，农村的家长们对大学更是一无所知，包括考生们本人也不知道自己到底想学什么专业，因为对专业也不了解。所以我认为上哪所大学读什么样的专业偶然性太大了。

在学校得知了自己的高考分数，并且是上了重点大学的分数线，心里虽有一些高兴，但还是比较平静。我不知道是我自己成熟早，还是心理素质好，或者对外部世界反应迟钝，从参加预考到高考到知道分数后，我没有什么太高兴，也没有什么太激动，以至后来离家去大学报到，家里也没请过客，更没有像现在的各种答谢宴。

再次回到家里时，我考上大学的消息就已经满天飞了，在我们村、乡就传开了。小学老师、初中老师能为自己的学生考上大学感到高兴，甚至比我本人还高兴，因为在他们的眼里，我一直是成绩比较好的三好学生；同时，他们也为能教出我这样的优秀学生而骄傲。小学同学、初中同学对我在羡慕的同时，也为他们自己的未来纠结、焦虑。大多数同学在 16 岁或者 17 岁左右就离开家乡，随着打工的农民大军到祖国需要他们的地方去了，带着满满的希望和各种梦想去到了各种地方。后来，他们在打工的地方待的时间都超过了在家乡的时间，他们绝大多数只有在农忙的时节或春节才千里迢迢回到家乡。到了 2000 年以后，他们就只有春节时偶尔回老家，因为他们中很多人在打工的城市稳定了，拖家带口的也生活在城市里了。农村除了他们用打工的钱盖的房屋，庄稼已经很少种了，所以现在的农村空心化非常严重。

在即将收割水稻的时候，天气特别的热，每家每户都准备好了收割水稻。那时收割水稻用的是镰刀，一手抓住稻子离地大概不到 10 厘米的地方，一手用镰刀割下来顺手码放成堆，然后有专人两手抓住水稻束，在四边见方的类似于大木头的方桶里使劲上下敲打，使水稻粒与稻草分离后，将稻草放在地里成行堆放。收割水稻真是一项力气活，我已经有 30 年没见过农村收割水稻了，据说现在已经半机械化了。

在某个艳阳高照、气温接近 39 度的午后，公社广播里通知我去取录取通知书。听到广播时我知道，真正吃国家饭的时候到了。我心想，那个八字先生算得还有点儿准。因为 80 年代初期，上大学就意味着变成了干部身份。按照农村迷信的说法，真是家里祖坟风水好啊。我的生父在我 11 岁时就离开人世，那个时候穷，农村也没什么医疗条件，是什么病到现在也不清楚。我生父去世时刚40岁出头，这些年记忆已经淡薄了，印象也不深了，因为家里面没有任何一张照片。那个时候农村好像很少有照相的吧，包括我自己，都没有任何一张高中及以前的照片，所以我17岁以前长什么样，也没有一个确切的证明了，真是可惜呀。

听到广播后，我到公社去，公社说要到学校去取；好像是第二天上午赶到了学校，学校告诉我自己去邮局取。穿过学校的土操场，从学校的一个侧门出去，再走100米左右的石板路，到了区上的唯一的一条大街上的邮局。我告诉邮局的工作人员，我来取录取通知书，他问我叫什么名字，我告诉他后他就把通知书给我啦，没有要任何证明来证明我是我。想到今天的一些社会怪相，我常常忍不住想：如果当时有人冒名领取了我的录取通知书怎么办？是不是吃皇粮的美梦就完蛋了啊？不知道我变复杂了还是社会变复杂了，当初的社会风气不容我有任何杂念，虽然当初既没有老师陪着去，也没有开介绍信之类的。改革开放快40年了，社会真是变化了，但我们是不是也应该保留那份真实与信任呢？

我拿着用牛皮信封装的录取通知书，录取通知书盖着大大的红章——西南农学院的大红公章。此刻，我的命运彻底改变。

第二篇

青春已去四春秋

日子过得很快，毕业季同学们在不舍之中各奔东西。我们在 1987 年毕业后，能够经常联系的同学真的很少很少。20 世纪 80 年代，中国还处于改革开放初期，无论是交通、通信还是高科技，离发达国家还有很大距离。

记得毕业前大概一个月的时候，各个系各个专业都要求每位同学填写去向志愿。那真是一种纠结。记忆中，好像每个同学可以在已知可分配的单位中填写 8 个自己愿意去的意向单位，再由系里组织综合分析协调。大多数同学会有一个不再二次分配的单位，少部分同学需要到当地的人事部门报到后再次分配。所以，很多同学在毕业后的前几年里基本上没有什么音信。

第六章

恩师如父已远去

由于各种原因，我毕业后的20年里一直没有回到过我梦中的母校。所以在2007年上半年，同学们开始策划和组织毕业20周年回母校纪念活动，通知我并希望我参与组织工作时，我是特别的高兴和激动。

那天接到一个来自重庆的陌生电话时，冥冥中感觉是母校的电话。接听后对方首先问，你是林建华吗？在我回答我是后，对方说他是罗太贵。当时真的好激动！罗老师是我在大学二年级入党时的介绍人，也是我们的辅导员老师，与包括我在内的每位同学都很熟悉。在寒暄和互相问好后，罗老师说："今年你们毕业20周年要搞活动，你这班长应该牵头组织一下吧。"我当时回答说："没问题！罗老师您放心！"在接到罗老师的电话后，我陷入了再一次的回忆和思念中：大学四年待我如父亲般的老师，也是我的入党介绍人之一王方宝老师，好像在我毕业后10年左右永远离开了我们。非常痛心和悔恨的是，我离开学校后就再没有见过他一面，至今身边也没有一张王老师的照片。今天想起来真是痛恨不已，追悔莫及。

在1997年还是1998年，在毕业10年左右的时候，我会偶尔回想起在大学的日日夜夜。突然有一天，我很想和王老师联系，聊聊家常。因为我没有王老师的座机电话，我从办公室打重庆的 114 号码，查到了西南农业大学的电话。在我们入校时学校名字叫西南农学院，后来我们还在学校期间就更名为西南农业大学，再在 2015 年，与离我们学校不到 500 米的西南师范大学合并，变成了现在的西南大学。

在我拨通西南农业大学的总机后，声音甜美的话务员问我要找哪里，我说我找农经系，她问我你找哪位，我说我找王方宝老师，她说王方宝老师已经调到学校纪检处了。电话转到了纪检处，我终于听到了久违而熟悉的声音；听到我的声音后，王老师也和我一样高兴。王老师问起了我毕业这 10 年来的一些情况，我简单明了地介绍了一下我的工作、家庭和发展状况。问过王老师的近况之后，我也问起了师母和两个妹妹的情况（王老师有两个女儿）。回想在学校期间，我经常一个人或者和两三个同学一起到王老师家去拜访顺便改善改善生活。同时，在寒暑假回家后总要从农村老家带一点土特产，比如自己家里土鸡下的鸡蛋，或者地里产的花生，有时候还背两只活鸡，表达作为学生视王老师如父的心意。王老师和我之间情同父子，尽管毕业 10 年未见、10 年未曾联系，双方感觉依然如故，仿佛还像昨天一样。当我问起恩师最近身体怎样，老师告诉我好像有些气管炎，我告诉老师一定保重身体，并请他到北京和全国各地旅游玩玩。我说："王老师您的学生遍天下，您只要安排时间其他一切由学生们负责。" 王老师说："有机会的，我一定要看看各位同学的发展。" 可是，在这次通电话后不到一个月的时间，传来了令人痛心的噩耗：王老师因突发脑血管疾病去世了。

王老师离开我们多年后，因工作原因和毕业 20 周年回母校聚会，我回到母校几次，也尝试打听过几次师母和两个妹妹的消息。可惜，一家人已经不在学校住了，在什么地方住也没有打听到。

1983 年 9 月，我正式到当时的西南农学院报到，成为一名大学生。我当时对大学没任何概念也没任何了解，到了该去学校报到的时间，总有种对家不舍的感觉，因为我知道上大学不可能每周都能回家。那时交通十分不便利，从我家所在的村出发，我跋涉了近 20 小时才到达西南农学院；若是现在，不到 3 小时车程。

记忆中，我背着一个黄书包，里面装了几本到学校也没用上的书，简单带了几件衣服，半夜两点开始从家里出发，一道的还有我同村考上重庆大学的伙伴。在没有家长陪同下，我们走夜路摸索着前进，在夜里行走了大约 30 里地到了一个叫肖溪的古镇，在渠江边上坐上一艘小船不知过了多长时间后在一个土坡边上上岸，又走了不知道多长距离的乡间小路，来到了一个很小很小的叫三汇坝的火车站。那是一个每天只有一列或者最多两列火车路过载客的小火车站，条件极其简陋，而且一般情况下都只能买到站票，这是当时广安县很多乡下人都去乘火车的地方。不到 100 公里的距离火车居然要行驶好几个小时，主要因为穿山洞过隧道像一个裹脚的老太婆慢慢悠悠，而如今这点距离只需要 1 小时左右，如果是高铁时间更短。

在到达重庆的第二天，我背上亲戚家给的棉被和一些日常用品，从菜园坝火车站乘坐学校的迎接新生的巴士车，来到了位于重庆北碚区天生桥的学校，真不愧是农业院校，到处绿树成荫，仿佛来到一个美丽的大花园。在新生报到的日子里学校犹如热闹的集市，迎接新生的各种彩旗和条幅布满了学校的林荫大道。当迎接新生的客车停留在学校二食堂边上的报到处时，已经先于我们到达的各位学友在高年级学长的带领下，在不同系的报到处有序地填写着各种表格和办理各种手续。

我在出示了录取通知书和新生报到证后，被带到了农业经济系的报到台前。当时接待我的是一位至今让我记忆犹新的、个子不高却让人心动的漂亮女子。她自我介绍是我们的班主任老师。她把我领到了离报到处大约 50 米远的宿舍楼并亲自动手帮我整理行李和铺上床上用品，此刻方知班主任老师的芳名。可惜的是在一个学期中见班主任老师的次数屈指可数，在过完大学第一个寒假回到学校时，突然听说我们班换班主任老师了，原因是美丽漂亮的她生病了而且是精神疾病。很遗憾的是从那以后的 30 多年里再没机会见到她，不知她现在在何处、生活怎样，我在心里永远祝福亲爱的班主任老师一切安好。

当初填报西南农学院可以说是一种偶然，到后来我觉得是上天的一种安排，因为我遇上了王老师，是他教育了我、培养了我、发现了我，因为他我后来才有幸被分配到祖国的首都北京。

在报到台前一位身高一米六出头，和蔼可亲年龄大约 40 岁的老师看过我的录取通知书后说："林建华，你是我亲自录取的，你是广安的吧？"当我心里一惊不知道该怎么回答是好时，老师说他也是广安的。后来得知王老师的老家是离我老家不到 35 公里的一个乡镇，他是早年考上大学留校的。

后来我们上党课、学习中央一号文件和各种文件时，都能够听到王老师那浓浓的乡音，语速不急不缓，声调不高不低，四年里不管是集体学习文件还是小范围学习党课，总有一种期盼，期盼王老师的出现。现在回想起来那种亲切、那种期盼可能就是恩师如父的感觉吧。

记得大学一年级上学期报到时班上的班长、团支部书记等各种学生干部职务都是老师们根据各位同学在高中的情况选定的，他们除了高考成绩不错以外更主要的是在高中时代就担任了学生干部职务。虽然我从小学到初中一直担任主要学生干部职务，但到了高一上学期转学后就没再担任学生干部了。

大学第一学期很快就结束了。到了第二学期，在王老师的鼓励和安排下我参与了班上学生干部的竞选，最后成功竞选并且在大学期间还当了一年的班长，同时还进入了系学生会学习部担任了干事职务。

我知道这一切有我自己的努力更有王老师的帮助和关照，因为同学们都比我优秀、出色、用功，在担任学生班干部期间为了不让王老师等老师们失望，也为了提高我自己的能力，我非常认真地干好每一件学生工作，非常认真地团结每一位同学，非常认真地上课。还记得我们系在每天上课必须经过的宣传墙上经常写一些散文、诗歌、新闻，我是积极分子之一，经常投稿并书写板报，王老师是忠实读者和指导老师。

大学一年级下学期，在王老师和罗老师的指点和帮助下，我同其他同学一样递交了入党申请书，王老师经常给我们上党课，我们也经常向组织汇报思想。为了对党负责也为了搞清每个入党积极分子的基本情况，学校党组织分别向生源地党组织发去了调查函，包括学生家里状况、家庭成分等。

记得我们年级和班级写入党申请书的同学占 50% 左右，我们这些入党积极分子要经常找入党介绍人和组织以口头或者书面的形式汇报近期的思想，有时候还要在学习各种文件和材料后写感想。我记得当时我写的入党申请书在 17 页左右，从党的成立到发展、从历史到当今，在理论上和实践中论述为什么自己要加入中国共产党党组织。经过一年多的考察后，我在 1985 年 5 月 8 日被批准加入党组织，成为一名预备中共党员。一年后我被顺利批准成为正式党员。在成为正式党员后我又成了好几位同学的入党介绍人。到我们毕业的 1987 年 7 月时，我所在的班级正式党员和预备党员占到全班人数 1/3 以上。我们这些党员同学如今已经在各自的岗位上做出了相应的业绩和贡献。

在我的记忆中，王老师要多次与每一位入党积极分子谈话、谈心，了解每一位的思想动态、学习状况、家庭情况以及对一些重大问题的看法，有时候还需要指定入党介绍人。在我们毕业的时候，大多数担任过班级或者系级里学生干部，少数各方面综合表现不错但未担任学生干部的同学，都已经是正式党员或者预备党员。

我很佩服王老师的是，四年下来他对我们每一位同学都很熟悉，对每位同学的学习情况、家庭情况不能说了如指掌也八九不离十。而且能够根据每位同学的具体情况用不同的方法沟通交流和做政治思想工作。在毕业后的多次不同场所的老同学聚会中，谈起王老师时我们都很怀念他，大多数同学对王老师都抱有感恩之心。但有个别同学多年来还有一些小意见，主要基于两点：一是当初在学校写了入党申请书也成了重点考察对象，但因名额有限等多种原因未能入党；再者，一些同学对当初毕业分配的单位不满意。说实话，对这些意见作为个人是可以理解的，但代表组织的王老师也无法让每个同学都百分百满意。但今天看当初在学校的入党积极分子后来都入党了，当初认为分配单位不好的同学也担任了主要领导或者成为骨干力量了，所以说起点重要后期努力更加重要。

回想当年对学生热心、热情的老师很多，无论是班主任老师，还是辅导员老师，抑或是每科的任课老师，无一不是把学生们当成自己的孩子一样。同学们见了老师都非常亲切没有任何距离感。

王老师家住在学校外面一个叫斑竹村的地方，那是学校老师集中居住的地方，当初都是那种灰墙或者红砖楼房，记忆中不超过 6 楼，而且居室也是小两居，客厅也很小。但是对我这个来自于农村的学生来说也是共产主义般的梦想了，比起在农村的住房已经是天壤之别。上学期间去过几位老师的家里而且去的时候一般都会在老师家里吃饭。去王老师家从第一次的不好意思到后来的亲如一家，四年间去过的次数应该在 10 次以上，有时候我一个人去，有时候约上两三个同学一起去，师母也会很热情地做上几个拿手好菜，慢慢地我有种家的感觉。当初王老师家的两个妹妹还在读中学，见了我们这些学生哥哥也没有太多的陌生感。

斑竹村就在我们学校的柑橘基地边上，在柑橘收获的时节仿佛能闻到遍地的柑橘香的味道，这片柑橘基地我不知道到底有多大的面积，但印象中很大很大，作为农业院校的实验基地和教学基地确实在 80 年代初期具有很大示范效果。王老师的家就在斑竹村离柑橘基地不到 200 米的样子，周围除了柑橘基地外还有很多绿植，生活在自然公园中。老师们上班一般都是步行，一是因为家与办公楼很近，二是那个年代没有私家车。

四年里王老师大多数时候都是穿一身标志性的蓝色或者灰色的中山装，在左上衣口袋别上一支或者两支黑色钢笔。王老师还有一个突出的标志性动作，就是在兜里或者手里习惯性地带着或拿着一个小小的笔记本，和大家聊天或者交流时不时在本上写写记记，记下我们的想法或者建议，同时也记下了我们的师生情。尤其在毕业时节，他要与每个同学沟通毕业去向，因为生源地和毕业去向地完全不平衡，中央单位、省直单位、地区单位和需要再次分配的单位也不平衡。同学们大多数都不太愿意回到自己出生的基层单位去，组织上要综合考虑用人单位的要求，如有的单位要求必须是党员，还要考虑四年来每位同学的平均成绩和综合表现，也要考虑同学们的意愿，有的希望留在四川包括重庆（当时重庆还是归属四川省管辖），有的不希望到外省市也包括不愿意到北京，但在毕业分配的去向有北京、海南、安徽、江苏和西南各省市，所以毕业是王老师们做思想工作最忙的也是同学们最纠结的时节。而我对毕业去向就像当初填报高考志愿一样没什么固定的主意或者愿望吧，我记得我们老家广安县的领导在西农的校园里跟我大概谈过两次或者三次话，因为我当初毕业实习是在广安县农业局，所以县里的一些领导认识，当初我们县的一位主管农业的王姓副县长也在我们学校干部管理学院学习，县领导希望我回到县里并且可以在县农业局、县农贸办或者其他单位选择，到今天我都不知道为什么当初非常坚定不愿回去。

在 1983 年 9 月入校的初期就经常听王老师和其他老师在新生见面会和其他会议、场所多次提起我们高年级的师兄师姐们分到北京的比较多，包括比我们高三个年级的 80 级、高两个年级的 81 级以及后来的 82 级，每年我们专业都有十个以上的同学分配到了北京，所以入学初期可能是虚荣心的驱动还有所谓的一些理想，我在心里就决定一定要去北京，当然毕业分配是非常主要的路径。

但受高年级师兄的影响，我非常希望自己能够通过考研究生的路径去北京，81 级和 82 级各有一位师兄考上了中国人民大学农经系的研究生，于是大学四年级的时候在王老师和罗老师的许可下我辞去了所有学生干部职务，专心复习报考了中国人民大学农经系外国农业经济研究方向。在 82 级一位师兄的指导下，我与曹教授通了几封信并得到曹教授的指导，所以在后来的成绩公布中，我的两门专业课都不错，好像是 80 多分，但非常令人失望的是我的数学课远远没达到录取分数，好像是 30 多分。在复习的过程中我不可谓没用功，经常复习到半夜时分，但认为在几门考试课程中数学是我相对强势的，所以对数学花的时间很少而且对数学复习动笔的时间太少，只是简单一看觉得自己会做就不再动笔了。所以在考试时，数学卷子发下来后我通看了一遍，觉得每道题都知道怎么做，但一动笔时就出现卡壳，导致读研无望。由于数学成绩实在太低也没有希望被母校录取。

在考研失败后，我若要去北京，毕业分配就是唯一的途径了。这不但要取决于我们毕业时是否有到北京的指标，同时还要看同学中有意愿去北京的多不多。在 6 月中下旬我们专业到北京的指标和单位明确了，其中一个是农业部、一个是农业管理干部学院、一个是商业管理干部学院。在得知我有希望去北京时，王老师找我在学校的花园里谈了大概 1 小时，说我语言表达能力强、口才好适合当老师，说实话我不太愿意当老师，但当时王老师的谈话意向很明确了，我没有过多理由反驳，同时我从心里也不愿意去反驳，因为王老师在我心里一直是恩师如父。

第七章

伤离别　离别好像在昨天

在 1987 年 7 月离校之际，学校内外各种大大小小的离别聚会一直持续了半个月左右。在真正离校的时刻，我们所住的男生宿舍每天晚上，甚至是白天都能听到来自离我们 50 米左右的女生宿舍伤感的哭声，相处四年马上要天各一方，也不知道未来什么时候还能再相见，大家再完全集体见面的可能性已经没有了，离别后大家只有靠书信来往。

我们农经系的毕业纪念册是紫红色的封皮，扉页写的离别寄语，我记得最后一句是：恋校、恋情更恋人。纪念册是我们几个班干部一起设计、一起研究、统一印刷的。每位同学拿到纪念册后忙于找各位同学签字写寄语。现在不时翻翻纪念册，里面充满了真挚的情感和从内心发出的各种祝福，看看各位同学意气风发的照片和情真意切的留言仿佛又回到了年少的时光。

看看那些留言，看看当今的我们，真真体会到了时间就是一把杀猪刀。字里行间充满了依依不舍，写满了兄弟姐妹一样的情感，还有发自内心的各种祝愿。从字里行间能够看出来在校期间的亲近或者相对疏远的程度，有哥们儿兄弟之间的调侃，有依依不舍的情感，还有还没来得及表白的异性之间的暗恋或爱恋情感，在毕业的这一刻抓住留言的最后时刻或直接或间接或大胆或小心翼翼地说出来、写出来；有人笑着，有人伤感，有人留下了伤心的眼泪。伤离别，离别已经在眼前。

我们农业经济管理专业年级一共 90 人，分成三个小班。记忆中除了英语不在一起上课外，其他课程在四年里好像都在一起上。那时没有投影仪、电脑、手机。老师们上课一是需要有一个好嗓子，二是需要写一手好字，因为我们 90 人在一个大教室，同学们记笔记不仅要听老师的讲解，更要看着黑板。我们也有逃课的时候，我记得有一门《农业区域规划》的课程，不知道我是不愿意听还是不感兴趣，这门课我大概去听了两节课就再没去听了。在考试前，我借来我们寝室一位同学的笔记本到图书馆去复印了他记的课程笔记，我用了两天的时间快速地复习了复印的资料。最后考试成绩我比借给我笔记本的同学成绩还高了十多分，其实当初我仅仅记住了一些要点，考试时我完全是按照要点结合自己的理解答题的，看来自己的理解得到了任课老师的基本认同。

后来，我们都称本年级的不同小班为同学，身边的人很多不理解地问：你们不是一个班的怎么都叫同学啊？哈哈，我们是同一个年级同一个专业的啊，大班也是同学啊！

在一起上课的主要教室是在 5325，2007 年 10 月毕业 20 周年聚会主题活动又回到了 5325，回去了 70 多位同学，还有 10 位曾经教过我们的任课老师。当初的同学时隔 20 年多数未曾相见也未曾联系，所以时隔 20 年再次见面很多同学之间都不认识了。让我最最伤心的是一位毕业分配到贵州某地区的同学，在我自报姓名后，依然不认识我，由于他的老家和我同一个县，所以在学校时来往还是比较多的，尤其是上下几个年级老乡，经常在一起聚会喝酒。我在教学楼前碰见他，直接叫出了他的名字，看来这20年我彻底变了或者他彻底把我忘了？可悲可悲。

从熟悉到陌生主要因为20年的分别，加之未曾有任何的联系，所以在毕业20年再次相见之时，很多同学之间互相都没认出来。在报到登记处，除了我们几位组织者先期到达互相认识外，其他同学陆陆续续到达。我记得我们班上一位同学来报到时除了把我认出来了之外，其他同学他基本都没认出来。一是他在校时与大多数同学来往比较少，二是毕业分配到了外地工作，大概三年就调回了他的老家，与多数同学基本上没有了联系，但是他在工作中进步很快。让人感到惊讶的是另外一位同学20年里未曾与大家有任何联系，但当他最后一个到达时，居然将所有同学都认出来并叫出了名字，后来在喝酒过程中才知道他在得到聚会的通知时，非常激动也非常期待，提前一个月把毕业照片拿出来对照照片和名字。虽然大家20年都有所变化但主要轮廓没变，或胖了或瘦了，头发或稀或密，但总体上还是在校时的模样，所以期待30年再次聚会时大家不再陌生了，因为手机微信、视频大家都有了。

到了7月初离校的时刻男生也罢、女生也罢各种聚会多了，各种流泪惜别的场所也多了。我记得我们班一位目前在深圳工作的同学，当初他毕业时是最早离开学校的，他分到了一家钢铁厂。当初钢铁厂好像派了一辆吉普车到校把他接走的，同学们还没来得及告别，还没来得及道声珍重，他便悄悄离开学校了。我的这位同学到今天我的母亲还记得他的名字和模样，因为在大学四年里他是到过我老家去的四位同学之一，在我家小住的几天里他和我一样劳动，还和我一道担水，那时的农村没有自来水，每家每户都需要自己到村里的水井里担水，现在看来是很不卫生的。

这位同学当初家庭条件相对较差，除了学校每个月的生活补贴外，他家里面每个学期大概给他提供50元的零用钱，当初大家都很穷，但50元确实太少。我记得他在我们班上当过生活委员，负责给大家发饭票、取信件之类的工作，还负责系里面经常举行的寝室卫生大检查和评比。每次我们班在评比中都会有至少三个寝室得到红旗，而恰恰是我所在的寝室基本上未得到过红旗，每次总是差那么一点儿，当初我和同寝室的另外一位现在在南京工作的同学分别当过班长，当初都感到脸上无光啊。说明我们的学生时代还是比较公正、公平的。

我的这位担任生活委员的同学深得大家的关爱和好感。当初大家都是长身体的年龄，但我们这些来自农村的同学大多数家里都很穷，然而作为父母的骄傲每个同学每月或多或少都会收到家里面寄来的汇款，谁收到了汇款按照惯例就和几个要好的同学一起到位于学校大门口的天生桥小饭馆去打牙祭，三五个同学花个三五块钱改善改善生活。记得当初我们班上的几位同学还到学校的小卖部（小食堂）打工，每天帮着卖面条。我们有时候晚自习后拿着自己的铁饭碗去小卖部买碗面条，那叫一个香啊，现在回忆起来还流口水呢，那才是真正的绿色食品。其实，当初的小面，现在回想起来，也就里面放了些葱姜蒜加上猪油之类，主要还是面条基本是太阳下晒干的，所以有一股特别的味道。

第八章

自行车上去自行

对于自行车，记忆特别深刻。对于我们这些来自非平原地区的农村学生而言，有辆自行车，在 80 年代初期，还是很陌生和很期待的一件事。我的老家属于丘陵地带，我一直以为全国的地貌都是一样的，邻乡的街道离我们村大概 3 公里的样子，但在孩提时代到达街道的路还是羊肠小道，每次都是和大人们一起高高兴兴徒步去。在 1978 年左右的样子，乡与乡之间修通了一条宽 4 米左右的土马路，偶尔能看见自行车在土马路上来回骑行，很是让我们这些孩子羡慕，总期待有一天自己也能够学会骑自行车，这个愿望一直到大学二年级才得以实现。

记得我们班上来自成都的同学骑着自行车带着人在校园里穿梭来往，让我们班的其他同学羡慕不已。不记得当初我是借哪位同学的自行车，在天刚蒙蒙亮时按照同学简单教给我的一些技巧，独自一人推着自行车开始练习了。一次在从寝室楼下骑行到 100 多米的地方，也就是在学校的电影院拐弯的地方，有点小下坡，自己手忙脚乱心里发慌不知道捏闸降速，狠狠地摔在了马路上，好在当初年轻拍拍屁股爬起来继续骑行，经过了几天的训练终于可以骑行自如了。

在夏天一个风和日丽的周末，我和老大、老二一起骑自行车外出到一个离学校几十公里的地方郊游。老大、老二是我们班上的另外两位同学，我们三人中我排行老三，他俩也利用假期到过我乡下的老家。我们三人经常一起外出上街，或者一起去图书馆，或者一起散步，经常在黄昏之际去校园外的稻田边、果树林溜达，有时候也躺在草坪上谈天说地一起畅想美好的未来。老大毕业时，被推荐读本校的研究生，毕业后留在了重庆。他找了一位漂亮的师妹后来一起到了广州成家立业，后来步步高升。老二报考人口学的研究生未能考上，被分配到了绵阳的一所专科院校，几年后他努力考上了西南财大的研究生，这样我们就天各一方，毕业后的10年里联系甚少。

记得我们骑行到了歇马场，好像有一个叫磨滩的地方，那里人烟稀少山清水秀，一条清清的溪流，干净的河畔两岸亦可坐亦可躺，在阳光下、青草上、溪流旁，那份惬意和享受在如今看来很难再有了。记不清我们是自己带了午餐还是在附近的街上解决的午餐。在太阳快要落山之时我们骑车返程了，一路上吹着凉风，我们三人比着速度、车技，有时候三人双手大撒车把，那个潇洒呀。还好当时的马路上汽车很少，偶尔一辆汽车经过我们也能躲避自如。我们留着时髦的发型，头发基本上都烫过，穿着喇叭裤，好一个时代文艺青年的范儿，真是让我们荡起双桨的美好感觉啊。我们三人正在扬扬得意的时候，不知道是谁碰了谁，只见老大他人和自行车飞速冲向了马路旁的稻田里，人和自行车自然分离，自行车成抛物线抛向了远方，而人成了自由落体稳稳地站在稻田中央，好像是有功夫似的，没有任何伤害、惊吓。我们一起把自行车弄上来，老大就地洗洗，卷起裤腿我们继续骑行。有了这次的骑行经验，我喜欢上和同学们一起骑行游玩。

老大在后来的两年中充分利用了自行车的价值，带着是或者不是女朋友的女同学一起到处招摇过市到处显摆。老大确实是个高傲的才子，风流倜傥、一表人才，学习成绩还相当好，难怪真真假假的女朋友不少，有追求他的，也有他追求的。但当时在校恋爱还不是太公开化，大多数处于半公开半地下的状态。我们年级毕业后真正成对结婚的只有两对，而且都是三班的。

学会骑自行车为后来我到北京上班带来很多好处。80 年代北京是自行车的海洋，上班和下班时段，条条马路都是成千上万的自行车大军南来北往、东去西来，那才是环保出行啊。

我初到北京，找人搞了一张永久牌自行车指标，花了几个月工资买了一辆二六的墨绿色的自行车，和一位同事一起拿着北京地图，利用了一个月时间跑遍了北京的东南西北，认识了许多的胡同，认识了长安街、天安门，也知道了北京的二环是被一个又一个叫门的地方，比如建国门、朝阳门、西直门等环抱。也为后来的上班下班外出游玩带来了方便。可是不久后我可爱的自行车就不知去向了，因为在北京没丢过自行车的人很少，除非他就没买过自行车。

自行车增进了我们兄弟间的感情，也密切了我和其他同学的来往，当初一起骑过自行车的同学，如今依然来往很多。同时，自行车也为我在北京的生活增添了很多乐趣，上下班骑着它威风凛凛地穿行大街小巷好不惬意，很多时候骑着自行车逛逛商场、到菜市场买买菜，和各路朋友聚会它也是很好很便利的交通工具，后来到了 90 年代中期学会驾车取得了驾照，就很少接触自行车了，现在我还很怀念骑自行车到处看看转转的时光。自行车在我儿子上幼儿园的三年也做出很大的贡献，后来我儿子 10 岁左右也学会了骑自行车，现在儿子也已经不再骑自行车改为开车了。自行车见证时代的变迁。自行车的大量减少和小轿车的大量增加，是不是与现在北京的雾霾有直接或者间接的关系呢，大概只有真正的专家才能搞明白、才有发言权吧？所以我到现在也没明白：一个国际大都市为什么大力发展轿车而减少自行车呢？连城市的马路规划也减少了很多自行车道，难道就是为了所谓的 GDP 吗？自行车是不是也见证了一个城市，抑或一个国家缺乏长远规划呢？这样下去城市的文化和历史的痕迹到哪里去找呢？最后是让子孙后代到历史博物馆去听讲解员的随意讲解吗？一个自行车的王国变成一个汽车的王国，从历史的长河看，不知道是遗憾多些还是骄傲多些。

第九章

近山第一山——缙云山

缙云山不是名山，缙云山不是五岳之一，缙云山不是知名旅游景点。但它让我知道了爬山也是旅游，让我知道了山外有山，让我明白了山亦有山景。

在我们毕业 20 年回到母校聚会之际，组委会特意安排了半天时间重游缙云山。同学们分别 20 年后在社会上发展各不相同，大多数还从事与专业多多少少有些关系的工作。20 年的时间，让大家都少了书生气，多了社会与工作的痕迹——可能读书或者阅读的时间少了；而在酒桌上的那份热闹与热情，却似乎没有变。从在校读书时的老白干到毕业 20 年聚会时喝五粮液或者茅台，大家感觉上千元的白酒喝不出当年两元钱一瓶的感觉了。当初在学校大门口的小小饭馆三五同学喝着小酒，划着拳喊着口令，谁输了谁喝或者分成两队，哪个队输了哪个队就选派一人喝酒，或者划拳坐庄或者循环庄或者轮流庄。不是为了喝醉而是为了高兴，所以多年以后同学们在不同场所与不同同学之间聚会时，大多数情况下都会提及当年的天生桥、当年的小饭馆和当年的小酒，还有当年的缙云山。

缙云山不远，离学校大概直线距离不到 20 公里；

缙云山不高，正常情况下 1 小时可以到达山顶；

缙云山不险，没有陡峭的悬崖和崇山峻岭。

第一次知道缙云山、第一次接近缙云山是在大学入学后不久，也就是在 1983 年 9 月底 10 月初的样子，我们班上第一次组织班级活动便是大家一起到缙云山游玩。其实站在我们 5 教学楼后面的小山上，如果天气好的话可以看到缙云山，就像在我们眼前一样。在某个周日的上午，同学们吃过早饭，集体乘车到了缙云山山脚下。那是我真正意义上第一次爬一座山、真正意义上集体游玩、真正意义上赏景，尽管出生在农村也长在农村而且还是在丘陵地区，老家县所辖范围也有山，但从来就没有去过。所以关于山的概念基本上停留在书本上。高中时代每周末都要从学校回到家里去，要经过 10 公里农村土路或者乡村公路，路两旁也能看到风景如画的油菜花、绿油油大田作物，还有高低起伏的一个接一个的小山峦，现在城里人看来那是所谓的世外桃源。那时的农村真是青山绿水，溪水、河水清澈见底，空气新鲜，夏天的夜晚到处是青蛙的叫声，邀约村里的两三伙伴，夜晚举着火把带着自制的工具到稻田中捉黄鳝，有时候收获很大，要么自己加工改善生活，要么把战利品带到街上卖了，再买自己喜欢的商品。真是夜里的山村群星闪烁。

在班里通知去缙云山时，我还有点小激动，也有点小胆怯——同学们入校才不到三个星期相互之间还不熟悉。特别是我，在高中时和同学们来往不多，不爱说话、不爱交流，性格很腼腆，所以大学刚入学时还有很多不习惯，去缙云山时还有大部分同学的名字对不上号，后来我的性格在大学一年级下学期有了根本性的变化。

在细雨朦胧中，我们来到了缙云山脚下。我当时穿着一件黄布上衣，那是我中学时比较喜欢穿的一件衣服，因为有两个兜，可以插上两支笔，显得有文化啊！另外是因为家里穷，上大学时没有增添任何新衣服，就连书包也是上高中时的旧书包。所以刚进大学时，我在心底还是有些自卑吧。我们在上山的盘山路上，时而平缓时而拾级而上。同学们一起爬山的过程中，有说有笑，但我好像不知道该怎么加入其中。我们农业院校的同学大多数来自农村，来自城市的生源在我们三个班 90 人中不到 10 人，所以从成熟度和情商上，还有从穿着上看，刚开始有明显的区别。在爬山的过程中，自然而然地分成了不同的小团队，只有在关键的时刻，班干部才会提醒大家一些注意事项。缙云山虽然不高，但有一小半同学在爬到一半的高度时，明显速度减慢，个别同学的体力明显不支。也许是当初完全为了跳过龙门，而忽略了身体锻炼吧。其实我在爬到三分之二的地方也明显感觉到了吃力，但我和大家一样仍然咬着牙一步一步爬到了山顶。虽然天公不作美，但到了山顶上，看到眼前雾蒙蒙之中，隐约能看到不远处的山景，那种喜悦至今记忆犹新，只是其中留下一点点遗憾。

毕业 20 年后，大家再次集体来到缙云山，可惜的是很多同学仅仅只到半山腰，集体在一个茶馆里，分桌玩着“斗地主”。很多人体力远不如大学时期了，多数人大腹便便，能够坐着都不会站着。这时的缙云山和我记忆中的缙云山相比，有了很多明显的人工造景和一些提供给游客休闲娱乐的地方。当初爬缙云山，同学们彼此拉近了距离，消除了不少陌生。同时也让我知道了什么叫山什么叫郊游，慢慢地融入了大学生活；而如今，缙云山是我们找回青春年少的欢乐和大学时代美好的记忆与情谊的地方。

参加工作的30年中，祖国的名山大川去过不少。光是泰山就去爬了三次，而且找到了爬山的乐趣，更为可喜的是爬山的兴趣超过了大学时期、爬山的体力超过了大学时期、对山的理解也超过了大学时期。

感谢缙云山！

第十章

道声再见泪不干

到了离别的时刻，大学转瞬到了毕业季。来自四面八方的同学又要奔向四面八方，这一别也许就是一世。回想起四年中一起走过的日日夜夜，无论是在教室里聚精会神听各位老师的精彩讲解，还是在图书馆里互相之间帮助占座位的场景，还是勾肩搭背一起去北碚逛街、一起吃小面的场景，无论是自己喜欢的还是喜欢自己的异性同学，分别之际想起一幕又一幕，让人从内心深处感到一阵阵伤感。无论来自哪里四年里我们从陌生到熟悉到成为兄弟姐妹，无论四年里来往多少，在离别的时刻我们的心在一起了。

校园里到处充满了离别伤感的氛围，男同学们三三两两分不同的团体外出聚会。或者同一个寝室的，或者老乡，或者要好的几个同学，或者跨系别的好友，总之各种名义下的告别聚会充满了大街小巷。

半夜经常能听到女生宿舍的哭声和男生宿舍的摔酒瓶声。低年级的同学大多数能够理解，但也有个别的同学不理解，偶尔会发生几句争吵。但毕竟他们也有毕业的时候，所以也仅仅是提醒提醒我们而已，我们毕业班的大哥大姐们尽量不影响他们的休息，因为我们毕业离校之际正是低年级学弟学妹们期末复习准备考试的时候。

同学们通过各种渠道弄来了纸箱子，按书、衣物、日常用品分门别类收拾好装在不同的纸箱子里，由于大家毕业后要去的方向不一致，所以离校告别的时间有早有后，先后不同。第一个离别的同学送别的同学最多，最后离开母校的大概就是我了吧。我在学校待了一段时间，在我离开母校时我想起了已经各自远走高飞的很多同学。同学们在互相告别时特别是上大巴马上要发动起步时，女生们已经哭成了一大片，男生们也早已是泪流满面。大家紧紧抱在了一起任泪水打湿衣襟，老师不断地提醒不断地催着，这样的告别大概持续了三天。有同学离别时虽有不舍但内心也有高兴的部分，因为他们感觉自己被分配到了自己较为理想的单位；也有一小部分同学是心中带着怨言离开的，因为他们觉得未能去自己理想的地方和单位。

我们年级90位同学主要来自云南、贵州、四川，西藏、湖南等地也有很少几位，我记得毕业供大家选择的地方远远超出这几个省区，包括北京、江苏、安徽、广西、海南、湖北、河南等地均有指标，所以有小部分同学需要离开自己的家乡；分配去的单位包括中直单位、省直单位，但大约一半的同学需要到当地的人事局再次进行分配。系上分管学生工作的老师和各班班主任需要做大量的思想工作，要了解各位同学的具体想法、要平衡生源地、要根据一些单位的具体要求，总之最后要让每个同学都满意实在是不可能的事情，好在当时同学们的觉悟都很高，大家最后完全服从了组织和老师的安排。

我们寝室一共六位同学。本来第一学年是七位同学，到了第二学年为了改善我们的住宿条件进行了调整，每个寝室调走一位同学，这样寝室就显得比较宽敞了。三张上下高低床，还在公共区域放了一张较为大的桌子。在进门的两端有用水泥铸成的几个小格子，每位同学将自己的箱子放在里面，放一些衣物之类，臭鞋烂袜子就各自放在了床底下。每张床与隔壁的床是通过穿透墙壁连在一起，所以半夜隔壁同学翻身有时候都会影响到自己的睡眠。每个寝室一般情况下，在统一熄灯后同学们还卧谈，天南海北海阔天空海聊。到了毕业季就开始聊自己的去向了。我们六个同学其中一位来自云南，其他都来自四川的不同地区（那时重庆还属于四川省），最终的结果是云南同学回到了云南就业，到了一所地区农校当老师，好像目前还在这个学校继续当老师。最让人纠结的是，我们五位四川籍生源有四位都要出川，除了我愿意去北京外，其他四位同学更多希望留在四川，但是最后他们分别去到了湖北、广西、江苏。去省外有个很大的好处就是直接到了省直机关，不用再次参加分配。到南京的同学去了江苏农业银行，到南宁的同学去了广西农业银行，到湖北的同学去了湖北农业科学院。其中分配到湖北的这位同学大概三年后调回了重庆老家，一步一步发展到今天也是事业有成了。记忆中这位同学在大学四年里，除了认真完成了大学各门课程外，与其他同学来往相对较少。但是他对武侠小说有特别浓厚的兴趣，四年里将小说家金庸的系列武侠小说全部通读和研究。所以我今天还在想，他能取得今天的成绩是不是吸收了小说中的精华和悟透了里面的人间故事，以至于他从一个在校时默默无闻的后生成长为了党的地方领导干部。

在南京的同学30年一直在银行系统工作，其闺女受其影响大学选择了中央财经大学，就读于金融专业。记得毕业时到南京的同学还是一位预备党员，在大学四年级时担任了一学年的班长。在他到南京报到后不久，因为工作原因我出差到了江苏，专程去了他下基层锻炼的宜兴县看望了他。当初他到江苏农行时还算佼佼者，因为农行的本科生当时很少况且他还是党员，所以我一直认为他在南京会发展很好。我们之间毕业后联系很多，彼此的每一步都相对了解，可惜的是在早些年他一头的黑发也早早变成了“地方支持中央”的感觉了。多年后的今天，他和我一样又开始坚持锻炼了，他的基础比我好，在学校时他是系足球队主力队员，可是由于他多年不锻炼的原因也早早地发福了。

离开学校后，部分同学是选择先回家然后再去单位报到，也有先去单位报到后再回家休息几天，而我直接从学校到市区的亲戚家待了两天就到北京了。

我离开学校那天，天空下着小雨，对我这个多愁善感的人来说真是心情坏到了极点，那种伤感那种离别只有自己在心里默默承受，所有同学都离开了学校，目睹校园里熟悉的一切依然，可是熟悉的同学都已远离了。我和大家一样，心里很清楚此时离开不知道何时才能回到母校，也许只有梦里慢慢回忆罢了。

告别了西南农业大学，那是我青春焕发的地方；

告别了美丽的校园，留下了我们青春的脚步；

告别了所有的老师和同学，期待重逢的日子。

第三篇

告别山城 来到北京

今天的山城美丽而富饶，嘉陵江和长江汇聚在重庆，日夜不停地奔向远方。如今的山城与当年的山城完全不一样了，改革开放三十多年，重庆变美了，街道变宽了，楼房变多了，男女老少变得更洋气了。站在南山最高点鸟瞰整个重庆夜景，是那样的心旷神怡。

第十一章

美丽的山城永远美丽

1987 年 7 月的夏天，重庆已经是热似火炉了。整座城市充满嘈杂的声音，空气中弥漫着汽车尾气冒出来的汽油味，男人们穿着拖鞋、光着膀子，趁天黑凉快之际满大街到处溜达。大街上充满了火锅的味道，小饭店里到处是男人们划拳猜令的吆喝声，大口大口喝着重庆的山城啤酒，要一盘油炸花生米和一盘猪耳朵，加上两三个小菜，这便是男人们美好而幸福满满的日子，兄弟伙们那份义气、那份痛快就显得那么淋漓尽致了，多年后走遍天南海北也再难见到、找到那样的感觉了。

重庆的美女是出了名的，个个苗条，人人皮肤嫩白。人们说苗条是因为重庆到处是爬坡上坎，上班下班逛街只好走着去，于是想不苗条也很难。加上重庆又是有名的雾都，空气湿润、含水量高，是天然的护肤品，太阳光顾的时候又少，所以个个细皮嫩肉。全国各地到重庆出差的男人们都后悔自己结婚太早，虽然是一句半真半假的玩笑话，但足以证明重庆的美女遍地都是。

但 80 年代的重庆，我不是很喜欢，那里的街道曲里拐弯，道路弯弯曲曲，交通次序杂乱无章，整个城市也是垃圾遍地。从农村来到重庆，不知道是自己麻木还是什么原因，从来就没喜欢上这个城市，尽管在这个城市里有我的亲戚，并且在我成长的道路上给予了我无私的帮助和支持。

其实我应该感恩这座城市，因为我母亲的二姐和妹妹的家就在这个城市，当年我母亲给人当养女到了广安的农村，我的大姨、二姨、小姨一直没放弃寻找我母亲的下落。20 多年后，我大姨父利用出差到广安的机会终于找到了我的母亲，那时我的母亲已经有了两个孩子，就是我的大姐和二姐。后来时不时，我的三个姨妈就会从重庆城里给我们家里寄来一些旧衣物，在旧衣物里夹带着一些全国粮票或者 5 元、10 元人民币。让我记忆犹新的是，在我读中学，特别是读高中时，除了继续给我们寄来衣物钱票以外，更多的是给寄来了在乡村中学根本买不到的一些课外读物，特别是高考复习书籍，这些书当时对我提高成绩起到了极大的作用。这样一来我在初中时代成绩一直保持在年级前三名，高中时代也一直在尖子班。我的数理化始终是我的优势科目，虽然在高考中，数理化并没有考出特别理想的成绩。

高中毕业来到重庆这座城市，在离市中心 60 多公里的北碚区就读大学的四年里，我的几位姨妈还专程到学校来看望我，我的大姨妈第一次见到我时还夸我的鼻子长得好看，当时我还不知道鼻子长得好看也可以用来夸人的，因为我从来就没注意到我自己的鼻子呀。大学四年期间，我时不时去我的这些长辈家改善改善生活。每次到二姨家或者小姨家时总是感觉不太自在，不论站着还是坐着，总是畏手畏脚，吃饭的时候也不好意思。一个大学男生还如此放不开，除了腼腆外，是不是还有一些来自农村的自卑和灵魂深处的畏惧？不过每次总会有收获，除改善了生活兜里还多了零用钱，哪怕 5 元、10 元也是不少，起码能够维持一个月的零用啦。还有很多好处，真正熟悉了以解放碑为中心的重庆市市区，每次从北碚区坐长途汽车到市区，总是晕头转向搞不清东南西北。走过好几次的道依然每次去都要走错，当时看到解放碑感觉好高，因为周围的房屋都比解放碑低很多，而如今解放碑已经被周围很多现代化的高楼大厦包围了，解放碑的周围基本改成步行道了。80 年代，解放碑的周边有民生路、民族路，不远的地方有一个叫大阳沟的地方，有一个大阳沟菜市场，里面有很多小商贩卖各种各样的时令蔬菜。记忆最深的是大阳沟菜市场里有很多鲜活的鱼、活鸡。还有卖鲜活黄鳝的小商贩，熟练地将鳝鱼的头用钉子钉在一块长方形的木板上，一手用小刀麻利地开膛破肚，一会儿的工夫去头去尾半成品的鳝鱼段就做好了，拿回家就可以直接煎炒烹炸了，一盘高大上的川味鳝鱼就可以美美地下肚了。在大阳沟的附近有一条五一路，五一路有一家电影院，我还独自一人去看过电影。看一场电影是一种享受也是一种奢侈，当时的黑白电影故事情节很真实，艺术化的成分不多，神话的成分也不多，电影里的故事和人物基本上都可以找到原型。

重庆的老火锅真是让人解馋啊。记得第一次吃重庆正宗的火锅是在北碚区的某个地方，一位老乡大师兄带着我们几位聚会，在一个铁锅中放置八方格，当大火将锅里的老汤烧得滚开后，大家用筷子将各式菜品夹放在锅中，不同的菜品煮的时间不同，但麻辣鲜香彻底入味，对于喜欢川菜的食客来说是一种天堂般的享受。其中重庆人最爱吃的是毛肚火锅，毛肚用筷子夹住在锅里七上八下后就可以入口了。老汤，一天之中是不用换的，也就是说一波一波的客人只需要点菜品，锅里的老汤越老越好，现在很少见这种火锅方式，这是因为人们对食品卫生有更高的要求了。

去解放碑的次数多了，也听大家说得多了，真的老火锅在解放碑附近，饭店的名字就叫重庆老火锅，后来还专门去了两次，于是解放碑和老火锅深深地在记忆中珍藏几十年了。

从小就听我母亲提起过解放碑和朝天门码头，这可能是老母亲儿时挥之不去的记忆，尤其是到农村多年后，或许是在梦里经常梦到的地方，也许每次在梦里都会是一种美好的回忆，也是一种深深的伤痛。听母亲和姨妈们偶尔提起她们姊妹四人骨肉分离的伤心情节，还有就是她们的父母也就是我从来没见过面的外公外婆，好像在江北一带还有不小的家业，最终好像是外公吸鸦片而败光了家业，母亲她们姊妹几人在小小年龄便骨肉离别，分别给不同人家当养女了，她们经历了抗战时重庆的轰炸，到现在母亲还能时不时想起她们小时候离别的情景。

朝天门码头是我在大学时代去过多次的地方，那里是长江和嘉陵江汇合的地方，在历史的长河中是商贾云集的地方，南来北往的货物在这里装上船、在这里卸下货，培养了一批一批大商家和富贵人家。朝天门码头上人流如织，棒棒军触目皆是，各种批发市场如雨后春笋遍地开花。如今的朝天门码头无论港口吨位还是现代化程度跟往昔都不可同日而语。我在朝天门码头知道了什么叫商业、什么叫贸易、什么叫繁忙。

朝天门码头离菜园坝火车站大约有10公里的路程，菜园坝火车站同样见证了重庆的发展和繁荣。从各个方向到重庆的火车或客车都在菜园坝停留和靠转，火车站边人马穿梭不息，小商小贩吆喝声此起彼伏，各种小商品琳琅满目，俨然一个大集市啊。

重庆还有座著名的南山，之所以著名一是因为南山的风景非常好，也是重庆市民经常锻炼身体的地方，更关键的是南山有个制高点，站在制高点能够对重庆一览无余，特别能看到重庆两江的全部夜景，看到来来往往的在长江或者嘉陵江穿梭的各种船只。重庆之美在美女，重庆之美也在夜景，欣赏夜景之美得去南山的制高点。所以到重庆旅游的团队、个人都会被旅行社或者朋友推荐去南山公园看夜景。茂盛的植被、盛开的鲜花、弯弯曲曲的石板台阶、如花似玉的各路美女，南山出名了、人多了，南山成了知名的旅游景点了。大学期间去过一次南山，毕业之后去过一次南山，而今记忆已经模糊，所以再有机会一定再去南山好好欣赏和享受，或许选择南山下大雪的时候去看重庆的雪和雾，也许可以忘却人间所有的烦恼。

南山在长江边，长江养育了我们，长江贯通东西。长江的繁荣就是祖国的繁荣，长江的繁忙就是经济的发达，川江号子日夜不停地在长江两岸响起，欣赏三峡美景的游轮前前后后一艘接一艘。

到了不得不离开重庆的时候，解放碑、朝天门、菜园坝、南山、长江，还有天生桥永远留在了记忆的长河中，梦里常见。

1987 年 7 月的某天，我约好了一位同样分配到北京的同学一起到达了菜园坝。我二姨亲自来到了菜园坝送别。我们大包小包扛着上了到北京的绿皮火车。随着火车一声长鸣，我们就这样离开了重庆。

在重庆读书的四年、在重庆生活的四年，多少美好的记忆，多少值得留恋的人和物永远珍藏在心间。

伤离别，离别已经在眼前；

说再见，再见已经不遥远；

若有缘，我们还会再相见。

第十二章

风光无限我要去北上

从小我们就唱《我爱北京天安门》。可是北京在哪里、北京离我们有多远、北京什么样，一切都是模糊的，一切又是清晰的。之所以模糊是因为没有去过北京，之所以清晰是因为课本上有很多关于北京的描述。当火车鸣笛启动的那一刻我知道我向往的北京越来越近了，兴奋向往中还夹杂着不安。难道就这样到一个陌生的地方去生活、去工作、去成家立业，未来就这样完全不知吗？我会习惯北京吗？我会喜欢北京吗？我会适应北京吗？一切都是未知的。到一个没有任何朋友的地方、到一个没有亲情的地方、到一个没有任何家人的地方，怎么去排除那份孤独？怎么适应那份陌生？正如当年我大姑送我离开家乡去上大学一样，转身之间我早已泪流满面。

火车离开重庆了，一路北上，36 小时后将抵达北京。北上的火车第一站就是重庆市大学集中的地方——沙坪坝，曾经多次路过沙坪坝却无停留，曾经与位于沙坪坝的重庆大学失之交臂。当初填高考志愿的时候，我最开始是把重庆大学填在第一志愿的，可是后来将西南农学院放在第一志愿，重庆大学放在了第二志愿，将同样位于沙坪坝的重庆建筑学院放在了第三志愿。也许命中就与沙坪坝无缘吧。因为我的一位高中同班同学在重庆大学读书，在大学期间我还专程去重庆大学看了看他，我们一起在校园里转了转。重庆大学知名度超过了我的母校，但校园风景不如西南农学院。可能是农学院的原因吧，母校的园林绿化很好，当初刚到学校报到的时候还不相信有这么美的地方，还有蔬果飘香的农场。至今我也不后悔上了农业院校，这大概就是人们常说的人的命天注定。重庆建筑学院代表南派，是 1952 年全国高校院系调整所形成的“建筑老八所”之一。当初仅仅认为建筑就是盖盖房子而已，后来我娶了一位毕业于哈尔滨建筑学院的老婆，才知道当初对建筑学院的理解如此肤浅。时至今天，沙坪坝成了重庆著名的大学城，还有人说沙坪坝也成了欣赏重庆美女的三大地方之一，因为学生美女集中在沙坪坝。想想好像有些道理，可惜再也没有机会再去沙坪坝了，也没有机会去重庆沙坪坝著名的三峡广场了。

火车的第二站来到我母校所在地北碚区，推开火车的窗户，希望远远地再看母校一眼，可惜火车在嘉陵江的东岸，母校在嘉陵江的西岸，远远望去中间还隔着连绵的山丘，就这样与母校隔江而不相见。山中的母校在山中，山外的母校在云中。

在山连山水连水中，火车北上到了华蓥山。

受小说《红岩》和其中塑造的传奇人物双枪老太婆的影响，华蓥山成为了家喻户晓的革命地方，更是革命教育基地。华蓥山被誉为天然博物馆，以秀丽奇特的喀斯特溶洞为景观代表，山中的大峡谷是地质奇观。在峡谷内有无数溶洞群和瀑布群，据说是华蓥山游击队的根据地。华蓥山虽然现在属于广安市管辖，但年少时的我，只闻其名却从未接近。直到 2011 年的时候我带着我的老母亲和几位朋友一起才第一次走进了华蓥山，第一次认识了这“庐山”真面目。

不久，火车缓缓经过了一个小站：三汇坝。当年我从这个小站第一次认识了火车，这个小站是我人生的第一站，从这里开始新的旅程，从这里走向了西南农业大学。再次经过这里，匆匆四年已过，一个曾经梦想无限的青年学子，如今怀揣着红红的大学毕业文凭，就要一路北上了，这一去不知何时再回来了，这一去要靠自己独立闯世界了。

坐着时速 60 公里左右的绿皮硬座火车，抬头望着窗外的川东美景，滚滚的嘉陵江日夜奔流不息，养育了几百万的川东北人民。火车不紧不慢经过了达县来到了安康。这是我第一次知道了安康这个地方，火车停靠时我还不清楚安康是属于哪个省的地盘。

后来查找相关资料和多次坐火车经过安康，慢慢才知道安康位于陕西省东南部，北依秦岭，南靠巴山，汉水横贯东西，河谷盆地居中，为中国北亚热带动植物典型代表区，有羚牛、朱鹮、大熊猫、云豹、人鲵等珍稀动物，是陕西省及西北地区最主要的茶叶、蚕茧、油桐、生漆主产区。安康因境内土壤含硒元素丰富，又被誉为“中国硒谷”。安康是南水北调中线工程的核心水源区，承担着“一江清水供北京”的使命和责任。如今在北京喝的水就有来自安康的水源，感谢安康，感恩安康。

之所以如此孤陋寡闻，大概都源于读书年代一心为了跳过龙门，除了学好数理化的书本知识外，对祖国的大好河山知之甚少。在读书时基本未涉猎过地理方面的书籍，历史知识一样贫乏，在如今看来在很多方面真是一个文盲。80 年代曾经流行一句口号：学好数理化，走遍天下都不怕。现在看来这是历史的错误，也是个人的悲哀。

秦岭是从重庆坐火车到北京曾经的必经之路。我很小的时候听姑父隐隐约约谈起过秦岭，在他描述秦岭的时候我既好奇又像在听天书。秦岭对于我，仅仅是听说过，其实也就停留在一个名字上。

火车经过了十堰、襄阳，过了南阳一路北上，郑州、新乡、邯郸、安阳、石家庄、保定等这些城市都是我第一次路过，很多地方更是第一次听说。

火车呼啸而过，窗外绿油油的庄稼地在华北平原绵延数百里，对于我这个出生在丘陵地区、长在丘陵地区的人来说，完全感到惊奇和惊喜，第一次知道了这就叫平原，打破了我对地理地貌的直观概念。少了山丘的起伏美多了大地的宽广美，少了山地的灵气多了大地的大气。

不了解北方的农村也不了解北方农村的人们，不熟悉北方的生活却马上要到北方生活。火车在烈日之下呼啸而过，一个村庄接一个村庄在满眼绿色中飞奔而去。7 月的北国见不到万里雪飘，这时候的河南、河北望不尽的麦浪一浪盖过一浪，没有四川重庆层层山峦的深邃和起伏的画面，却有着大地望不到尽头的神秘之美和天在那边追逐的力量。没在书本上学过，第一次感觉到北方就是北方，南方就是南方。所以多年以后虽然习惯了北京的环境、习惯了北京的文化，然而自己的胃口依然保持了家乡的味道，以至于有时候感冒了吃药不一定见好，但吃一顿麻婆豆腐和水煮肉片，感冒就好了一大半。

第十三章

北京我来了

北京是祖国的心脏、是我们心中的太阳、是无数人的向往之地。绝大多数中国人都希望一生之中能够到北京看一看、转一转、玩一玩，但大多数中国人没有实现这个愿望，哪怕是交通如此发达的今天，到北京一游也需要在心里准备了又准备。在世界上任何一位华人，只要来到北京，来到天安门，特别是看到鲜艳的五星红旗庄严升起的那一刻，都感觉到无比激动、无比自豪。

在绿皮火车经过 36 个小时长途跋涉后，伴随着一串清脆的声音："旅客朋友们，前方到站是本次列车的终点站北京站。北京是我们伟大祖国的首都……"我知道我真真正正来到了从小学一年级课本中学到的北京。你难道当初跳龙门就是冥冥之中跳到北京吗？这就是从小努力学习实现梦想的地方吗？这就是要不远千里离别亲人梦想要来的北京吗？从这一刻起我要真正独立了，在这没有亲人的北京、没有同学的北京、没有朋友的北京。我知道这再也不是学生时代了，我知道这再也不是熟悉的家乡了。无论环境，无论生活，都在等待我去适应，或者说我要主动去适应不同的环境和不同的生活了。

初到北京，记忆最深刻的是北京火车站没有想象的那么宏伟，但北京站的报时钟声伴随着《东方红》的音乐让人怀念伟大领袖毛泽东。记得小学课本第一课还是第二课就是《毛主席万岁》。当时我们老师和同学们把“主”都读成了“祖”，包括我时至今日很多关键的字或者词还咬得不准确，还做不到字正腔圆。所以说，虽然身份证变成北京身份证，但乡音难改，这大概也与自己的语言天赋有关，或者自己在改变口音上努力不够吧。

出了火车站，取上行李就该去单位报到了。带着报到证问了几个人怎么去。自己普通话确实说得不好吧，感觉很多人都不明白我的意思；遇到热心的人告诉我东南西北之时，我又确实分不清东南西北。还好最后终于到了地铁里。第一次听说地铁都不知道是什么东西，一直以为城市里交通工具只有公交车和自行车呢。北京在当时也算中国交通最好的城市了吧？来北京之前，我并没有对北京的城市有任何的想象，因为也想象不出来，除了在课本上知道了天安门城楼的样子，还有就是从电视里知道的一些天安门的样子。但当初的北京站及其周围并没有比其他城市环境好到哪里去，例如重庆的菜园坝火车站，两者并没有太多的区别。唯一让人感到陌生的是北京的地铁，当时在整个中国大陆应该只有北京才有地铁吧。不记得当时是两毛钱还是五毛钱就可以在地铁里来来回回坐。我记得当时是天黑的时候到达北京站的。非常幸运的是，在地铁里，我问了一位大约 30 岁的女士，该如何到我要去报到的地方。估计她没有完全听明白我说的地方，让我给她看了报到证后她说了一声跟我走吧，我就一直跟着她坐地铁、换公交车。最后她把我安排好住宿之后，叫我第二天等她一起去报到。第二天我跟着她到了我真正要去报到的单位。

这意味着我真正来到了北京。

第四篇

无知中迈出了第一步

不管自己是真无知还是无真知，既然已经来到了北京，陌生也罢熟悉也罢，脚下的路没有人能够替自己走，只有自己一步一步往前走，也许前方道路不平坦也许荆棘密布。那就按照俗语所说“无知者无畏”吧。所以我不能畏惧，或者即使畏惧也需要自己去克服，自己给自己壮胆吧。

第十四章

无所谓专业对口

说句实话，一直到今天我也不知道当初为什么会同意母校把我分配到北京商业管理干部学院，其另一个牌子是商业部干部培训中心。从我记事起一直到大学毕业，我从来都没想过自己去当老师，而且是到北京当老师。商业管理干部学院是一所成人学历教育和培训的院校。在80年代，商业部包括商业系统、供销社系统、粮食系统。作为商业部的干部成人教育机构，主要是为这三大系统培养人才。

供销社系统在80年代是非常让人羡慕的单位。计划经济时代的米油盐、各种副食品在农村广阔天地都要凭借各种票去供销社购买，谁能在供销社上班很是让人羡慕和仰视的，男孩子如果在供销社，尤其是在乡镇供销社工作的，找女朋友都很容易。从理论上讲，供销社是农村合作经济组织，是农民的合作组织，是为农民服务的组织，在国际上有合作联盟。当初在农村的时候只知道供销社是买东西的地方，而且在各个村也有供销社的代销点。我们大队的代销点是在大队书记家中，逢赶集之日，工作人员便用箩筐担着各种小商品在公路边摆摊，供赶集的人们购买，如食用盐、火柴、食用糖还有作业本之类。所以在我的脑海里，供销社是乡村小商店。

到了北京商业管理干部学院后才知道，供销社系统是一个庞大的农村商业合作组织，担负着全国亿万农村消费者的供应工作。我所在的合作经济系，学员主要是来自于全国各地供销社系统通过成人高考的员工。学校不称他们为学生而叫学员，主要是因为他们都有几年或者多年在供销社工作的经历，而且年龄远远比高考学生大。我教过的学员中年龄基本都比我大很多。

到合作经济系报到后，系里便把我分到了企业管理教研室，整个教研室有6人，主要从事企业管理教学工作。在大学，我学的专业是农业经济管理专业，课程设置很杂，有经济类的课程、有管理类的课程、有农业技术类的课程，也有一些基础理论课程。我们合作经济系包括系主任和书记等领导是老牌大学生，其他老师都是我来之前陆陆续续毕业不久的大学生。

商业管理干部学校是在改革初期将商业学校、供销学校、粮食学校合并而成的一所成人高校，成立的时间并不长。记得80年代各个部委都有自己的一所管理干部学院，例如农业管理干部学院、石油管理干部学院、化工管理干部学院等。当初，管理干部教师队伍普遍现象是教师的年龄比学员年龄小。记得我曾经教过的一个学员比我大了近30岁，当初他的孩子都比我大，当他让他的儿子管我叫“师爷”时我都不知道该怎么回答了。到今天大多数管理干部学院已经并入大学或者不再做学位教育了，成了一个时代产物。

记得当初，学院所有新来的大学生都称为助教吧，第一年是没有资格上讲台的，都要在第二年根据情况，由管教学的各级领导听了试讲后再决定是否可以上讲台。一直到今天我非常感谢上天对我的照顾：我刚到学院报到的第一个学期，我的系主任详细了解了我在大学期间的各种表现，经过多次沟通决定提前给我一个试讲的机会。

第十五章

惊喜主任请客　期待饱餐一顿

管理教研室，主任是一位女教师，我在教研室工作不久后，主任请我到她家去做客。当时特别高兴，一是主任能够亲自邀请去她家说明对我还是比较认可的，二是来北京在生活方面，尤其是吃饭方面很不适应。对我这个从山城重庆来到北京、吃惯了麻辣的四川人而言，北京的饭菜确实不是那么入口。80 年代北京远没有今天这么繁华，1987 年来到北京时北京的二环还没有真正“环”起来，二环上当初没有立交桥；北京还没有太多的高楼大厦，到处都是四合院；满世界的自行车大军，到了春季风沙也特别大。想吃得可口真的不容易。最关键的是北京当初也没有那么多的饭馆，不像今天中国各种菜系在北京都能够吃到正宗的。在北京的三个月，还没有完全习惯北京的饭菜。在学校工作每顿饭基本上都在食堂解决，偶尔会和同事们一起外出改善改善。记得当初第一年我的工资加上补贴在 70 元左右，每次发了工资先在食堂买好当月的饭菜票，剩下的钱我才敢自己支配。所以，教研室主任发出邀请去她家吃饭时，我特别期待能好好改善一下。话说当初自己情商好低呀，主任请客，我居然是两手空空就去了主任家里，也没有带点礼品之类的东西。好在她应该不太计较这个吧。我一直记得，在我的家乡逢年过节请客时，都把家里最好的东西拿出来招待客人。小时候在家也希望有客人来，包括我的奶奶来家里，我们小孩子，尤其是我这个父母唯一的儿子，都可以上桌子与大人们一起吃饭，那是一种美美的幸福啊。到主任家里我感觉不自在，也不知道该和他们聊些什么，吃完饭我就匆匆地离开了。用今天的话来说我当初还不懂得怎么沟通。这顿饭与我们老家的请客相比相对简单点，关键是没有我期望的麻辣味道；但这是我到北京后第一次受人邀请到家里去吃饭的，特别记忆深刻，也特别感谢，30 年啦，还是很清晰地记得。

第十六章

意外的试讲机会　天生口才初认同

室主任给了我很多关照和机会，系里的主任和书记也对我像对待自己的孩子一样，在工作之外也给我生活上关照。虽然刚到北京还讲不好普通话，但在大学期间我有很多演讲机会，练出了好口才，在台上从来不会怯场。我清楚记得当初系主任让我准备试讲，大概是在 1987 年 10 月，给我试讲的科目是供销企业的储运管理。这个题目我在上大学时从来没有涉猎过，在准备的过程中我翻阅了不少相关的书籍，非常认真地备好课。

大学刚刚毕业分到学院的年轻教师，一般要跟着一位资深老师做助教一年以后才有试讲的机会。不知道什么原因我报到后正式上班不到两个月就获得了试讲的机会，或许是因为企业管理的课程较重，教师比较少；或许是包括系主任在内的各位领导间接已经对我认可了。

我认真看了企业管理学这门课程的相关教学内容，应该说从文字上看没有什么太高深的内容，但是要从管理学的角度把内容吃透和讲透确实不容易。特别是从校门到校门没有任何在企业工作的经验，又要面对来自于供销社一线，甚至有的还是供销社领导干部的学员，要是没有真正的水平是非常不可能得到大家的认同的，所以要反复去学习、理解、思考。

记得是在 10 月的一天下午两点左右，我们管理学院主管教学的副院长梁院长、合作经济系主任易老师、教研室主任以及其他相关的教师一起坐在教室来听我的试讲。我们的管理干部学院坐落在北京西二环边上的百万庄大街，是以前粮食干部学校所在地，临街的一栋楼还是和粮食科学院各占一半，也就是学院的主楼，一楼是行政后勤之类部处，二楼就是学校教学之类还有院级领导办公室，五楼就是学员宿舍和我们单身教职工宿舍，我当初和另两位也是刚刚分到学院的教师一起住在五楼的一间单身宿舍。我们的教学单位各个系和基础部则在后面一栋仅仅只有三层楼的三楼。为了和一楼、二楼的住户隔开，学院从楼的西侧搭了一部铁制楼梯从地面直接通到三楼。我所在合作经济系主任是一位在供销社系统很有名的专家级教授，但由于眼睛视力不太好所以行动不太方便，每次他上下班从楼梯上上下下我都有一种担心。我们的主任是典型的学者，每天带着一个酱红色的皮包，里面装有他的眼镜、笔记本等物品。他有时穿一身藏蓝色的干部服装，有时候也穿蓝色西装。好像是 50 年代的大学生，老家在湖南，在北京多年的他依然难改乡音，一般情况下第一次听他讲课时很难听懂的，需要有一段适应的过程。非常幸运的是我刚刚来到学院就跟随他，他每堂课我都会在教室里和同学们一起听讲。一方面获取知识，另一方面收集一下学员们对讲课的各种意见和建议。所以我真的认为他是一位好领导、好教师，同时也是我工作中的贵人。我知道能够有这次试讲的机会是他给我安排和争取的。

试讲给了我一节课的时间也就是 45 分钟，由于准备得比较充分，我对试讲信心满满，无论从板书还是声音抑扬顿挫的把握，或者语气语调，或者对所讲内容的熟悉程度我都心里有数。当时间很快过了45分钟后，等待大家的点评，我的同事、室主任、系主任都一一点评了，大多数给予了肯定。轮到主管教学的梁院长点评时，梁院长直接问了我一句："小林你以前讲过课吧?"我心里一惊喜，知道肯定顺利通过了。我成了我们一道来的同事中第一个登上讲台的，这或许是一种骄傲吧。

第十七章

谁来接班 到底选谁

很幸运的是可以登上讲台了，由于第一次以老师的身份登上讲台，自己还是有一些担心。在理论界一直有一种争论：管理到底是一门艺术还是一门科学？对于我这个农业经济管理专业毕业的学生来说，以前没有去关注这个问题也没有给予太多的理解和思考。为了对管理学这门课有更深刻的理解，我在学院图书馆借阅了不少管理学的书籍，从管理学的基础知识开始，一本书一本书去阅读，包括古典管理学、传统管理学、现代管理学，一行一行去理解，书上有的地方对同一问题的解释不完全一样，甚至有些地方还是互相矛盾的。这个时候需要拿出自己聪明的大脑和智慧去思考了，并且做好笔记，最终形成自己观点的论据。

当时我讲的课程是《供销企业管理》，与一般的管理学基础知识或者生产企业的管理有些不同，供销企业当时主要负责农村，包括县级城市的商场，销售一些农产品，所以企业管理偏重于商场的管理。

企业管理没有太多高深的知识体系，更多的是人们在长期生产劳动过程中总结出来的一些经验和规律性的东西，在内容表达上也更多的是用文字表达，也没有太拗口的语言。这门课我理解一方面需要一些常识的积累，另一方面要有自己独立的思考。不像数理化一样有很多规律，一个问题数理化可能只有一个答案，而对管理而言每个人都会有自己的理解和判断。所以在和学员们上课中我更多地采取交流和讨论的模式。

案例教学是我的系主任经常采用的教学方法，而且是学员们特别欢迎的教学方式。案例就是将在实际工作中发生的事情如企业的组织、生产、销售、人事等方面发生的实际情况通过调研、总结、文字加工，最后变成阅读性或者代表性特别强的管理故事。在课堂上教师先把案例发到学员们手中，给大家一定的时间如半个小时或者更长的时间，每位学员自行阅读后根据所给定的几个题目形成自己的观点，学员们再在课堂上发表自己的观点或者结论。有时候是每个学员自行发表意见，有时候是老师指定人员发言，也有分成几个小组找代表发言的。各位学员或者各小组的意见有时候完全相左，大家辩论的时候都希望自己的观点是正确的或者被大家认可。

记得刚开始我主要是作为系主任易老师的助手身份出现，给大家发放文字材料，同时记录讨论过程中大家的意见和收取大家的作业本，结束后有时候也替主任改作业。在大家讨论和发表意见的过程中我负责记录大家的意见和整理。在大家充分讨论后主任老师会带领大家分析案例中所涉及的管理学理论和原理，讲解案例中分析的方法、手段。

有一个案例特别有意思。案例说的是某县所属的基层供销社因为主任到了退休年龄，要在内部提拔一位主任接班人。其中候选人老张是副主任，年龄 53 岁，在这个单位干了 30 多年，初中文凭，当副主任也有 10 年了；张主任是办公室主任，大专文化，年龄45岁，特别善于沟通、协调，上上下下人员关系都很好；李科长是业务科长，年龄30岁，大学毕业，负责业务已经两年时间；还有一位副主任张女士，主要负责党政、公关、工会、行政人事工作，年龄40岁，大专学历。

这个案例的题目是：谁更适合接主任的班？

我记得在讨论这个案例时整整听取了学员们两个小时的发言，大家意见非常不统一，互相之间争得面红耳赤，甚至到了互相争吵的地步，争论的结果是谁也没有说服谁。我在记录的时候也在想，到底应该选谁或者谁更合适呢？

这个题目条件非常宽泛，分析起来每个人都有非常明显的优势和不足，但题目未设计先决条件。我记得最后系主任没有直接给大家讲解应该选谁，而是带领大家一起讨论选人的标准，设计出几个维度：年龄、学历、性别、业务熟练程度、资历、社龄，然后大家再讨论每个维度应该占比的权重，在权重达成一致的基础上，再讨论每个维度100分的标准，把每个维度从60分到100分分成五个标准段。在这些基础上让同学们再重新打分比较，看看用这种方式选出来的适合人选与前面自己的判断是否一致。

但是在权重环节各位学员在讨论过程中，分歧很大；虽然全体同意可以按照权重来打分选出接班人，但是包括年龄权重应该占比多少，学历占比多少，性别是否也纳入占比，业务经营能力占比多少，在各种占比中哪个段为100，又是大家分歧很大的部分。最后姑且按照一个标准大家开始打分统计，最后得出一个理论上的接班人。

这个案例再次证明，在选人用人方面没有绝对的科学，其中不同的岗位最看重的能力是不一样的，标准不像数学公式一样可以加减乘除得出一个标准答案。有人曾经说提拔干部：年龄是个宝，文凭很重要，能力供参考，关系最重要。对这里说的关系我更愿意理解为一个人的沟通能力和上下左右的平衡协调能力，只有这样才能为自己实现目标创造良好的氛围，而不是有些人理解的拉关系之类。当然，我也一直认为与领导保持经常性的沟通是非常重要的。因为在所有因素的最后都会形成一条组织和领导是否放心是很关键的选人用人标准。我一直认为没有绝对的标准也没有绝对的谁行谁不行。

第十八章

做好当前　成功太遥远

在试讲通过后，我除了继续为系主任当助理外，还获得了独立讲课的机会，我记得当初给了《管理学》中的两章节独立授课，备课是必需的。当初我们的备课本大概是 8 开的纸张，上面有很多方格也有供修改的下画线。好像老师没有固定的坐班时间要求，只须每周的周二和周四大家到办公室集中一下。由于我就住在学院的集体宿舍，加上在北京也没有什么地方可去，白天上班时间我都会去办公室转转，一是看看书学习学习，二是我们系的资料办公室管理员天天上班，我们混得很熟悉。他比我大十多岁，我到系里时他 30 岁多但感觉很成熟，后来才知道他是出生在北京的北京人，当过兵，转业后分配到了学院。我俩关系一直处得不错，所以图书室的书籍我认为与教学有关的和我感兴趣的书因为时间富裕，我基本上看了一遍，大大夯实了我在管理方面的基础知识，为自己的讲课奠定了非常丰富的系统理论。我教学中除了忠实于课本外，更为大家展示和讲解了很多课本上没有的管理学理论，最主要的是添加了很多我自己对管理学的理解，这也成了我的教学特色。

每次上课后都要留给学员们一些作业，当初管理学的作业主要是对书本上某个理论或者原则的理解，同时也留些案例方面的素材供大家分享和分析。这些来自于一线有工作经验的学员是一个非常认真和自觉的群体，每次的作业完成得很好。无论从系统性还是逻辑上都与没有工作经验的学生相比高出很多。

理论分析没有绝对的正确也没有绝对的错误，所以在评改作业时特别是期中和期末考试给大家打分时，有时候我也很为难，除了看考试本身的试卷外还要考虑学员平时上课的各种表现，包括是否积极发言、是否认真听讲等。让人最难办的是有的学员在单位还担任了一定的职务，有的还是单位的一把手，如果分数太低成绩单寄回单位或者放在档案中他们感觉面子上很是过意不去。

特别是部分学员的奖金是与学习成绩挂钩的，如有的单位规定学员的奖金与成绩的优秀、良好、中等、及格和不及格直接对应，所以我在判卷和给分时会适当考虑这些因素，但还是会以卷面做题正确与否为主，在不违背原则的基础上适当考虑其他因素。

每个学年都有学员要毕业，学员们都要写毕业论文，作为刚登台教课的助教来说是没有资格做学员的指导老师的，但我的系主任老师和教研室主任老师都会让我参与到学员论文的判读当中，并提出自己的参考意见。大概在我上了三年课后，我才获得了独立指导学生论文的资格，系里会给几个学员让我指导论文然后判分。记得有一位好像来自于河南漯河的雷姓同学，毕业时我是他的论文指导老师，他写论文非常认真，隔三岔五就会找到我一起探讨论文的结构、总体思路、一些观点，着实让我非常感动。最后他的毕业论文是当年少有的优秀论文之一，可惜的是多年未有他的消息了。

商业管理干部学院是商业部直属的成人高校，也可以说是商业系统里面最高的成人教育院校，而各省市也都有自己的商业类干部学校，我们这些年轻教员同教授讲师们一样获得了很多到地方学校去授课的机会。有的是地方商业类干部学校与我们商业管理干部学院联办的大专班，我曾经去过石家庄的河北省供销学校、山东泰安的供销学校、南阳供销学校、武汉的湖北供销学校等地方去讲课。

我在石家庄供销学校授课期间，认识了很多比我年龄大十岁以上的学员，有十多位是县级供销社所属二级公司的总经理，如棉麻公司、果品公司、农资公司，在单位他们是说一不二的角色，尤其在80年代和90年代初期他们的职务所管辖的业务是很多人羡慕的。在我授课的班级班长叫宋国营，当初应该是一个地区供销社办公室主任，这个地区供销社农资公司总经理也是我的学员。我讲的课程是《供销企业管理》，除了我在理论上比学员们看书看得多一点，他们的实践经验远远比我丰富。在给他们集中上课的一个月时间里我个人的收获特别多。我在传授理论的同时开展了很多的案例教学，这些学员的表现远远超过我的预料，讨论过程中他们人人积极发言甚至抢着发言，很多时候由于观点不统一还出现互相辩论的现象，每个讨论小组最后都要派一位代表到台上总结发言，大家争抢着当代表。可以说他们给予了我很多启发和分享，所以在考试判分时从情感上都给予了他们较高的分数，后来很多年和他们中一些学员还有些联系。

最大的收获是在上课之余，学员们轮着请教员们，当然也包括我，隔三岔五到餐馆改善生活。与他们相处的一个月时间里除了进一步巩固了理论知识，也结下了师生友谊。

在泰安供销学校授课期间，我的教研室主任还特批了我可以带着新婚妻子，于是在供销学校教书的同时还享受着新婚待遇。更让人激动的是我有机会第一次登泰山。泰山我一共去登了三次，第一次就是借助于在泰安供销学校讲课的机会在一个周末去登的。好像是周日的早上，那时每周只有周日休息一天。好像在夏天 6 月还是 7 月的样子，早上天还没完全亮的时候，估计也就 5 点多吧，我们就出发前往泰山的大门口岱庙，我当时是 25 岁，登山时我就计划完全徒步上山，其他几位计划到了一半路程时坐缆车上去。不知道记忆是否准确，我穿着绿色背心和短裤，全程基本上小步快跑，我用了两个小时多一点就到了山顶。能这么快，大概一是当初年轻，二是我毕业后依然坚持锻炼，三是自己也想检验一下自己的耐力。在我到了山顶观光好一会儿时间后，大批人马才登上山顶。登上泰山才领略了五岳之一东岳的美与险，对山的理解又有更加深刻的内涵，从此我喜欢上了登山。后来在 2015 年 9 月，我有一天登上峨眉山山顶，当天徒步又下了山，很多成都的同学和朋友开始说是不可能的事，不可能的事我居然把它变成了可能。

去南阳供销学校讲课时，我已经有了讲解大概 200 课时的经验了，所以对同一门课把握节奏和课堂氛围已经不是什么大问题了，只是当时的南阳人太能劝酒，每次吃饭基本上不醉不归。记得有一次南阳地区供销社主任请我的系主任吃饭我作陪，记忆中一共有四桌。我的系主任酒量一般，我也很一般，南阳敬酒的规矩是端酒三杯，所谓端酒三杯就是主人为客人端三杯客人自己喝下，而主人不用陪三杯。当时的杯子很小，三杯加起来不到一两的样子。

我在想为什么敬酒自己不喝酒呢，后来才了解到河南人说酒是很珍贵的东西，只有给珍贵的客人喝，当初穷自己就不能喝了，直到今天河南一些地方还有这个规矩。可是对于我这个不胜酒力的人来说，喝酒基本上是一件痛苦难以接受的事情。更为可怕的是供销社主任自己敬酒三杯后，他带来的手下一个接一个来敬酒。如果我不接受敬酒也就是他们说的端酒时，他们每个人都会说："领导端酒您喝，我们端酒您就不喝，瞧不起我们啊？"这样说了我只好硬着头皮灌下去，后果就是到厕所去还原了，且还要头晕脑涨两天。

从南阳回北京时收获满满的，除又认识了很多学员以外，又去参观了南阳的隆中，了解了更多的关于诸葛亮的故事和传说。回京的行李里塞满了大包小包的当地土特产，如木耳、花生、黄花菜等。行李这个任务就落在了我这个年轻人身上，因为我的系主任眼睛不太好，走路都比较费劲，所以我只得肩挑背打了。

计划经济时代，我坐火车是没有资格买卧铺的，我的系主任是处级干部有凭借证明买卧铺的资格。当地凭借与火车站的关系为系主任老师买上了一张卧铺，离我所在的硬座车厢还有一段距离。为了在路上照顾系主任我只好一小时左右到卧铺车厢看一下，看看系主任有什么需要我服务的。

那时，我们到外地去上一节课，讲课费 20 元，其中 10 元归学校，10 元归自己。对于一个月工资不到 100 元的我们来说，讲课收入是很可观的一笔财富。但自己能讲多少课时是由系里统一安排的，当然如果自己的授课能够得到学员们的欢迎系里可以适当多安排点课。

其实到各地讲课，除了认识很多学员和到当地风景区玩玩以外，还可以学到其他手艺。我在湖北供销学校讲课时间接近 20 天，武汉的饭菜很对我的口味，所以我争取了在湖北供销学校多讲些课，时间集中也比较长。

在武汉期间我还学会了打武汉麻将，虽然我来自于打麻将比较普遍的四川省，但 17 岁考上大学之前没有时间也不可能去打麻将，当初一心一意把时间完全放在学习上。在武汉授课期间学员们教会了我打武汉麻将，当初我只是站在旁边看他们打麻将，在看的过程中慢慢搞明白了其中的规则和技巧。记得有一天的晚上学员们又聚在一起打麻将，其间一位学员要去上厕所让我替他打一把，我替他打这一把正好在庄上。庄家抓 14 张牌，当我把牌抓在手里时左看右看打哪张牌出去都不合适，因为好像每张牌都有用，其他三位催我赶快出牌，我说不知道该出哪张牌，正在纠结时，那位同学回来了，他一看牌激动地说："林老师，这是天和牌呀。"天和就是指抓到手里就和牌了，我后来打了很多次麻将再也没遇上过天和牌。按照当时他们制定的规矩天和牌必须将身上所有的钱给和牌的人，但这把牌由于是我替打的，他们之间产生了分歧，其他三位说这是林老师替打的牌不算，但这位我替打牌的学员不同意，说替打也是替他打的，如果替打时输钱了他一样要给钱。他们大概争论了五分钟，最后只好我以老师的身份出面解决了。我想了想：如果这把牌不算的话三位高兴，但这位被替打牌的同学绝对会意见大了去，甚至产生埋怨和愤恨，如果按天和牌算其他三位会不依不饶。所以我想既不能不算也不能按天和牌算，让他们互相妥协和达到一致才是最好的效果，所以我提议按照一把大牌计算，这样他们原则上都接受和同意了。真是难得一遇的天和，也是难得的协调机会，从那以后我逐步学会全国各地的麻将。其实在我大学毕业离开四川离开重庆时从来没打过麻将，后来很多同事朋友说四川人没有不会打麻将的，我说我们那个年代不一定吧。

在后来的多年玩麻将的生活中，深深体会到麻将其实是有很多哲理的，其道理和人生际遇有很多相似之处：摸到手里的任何一副牌没有绝对相同的，即便有相同的每把牌的打法和出牌顺序也不会完全一样，除了看自己手里的牌还要观察其他三家怎么出牌并对他们的牌势进行判断，而且要根据各地牌局的规矩决定自己这把牌怎么打下去，牌局上没有任何人可以帮助你也没有任何谦让的时候，一切要靠自己对牌理分析和牌势判断，既要根据自己手中牌把握和牌机会，又要防止给他人点炮而毁了自己和牌的机会，但有时候如果不得不点炮也尽量点小炮，这是需要智慧、理论和经验的。所以打麻将既是体力的较量同时也是智慧的较量，但你能否和牌取得胜利，除了你自己的努力外，运气就是决定的因素了。

这正如我们的人生一样。在任何时候我们都需要努力去用自己的智慧、理论知识、各种经验去工作去生活，但结局很多时候并不是自己想要的，甚至是相反的结果，因为机遇有时候比努力更重要，但不努力机遇来了也抓不住。因此人们常常说机遇是给有准备的人，看来是有相当道理的。

第十九章

岁月久远 匆匆那一年

1987 年我有幸刚分到学院就登上了讲台。第一年登讲台的次数虽然不如老教师多，但我很满足了，这除了大大锻炼了我的口才，也丰富了我的管理理论知识，而且每上一节课还有 10 元的补贴。对于当年不到 70 元工资的我而言，一个月有 100 多元的补贴真是很大的数字，也为我这个农村出来的孩子每个月寄钱回家，同时帮助我的表弟上高中，为家里减轻了很大经济负担啊。

与我同一年分配到学校的年轻教员当年就按学院规定下基层锻炼去了，有去地方商业系统的，也有去地方供销社系统的，而我留在学院跟着系主任老师边学习边讲课，现在看来上天真是青睐我呀。

转眼到了 1988 年的 7 月，系里总支书记陈老师找到我说："小林啊，你这一年表现不错，老师和同学对你评价都很好，所以我个人和组织对你寄予了厚望。"我当时心里咯噔一下，我想找我谈话应该不是来表扬我的，一定是为后面重要的事在铺垫。我心里在想我好像没有犯什么错误呀，工作也很努力而且为系主任当课堂助手也很到位呀，实在是想不出来有什么事情了，只好静静等待下文。果不其然，陈老师停顿一会儿说：

“小林啊，现在有一个重要任务，系里面考虑再三，认为你最合适。不知道你有什么想法没有？”我还不知道什么事情就不会有想法啊。陈老师最后说：“今年系里有一个参加中央机关讲师团的名额，商业部参加的是中央机关讲师团湖北宜昌分团。”我大概想了不到半分钟就坚定地说：“我服从组织安排。”就这样，我刚到北京一年的时候，也就是在 1988 年 8 月底的时候，我又和不相识的商业部各单位的同事一起奔赴湖北宜昌了。上天再一次眷顾了我：我被宜昌分团团长任命为湖北宜昌粮校支队队长同时担任党小组长。我们支队一共有 7 个队员，我们到达宜昌粮校后，湖北宜昌粮食局和粮校领导给予了我们很隆重的欢迎，给我们分配了三套房，房间里各种生活设施和用具配备十分齐全。

说实话，湖北宜昌，我以前几乎没听说过，决定要去宜昌后，我了解了下宜昌的情况，当时著名的葛洲坝就在宜昌，著名的三峡中的西陵峡就位于湖北宜昌，而且据说著名的小三峡也在宜昌境内，好不让人向往。

到了 9 月宜昌粮校也开学了，宜昌粮食学校主要招收的是中专生。我们去的时候有一个成人班（具体是大专班还是中专班我记得不是很清楚了），当时我的主要任务就是给成人班上课，课程为《粮食企业管理》。这门课不太复杂，但涉及企业管理的方方面面，从最基础的管理知识到人事管理、物资管理等多方面。成人班的学员主要来自湖北省各个地区粮食系统的工作人员。有部分县粮食局局长、有粮库主任、有粮食系统公务员，年龄从 20 多岁到 50 多岁的都有。

他们每个周末或者两周都要回家一次，往往周日回来时各自都会带来一些土特产到学校，由于我和他们的关系处得非常融洽，每个周末都会有三五个学员或者更多学员到我住的房间，大家一起买菜做饭、喝酒，偶尔还会一起打打麻将。

周末有时候我和队员或者学员们还会一起去宜昌市里转转，逛逛商场、看看电影，或者去长江边上看看风景。宜昌粮食学校位于一个叫虾子沟的地方，离宜昌市区有大概不到 20 公里的距离，离宜昌县也就不到 10 公里的距离。宜昌有一个比较有名的景点叫三游洞，离现在的三峡大坝不是很远，因此我们也经常去。

1988 年的时候我刚刚 22 岁，还是一个单身青年。我除了跟成人班的学员们来往比较多外，与中专班的学生来往也很多，我们经常一起打打排球、聊聊天，和他们年龄相差不大。

记忆特别深刻的是我和粮校几位老师处得特别好，尤其是成人班的班主任老师两口子，还有学校的体育老师。一直记忆深刻的是住在我对面的小两口，男老师叫邓家奎，每个月我在他家吃饭可能超过了 10 次，而且我俩还经常喝点小酒。邓老师家做的饭与四川口味有点区别，主要是花椒不怎么放，麻辣味中缺麻。在我与邓家奎老师家来往时有好心人提醒我说邓老师得过肝炎，希望我少接触。但了解了肝炎的传播途径后，我依然如故，并未停止与他们来往。与此同时，包括我在内的几位讲师团成员与学校的很多老师保持了很好的来往和接触。我们与年轻老师一起玩牌、一起打排球、一起郊游，他们给予了我们很多的关照、帮助。虽然大家的工资不太高但经常请客，因为我们是集体从北京去的，一般情况下他们也不让我们出钱，当初还不时兴 AA 制。

不知道是天生的原因还是我后天的努力，无论讲什么课学员们都比较喜欢听，可能是我比较爱动脑子的原因吧。我从来不照本宣科，无论对节奏的掌握还是问题的提出，以及与大家的互动，每一个小环节事前我都要在脑子里设计设计过滤过滤。学员特别喜欢我的案例教学，这样他们可以充分表达自己的观点。因为不是每个人都有发言的机会，需要自己争取，因为案例教学我要规定总体时间和总体发言人数，因为学员都是来自湖北省粮食系统各个单位，或多或少都担任了一官半职，加上他们本身也具备独立思考问题的能力，所以争先恐后抢先发言，这个时候需要我掌握平衡了，要给不同学员发言的机会，虽然在心里的喜欢程度不一样，但作为一名教师必须做到理智上清晰、平衡。同时他们的年龄远远比我大，不仅仅是我在讲解知识，更多的是我从他们的发言中也学到了很多书本上没有的东西，特别是在私下和他们交往中，学到很多做人的道理和经验，我从心里一直感谢上天给予我与他们认识的机会，也感谢他们对我这位年轻老师的尊重和关爱。

我当初讲课的成人大专班，在学期结束时参加了湖北省各地粮校统一的考试，并且事前得知要参加全省考试排名。各校监考老师是各地互相派员交叉进行的，宜昌粮校的校长考前告诉我，希望考试成绩能够进入全省前三名。说实话我当时心里根本没底，不清楚其他学校的教学水平和学生情况，所以根本不敢答应校长的要求，但我从心里暗暗地做好了准备。记得考试当天，从其他学校来了监考老师，一般情况不允许我们讲课老师进考场。我经过几次努力，终于进到了考场并且取得了监考老师的同意，由我给学员们通读一遍考试试卷。我在通读考卷时，选择题，我读的声音有轻重缓急，聪明的学员基本听出了正确的答案，可是监考老师也发现了这个问题，我没通读完就不再让我继续读下去了。当全省公布考试排名时我所讲的《粮食企业管理》成绩记忆中排在全省前三名，平均成绩在 85 分以上。校长高兴，学员们也很高兴，一起在食堂庆祝了下。

宜昌粮校的食堂我很喜欢，口味与四川基本接近，经常在食堂能碰见学校的各位领导。我们从北京去的几位成员，大多数时间在食堂用餐，用餐时间我们拿着自己的饭碗和学生、老师们一起排队买饭，还是像当年在读书时一样的感觉。一般情况下学员们见了我们去排队都主动让位，但我们在感谢他们的同时也不会加塞，毕竟还是老师身份吧。食堂师傅认识我们后还经常在打菜时故意给我们多加点，所以在宜昌粮食学校的一年是很充实的一年，是收获大于付出的一年。

1989 年 6 月离开宜昌粮食学校回北京的时候，很多老师和学员都到宜昌火车站站台为我们送行，在火车即将开动的时刻，很多学员都流泪了，还有大声哭出来的。当时我想，一定要再找机会回去和大家见见面、聊聊天、叙叙旧。可是多年过去了这个愿望还没实现。但记得有一年我陪同单位的领导出差，空闲时间去三游洞玩的时候再次路过宜昌粮校，我还专门在粮校停留了大约半小时，可是只见到了几位老师，几位老师依然如故，简单聊了聊就告别了。

大概是 1988 年的 10 月或者什么时间，粮校的领导还带领我们去了离宜昌几百公里的张家界。那时的张家界还处于待开发状态，生态状况还比较原始，也比较大自然，我们一行人去了住在山下面的招待所，条件很简陋但是大家玩得非常开心，那是真正意义上的第一次旅游。

说实话，由于中学阶段基本没怎么学地理，因为过早就确定了学理科，所以对张家界我当时完全是一无所知，对我们的祖国地理方面的知识也基本是空白，谁让我们读书时一心一意学数理化去了。今天看来教育不能以考试为主，还是需要多方面教育尤其是素质教育。如今张家界成了全国知名的景点了，据说一到节假日人山人海，希望有机会再次去张家界，因为到今天对张家界没有太多的记忆了。

从湖北宜昌回到北京，恰逢“政治风波”刚刚结束，北京还处于戒严的阶段。从北京站回到我们位于百万庄大街的住所，记忆中经过了 6 道关卡或者 7 道关卡的检查，所有的行李、身上衣服以及车辆的各个角落无一例外全部检查到位。离别北京一年又回到北京真是很亲切，从此开始了真正意义上的北京生活。

第五篇

迷乱的脚步

每天我们都要一步一步往前走。有时快有时慢，有时步履轻松有时步履艰辛。什么时候我们感到轻松呢？就是心情舒畅没有压力时，那个时候我们都是在享受中。如果我们在纠结中、在压力中，思绪就会乱了，步伐就会乱了。当我们的步履节奏乱了，我们的人生也就乱了，而我曾经就在这种迷乱的节奏中。

第二十章

匆忙一小步　决定未来路

我们小时候总是被教育要有理想、要有抱负、要有成功。因此我们努力学习、努力考试、努力工作，为梦中的理想而发奋。但是今天看来，没有方向的努力是不可能成功的，没有方向的前进只会离目标越来越远，不知道什么叫成功，是不可能成功的。80 年代，改革之风吹遍祖国大地，解放了农村劳动力，包括很多很多上了高中而未考上大学的农村青年，他们背井离乡到改革开放的前沿阵地如广东、上海、福建等地寻找工作。对大多数农村青年而言，工作大概都是以体力劳动为主，他们的梦想是有一份没有固定身份的工作，能够挣钱回老家建房子、娶媳妇，过上比祖祖辈辈面朝黄土背朝天的好生活就行，至少希望解决温饱问题。所以，南来北往东去西奔的农民工大军好像一夜之间出现在祖国各地，从此为了他们自己的理想，几十年离开家乡辛辛苦苦一生，农村过去的乡情慢慢被远离了。八九十年代，通信尚没有如今这么发达，大家没有任何联系方式，包括电脑、手机，更没有今天的微信之类社交工具，一起长大的玩伴们从此天各一方，几年甚至多年都难得见上一面。

“让一部分人先富起来，先富带动后富。”多年后的今天，农民工们能够进入先富行列的实在是太少了。社会各种体系还难以保障他们的基础生活，更别谈先富的问题了。好在几千年来祖祖辈辈身为农民，所以相对而言比较容易满足，没有太多的奢华要求，因为他们知道自己追求的是什么。

然而对于来自农村、幸运地考上大学的我来说，国家给予了我们很多，包括分配了具体工作。我犹如当初鲤鱼一样跳出了龙门，吃上了国家供应粮，身份上也是国家干部了，我应该知足、应该满足了吧？但是，对于像我这样一个跳出龙门的人来说，往往成了父母以及大家族的骄傲和希望，参加工作后更是成了父母以及大家庭、大家族的寄托，当农村还是很贫穷的时候，帮助大家庭成了我义不容辞的责任和义务。当初大家拿着差不多一样的工资，对于家庭是城里的孩子来说工资可能就是自己的，但对于我们来自农村的孩子来说，工资应该是大家庭的，在道义上、在责任上、在义务上都必须给予家庭以及曾经给予我帮助的亲戚们、朋友们一定的回报。当自己还是单身的时候，也许自己可以决定每个月工资的去留，但一旦有了女朋友、有了自己的小家庭后，工资可能也很难做到平衡了。

时至今日，我还无法忘记：我的奶奶当年得知我考上大学后非常非常高兴，可以说比我本人还要高兴，大概由于我的爷爷去世得早（我从没见过我爷爷），我的奶奶再婚后与我们就不在一个地方居住了，记得小时候逢年过节我们就盼望去给奶奶拜年，尽管奶奶小时候没带过我，但见了还是很亲很亲的，拜年住在奶奶家一般一天或者两天，走的时候我们小孩子们都能够拿到挂挂钱（土话，就是压岁钱），每个小孩子大概两毛钱的样子。记得有一年我去看奶奶，不记得是上大学还是上高中期间了，当我走的时候，奶奶拿出手帕把里面包的钱给我，我当时数了数现在回忆好像三元钱左右，完全是一张张一毛钱、两毛钱的小票，而且每张钱都已经皱皱巴巴了，我当初就明白对一位农村老太太而言，当时如此贫困要攒够这几元钱是多么不容易，而且还不能让她再婚后的儿子们知道。我奶奶是在我上大学期间去世的，当时我母亲怕影响我学习，没有通知我回去送奶奶最后一程，我后来知道后在心里还埋怨过我母亲。

类似于像我奶奶这样帮助过我的人很多很多，包括我大姑家、二姑家、小姑家。当初姑姑们的家庭还不如我家家庭条件好，但都无私地帮助我，可能她们觉得我的父亲去世得早，我作为她们的侄子更像自己的孩子一样吧。姑姑们都离开得太早了，还没有更多的报答时，她们却不声不响地永远离开了，甚至最后一面都没有见上。这种痛一直在心里，很多时候在梦里梦见。我的大姑一直把我当成她自己的孩子，大姑家就和我家住在一个院里，我很多时候在大姑家吃和住，冷暖大姑全部知道。大姑是一个非常非常善良的人，非常勤劳，一年 365 天基本都在忙碌中，劳苦一生，她未见到她自己的孙辈出生。

记得有一年，我 10 岁或者 9 岁吧，有次家里难得吃一回肉，还特意留了几片肉放置于柜子里，我的父亲在傍晚时刻发现肉没有了，怀疑我偷偷吃了。那个时候农村一个月都难得有肉吃，除非有客人来了或者家里办什么大事情才有少量的肉吃，所以对正处于长身体的小孩子们来说，吃一回肉那是满满的幸福。我自己知道我根本就没有偷吃，但肉确实不见了，那个时候我大姐已经出嫁，家里有二姐和妹妹，是谁偷吃了或者怎么不见了我确实不知道，我没有偷吃我当然不会承认，棍棒之下我依然无法承认，小小年纪的我于是选择了天黑之后外出躲藏。于是我们一大家人开始到处寻找我，甚至大家还到村口的水井里面用竹竿寻找，以为我一时糊涂跳水井了，我的大姑、大姑父到处寻找并且到处喊我的名字，大约过了一两个小时吧，我实在也无处去了，因为我靠在离院子不远的地方的一棵树上，各路人马的寻找和到处喊叫我的名字我听得一清二楚，我慢慢到了院子的另一个方向，站立的地方还有好几座坟墓，也不知道害怕。最后我的大姑父到处找我喊我，我就答应了几声，跟着大姑父回到大姑家，大姑大姑父对我的恩情永生难忘。

还记得我的一个初中同学没有考上大学，1981 年或者 1982 年就离开农村去到重庆城里打工，我在 1983 年考上大学在重庆读书时他还到学校去看了我。我们两家来往很多，我管他妈叫妈，他也管我妈叫妈，每次见面，他或者他妈都要给我 10 元或者 20 元钱，我这位同学当时在重庆是收荒的，也就是收捡破烂的，如报纸、纸箱子等废旧物品。10 元、20 元是相当不容易的，犹如亲兄弟的这份情太难能可贵了。可是当我到北京工作后由于通信等原因联系慢慢少了，好在这几年又联系上了。他们一大家现在在上海干实业，发展得很好。

这一切对于我们这些农村孩子来说总有种要出人头地的想法，总想有机会无论在金钱上还是在人情世故上能够给予帮助过我的人报答，同时过去的浓浓乡情也希望我能给予各种帮助。

是不是背负着一种急于报恩的心态又无能为力的纠结呢？

唯一的一种方式也是能够做到的方式就是在有限的工资里节约一部分给予报答。慢慢地，自己当初的理想不见了，人生目标也模糊了。虽然爱看书爱学习爱思考，而这又能带来什么呢？况且孤身一人来到北京，由于家庭教育特别是处理各种关系的教育基本是空白，除了农村孩子的朴实外好像没什么大的优势。

从小清晰的目标慢慢变得模糊了；改革开放的浪潮席卷中国大地，我那颗安稳的心骚动了。记得在 1988 年海南省刚刚成立，来北京招聘人才时，我还悄悄地填表格了，当初很希望去到海南，因为那是海南省政府，至于为什么想去，难道仅仅是为了所谓的当官还是什么原因？或者是一种很不清晰的盲动？不知道为什么在教学的几年里一直想要离开学校。当初还特别委托了一位来自于我的家乡，就职于轻工业部当秘书的老乡，他的二哥是我中学时的恩师，我从一所中学转到我考上大学的那所中学，全靠他的二哥帮忙的。轻工业部这位老兄确实为我费力不少，介绍了好几家轻工业部所属的公司，有没看上我的，也有我没看上的。最后一家公司叫中央工艺美术公司，双方都比较满意，记得当初是让我去公司的监察处，因为我对工艺美术不懂，业务也不懂，去监察处是最好的结果。欢天喜地办手续的过程中我住院了，记得那个时候刚刚结婚，一场急性肝炎坏了大事，住进了当时北京第二传染病医院，而且是急性乙肝。大约住了不到一周时间时，大夫说是不是搞错了啊，小伙子一点不像得了肝炎啊，但检测的结果没有错啊，好像住了不到一个月就出院了，回家后我夫人给我坚持打针大约半年时间。上天再次给予了我关照，奇迹在我身上发生了，大夫说乙肝表面抗原阳性转成阴性是多少万分之一，半年过后我到医院复查，肝炎完全好了，而且表面抗原阳性完全转成了阴性。已经过去29年多了，最近10年每年的体检都证明已经完全正常了。

虽然因住院错失了极好的工作调动机会，但因祸得福治好了乙型肝炎。在接下来的几年教学工作中我是一边努力教学一边还发表了几篇论文，但心底还是一直想离开学校，不知道是为了什么，那种不安分一直在心底骚动。很坦率地说，我从参加工作到今天，对钱的概念非常淡，从来没有要挣多少钱的理想，倒是一直有一种要干一番所谓的事业的冲动，所以一直在寻求离开学校的机会，但到底要去企业还是机关事业单位一直很模糊。难道是天生的不安分吗？还是从小就有的一种虚荣心一直没有泯灭？还是认为当成人高校的老师没有什么社会地位和权威？总之今天看来当初的盲动好像神灵一般一直不离我左右。

寻找各种关系，参加各种招聘会，看各种有招聘信息的报纸，整天像着了魔似的，为了金钱还是为了地位，还是为了理想？当初无人交流、无人给予指点也无人给予太多帮助，在纠结中寻求机会，可是在我有资格申请参评讲师的时候，一家公司招聘了我，为了离开学校我放弃参评讲师的机会。今天看来我干了一件特别傻的事情：当初学校给我分配一套小两居室，位于今天的北京西站附近，当初把钥匙已经给我了，由于是在顶层并且做饭是用煤气罐，所以我暂时没有搬进去，离开学校办离职手续时学校要求必须交出房子，我连考虑都没考虑就直接把房子钥匙交回学校了，最后才办成了离职手续。可是和我差不多时间离开学校的同事根本没交出房子，学校不办手续就不要手续了，房子最后还是变成自己的了。

匆匆忙忙，不知为什么就要离开学校，多年后才明白离开学校不一定是错误的，但离开后要去干什么、为了什么却不清晰，难道是“人的命天注定”在我身上体现了？

为了报恩？可是这么多年并没有报多少恩。为了帮助大家庭？可是这么多年我并没有给予大家庭太多关照。为了理想？可是这么多年并没有看见理想在什么地方。

冲动与不成熟，盲动与不清晰，变动与不长性。这样一来，离理想越来越远了；离成功越来越远了；离稳定越来越远了。

一心要离开一心要辞职，自己为自己铺设了一条很艰难的道路。

匆匆忙忙离开好像是一小步，但影响了我后来 20 多年的发展之路。

第二十一章

专业还是非专业

我记得我有一名姓宋的学生，来自于河南省某个县的基层供销社，在乡镇从事供销社的工作，后来好像调到了供销社的供销大楼。80 年代的供销社主要为县城及乡镇，还有农村人口供应国家规定的柴米油盐、糖、布匹等日用品。当初能够到供销社上班是很让人羡慕的。这位宋姓同学我印象特别深刻，个子不到一米七，皮肤比较黑，但总是一副笑嘻嘻的样子，学习特别刻苦，学校图书室与管理有关的图书他基本上都看了一遍；他有一点河南口音，年龄应该比我大几岁，在学校学习的两年时间里很多老师对他都有很深的印象，除了完成作业很认真外，关键是他还有一种打破砂锅问到底的精神，特别有些问题包括老师在内每个人的理解不一定完全一样，而他有时候在与老师讨论的过程中还很坚持自己的意见，很多老师认为他比较固执，但我一直认为这种钻研的精神可嘉。我与他之间经常探讨一些问题，很多时候我也向他了解很多供销社的具体情况和工作，我虽然在书本知识方面可能比他多看了几本书，但实际工作经验他比我强多了。其中我们经常探讨的话题就是：学习的这些知识在工作中到底有用没用？学习的这个管理专业一定要在管理岗位才有用吗？时至今日来看，管理知识对不论在什么岗位的人而言，不可否认都是一定有用的，但有多大用说实话并没有一个具体的衡量标准。但我认为学习管理专业更多的是学习管理的思路和一些基本方法包括一些基本工具。这在工作中会慢慢体现出来和发挥出来。记得这位宋姓同学在他毕业后的一两年时间里与我还有几次书信往来，在信中除了表达对我的感谢之情外，他还谈了谈他的工作变化，当然包括一点点工作上的苦恼，认为自己在北京上了两年学而且是学的管理专业，回去当然应该提拔到管理岗位，但没能如自己所愿。

所以我在想学管理专业的学生一定懂管理吗？在实际工作中，管理这门学问远远超过了书本上的知识，是一门非常具体而又复杂的系统工作。有时候我在想是不是此管理非彼管理。

记得我们教研室调来了一名主讲《全面质量管理》的教师，当时调来时 40 岁左右吧，当初在我们的眼里 40 岁已经很老了，但如今自己早已过了 40 岁这个年龄，才知道世界上看人的眼光是如此不一样，现在我再看 20 多岁的年轻人感觉自己还不是太老啊，但是他们看我们完全不一样了。据说调来的这位朱老师讲《全面质量管理》是比较有名的，我也听了他的一些讲课，更多的是讲企业尤其是包括宾馆在内的非常非常细节的管理，这门课英文名字是《TQC》。后来因为班级较多，系里面也让我讲了一些《全面质量管理》的章节。记得为了我们更好理解和体验什么是全面质量管理，学院不知道通过什么渠道组成了一个全面质量管理小组，去到了浙江嘉兴大厦。我作为其中一员，主要有两件任务：一件是帮领导服务，包括抄抄写写和一些事务性的工作；另一件是让我去站柜台一周。说实话我讲课包括讲消费者心理学都头头是道，但还真没有具体干过销售工作。

记得上大学时我们在学习《统计学》这门课时，其中就有一个环节，我们每个同学都要到一位农村老乡家中吃住大约一个星期，我们班去到的村庄离学校在 50 公里左右吧，虽然来自于农村但要去住在一位完全陌生的老乡家中还是有些不习惯，如今还记得我去的那位老乡家对我很好，大二的时候我才 19 岁，可能老乡还把我当孩子看待吧，每天都尽量做些好吃的。我们的主要任务是统计老乡家里每天的任何一分钱花销，包括每天的收入和支出，要统计到一分钱，老乡家里自己种的菜等也要计算在内，这样在掌握了一周或者更长时间的数据后，回到学校要求我们每一位同学写一篇关于农村消费的文章，主要以统计学的方法分析。那次的住家调研算是第一次的社会实践吧。

我对在浙江嘉兴大厦站柜台还是非常感兴趣的，因为我是在密胺制品的玩具柜台，记得柜台好像是位于二楼还是三楼的上楼楼梯口。那个时候全国的商业大厦好像还没有滚动电梯，也很少有直行电梯。我站柜台的第一天和其他销售人员一起，有人来买我们就卖，玩具一般是家长带着孩子来买的。我观察一天感觉来的孩子一般不超过 5 岁，而买不买的决定权在家长手中，这样一来每天的销量不是太理想。第二天，我开始动脑子了，经过柜台负责人同意，我大胆做了个尝试：凡是路过柜台的孩子，我都根据不同年龄给孩子不同玩具，让孩子们在柜台外玩耍，经过观察，孩子对玩具是否产生了兴趣时间在 5 分钟左右。所以后来我们决定可以给每个孩子 5 分钟时间玩玩具，5 分钟时间一到就收走玩具，这个时候奇迹出现了，孩子正玩得上瘾的时候完全不舍得离开，有的孩子又哭又闹的，孩子逼着家长买玩具，一周下来柜台玩具销售量翻了好几番。我在想这算不算销售心理学在实践中的运用呢？

我的大学同学同一个专业的毕业时有88名，而我们班上毕业的有30名，记忆中我们班上有3名同学留在本校读研究生，其他27名同学直接到各地就业了，其中包括我在内至少有5名同学到了不同的学校任教。我到了北京商业管理干部学院（商业部干部培训中心）；一位从毕业到今天从没见过面的女同学分到了重庆农业银行学校；还有一位我们排行中老二的同学分到绵阳农业学校；还有一位女同学分到了西藏农牧学院，她至今还在那里工作，同样的是毕业后从未见过面虽然有电话之类的联系；与我同寝室的哥们儿分到云南的一个地区农校。其他同学的工作岗位的性质就完全不一样了。有到机关的，有到企业的，有到事业单位的，有到银行的；有在省会工作的也有在乡镇工作的，有满意的也有很多不满意的。有在管理岗位的、有在财务岗位的，但真正在纯农业系统的不到一半。而且还有一些从事与农业完全不沾边的工作。

而如今我大学同学的孩子们大多数已经上大学或者已经大学毕业了，当我们通过各种方式交流孩子们应该读什么专业时意见已经很难统一了。我的儿子在高中毕业面临选专业时，我们当家长的特别希望孩子按照自己的意愿选择专业，或者至少应该留在北京上大学，但多次与孩子沟通无法达成一致的意见。我的儿子当初一门心思要报考法律专业，经过分析北京大学的法律专业和人民大学的法律专业应该是比较理想的，但是北京当年是在高考之前填报志愿，如果第一志愿落榜很有可能直接掉入二本院校，按照孩子高中三年的成绩来看，北大和人大法律系有点冒险，所以我和我夫人悄悄地考察了北京其他有法律专业的大学，感觉都不是太理想。所以我们一直希望孩子能改变想法，但在我夫人偶然看见我儿子写的一篇长达一万字的《为什么我要报考法律专业》的文章时，我知道我们再劝说就可能会适得其反了。我记得，在填报志愿的前夜，在和孩子沟通的过程中意见依然不一致，当我儿子问我：老爸，是你上大学还是我上大学？我说当然是你上啊。他说：既然是我上，那就得听我的。这个时候我知道不能再强求了。我最后只能说：好，完全按照你自己的意见。但你最后无论如何选择，你自己不要后悔。在这样的情况下，孩子完全按照自己的意见填报了志愿。如今孩子已经大学毕业，他自己对大学和专业很满意，没有后悔的感觉。而我不少大学同学在为孩子思考志愿时，大多数选择了热门专业或者他们认为比较容易就业的专业，而大学主要盯上了北上广。是对是错是无法评说的。

这么多年来我身边的年轻同事很多来自不同的学校和不同的专业，除了一些搞研究和教学的在专业上基本对口以外，多数与学的专业关联不大，甚至很多工作也基本用不上博士或者硕士。

所以当我要离开学校放弃教学工作时，虽然没有固定的目标，但潜意识中还是希望从事与管理有关的工作。

我想要从事管理工作，可能也是我的虚荣心在作怪，因为到底什么是管理，我的认识还是比较模糊的。从小到大，自己没有非常清晰的奋斗目标和非常清晰的行业目标，包括是否加入公务员队伍，也没有清晰的概念。理想的盲目和现实的纠结一直伴随，没有为了目标不顾一切的勇气，没有为了目标可以从头来的决心，因此一切的跳槽准备也是不牢固的。今天看来一切都太茫然，一切都稀里糊涂。从开始跳出的第一步一直在惯性中盲目滚动。

一切源于自己的盲目自信和自傲，从来没有认认真真反省过自己。真是应了那句话：无知者无畏。这么多年来真是无畏的时候太多太多了。

所以今天很多同学的孩子在报考大学选择专业时，既让人纠结又让人无奈，因为今天没有一个专业是非常好就业的，也没有一个专业学完后就可以完完全全从事与专业完全对口的专业。所以一般来讲更多的是看孩子自己对专业的选择，家长们可以帮助分析各专业目前的社会状况，也可以根据自己的经验分析未来的就业状况，但这一切都是在已知和未知的基础上的，对于孩子们四年或者更多年毕业后因为各种变化因素完全难以预测，所以我认为选择专业在一定的预见性基础上可以根据孩子们的爱好进行选择。

对我而言，学习的农业经济管理专业，而毕业后从事成人教育工作，虽然因为教学需要看了和读了很多管理类的书本，也在不同场所和不同层面的各类管理人员进行了多次沟通和探讨，但毕竟没有在实践中摸索过。所以在准备跳槽时，考虑过考公务员、考虑过离开北京、考虑过去企业，但唯独没考虑清楚去从事什么行业、从事什么岗位，没有长远目标也没有短期目标，这样怎么可能成功呢？

回想当初填报志愿和工作几年后准备跳槽的时候，感觉一切是那样清晰而又模糊，一切靠自己在盲动中选择和决定，所以这条路只能一步一步自己走。现在看来从小在农村长大的孩子大多数难以从家庭中得到书本以外的人生教育，家长们仅仅就一个想法，无论多么贫穷也要想方设法让孩子多读书，争取跳出龙门。而对于人生、对于社会、对于世界，家长们也不知道，除了潜移默化的言传身教外，家长们无法总结多少人生道理。朴实和憨厚是大多数农村家长的本质特征，所以我们大多数农村孩子也一样朴实和憨厚，在大学校园里和来自于城市的孩子在大一的时候有明显的区别，无论是言谈举止还是处理各种人际关系都显得稚嫩和陌生。

当初学的专业和毕业后从事的教学工作，是我跳槽时要考虑的，更多的是用人单位在选择我时要考虑的。终于，我在不十分清晰的状态下，离开了我毕业后分配到北京的单位。

第二十二章

天地很宽　道路很长

年轻时的好胜和缺乏系统踏实的思考，在衡量自己和衡量周边朋友方面更多的是以自我为中心，好像自己比别人并不差，而且还优秀一些，因此总认为很多事情不公平、不公正，但恰恰缺乏对事物本质的分析，而同时自己的性格又有太多的优柔寡断，缺乏真正的主意和坚定的行动，以至于生活和工作总是有太多的纠结，做出决定也不够果断。回顾过去，每次跳动都带有盲动的因素。

1992 年，邓小平在南方视察中做了重要的讲话，又搔动了多少少年的心，多少人有了下海干大事的冲动，那时的我不知道为什么一心一意要离开学校，似乎在学校埋没了我的才能，发挥不了我的能力。当初报纸上各种招聘启事满天飞，各种皮包公司琳琅满目，只要看到自己感兴趣和认为可能适合我的岗位就投递简历，最后我选择了一家新成立的广告公司。

对于广告知道的很少，一直就感觉是在电视台、报纸刊登信息那么简单，当进入广告公司参加很多资深广告人的培训时才知道，原来自己只知道皮毛，在听取设计大师、创意大师、策划大师、市场总监等大师们的讲课后才知道广告有许多许多的学问。记得在学校办理调动离职手续时，正好是在学校教书五周年之际，按当初的有关规定满五年就具备了参加评讲师的资格，我毅然决然放弃了这个机会。进入广告公司后公司领导居然让我担当了业务总监这个职务，同时我还担当了广告培训中心负责人的职务，在参加了系统培训之后，我非常认真地读完了《广告人的自白》这套丛书。我带领几位年轻的业务人员成天在外东跑西跑，拜访不同的客户，当初主要是与《经济日报》合作广告版面，按当初有关规定我们拉来的客户在《经济日报》上刊登广告，公司可以挣到15%的代理费，我们的收入除了基本工资以外还与业务量挂钩。

不知道是我的运气好还是自己勤奋努力，在短短的半年时间里开发了不少客户，而且还有了几个固定的客户，这样一来就有了固定的收入。记得当初有一个客户位于丰台区的小井，这家公司主要是做汽车修理的，我当初对汽车一窍不通更别谈汽车修理了，所以要谈下这个客户与我们合作困难可想而知。我们广告公司在王府井办公。为了啃下这个客户，在炎炎的夏日我天天骑自行车大概15公里先到公司报到后，然后再骑自行车大约30公里去客户处。记得第一次去的时候，这家公司的老板（兄弟两人）好好地教育了我一通，说你连汽车知识一点都不懂就跑来跟我们谈广告，说小伙子这是不可能的。是呀，老板说得对呀！当时对我打击很大。我心想必须拿下这个客户，大概每隔三天我都要去拜访这个客户。第二次去的时候老板都不愿意见我，我就在门口等待，中午吃饭的时候老板不得不见我一下，还严厉告诉我说，不是上次已经告诉你了吗？做广告业务是不可能的啊。虽然对汽车知识我不了解，但好在我有比较雄厚的企业管理的基础知识和市场方面的知识，我就从我到这家修理厂所看到、所了解到的内容，从管理的角度与两位老板交换意见，并一点一点谈出我的看法。两位老板听后，对我就不那么排斥了，还让我在修理厂一起简单吃了午饭。我暗自高兴：这是一个好的转变和开始。

功夫不负有心人。在我第三次去拜访时，我们开始谈广告的事情了。因为老板比我年龄大 20 岁，他们问：小林，你谈谈你是怎么设想的？我开始从修车心理学、车辆所有者的心理活动开始分析，大胆提出“承诺公开，直到满意”的广告诉求：公开修理现场、公开修理配件、公开成本、公开利润、客户现场监督。面对我提出的这个方案，他们有担心、有纠结、有矛盾。因为在 90 年代，修车行业没有公开现场的，更别说公开配件成本的了，害怕砸了行业的规矩等，所以他们需要好好考虑。是啊，如果我是老板也是要慎重的啊，尤其是公开利润，这在行业里是大忌，但创新是要有胆量和前瞻性的。

过了几天后，我继续带着我们的创意文案包括设计图稿、具体文字、排版等样稿再次出现在他们公司，与两位老板花了整整两小时讨论具体细节和可能出现的负面作用，对文字和刊登时期版面也进行了讨论，大功就要告成了啊，当时心里别提多高兴了。当我第五次、第六次去的时候不仅仅签订了合同，而且我与他们居然成了忘年交，以至于后来还保持了很长时间的联系。可惜的是，当我离开广告公司后，联系慢慢就断了。

对汽车而言，除了我在上大学时学过一些关于拖拉机的相关基础知识外，我对机械类懂得很少，更别谈汽车修理了。能够在大夏天每次骑行来回近 60 公里一共六次，除了这种不辞辛劳和执着的精神感动了对方外，我在管理和市场知识方面给予对方的建议也是双方合作成功的基础。这个修理厂，无论是现在还是在当初，位置都是比较偏僻的，要想生意好，必须要解决一个问题：为什么大家要把汽车舍近求远送过来修理呢？对修车者的需求分析是很重要的，修车价格虽然是考虑的重要因素，而更重要的是修车的质量，所以，广告打出配件公开、修车过程公开、零配件价格公开，充分满足了修车者的需求，但对于修理厂和当初的业界而言，确实是属于第一个吃螃蟹的。

广告打出后，咨询电话络绎不绝，生意远远超过修理厂的预想。同时修理厂与我方的合作次数也远远超过我本人的预想。与修理厂的合作，也为提高我的业绩和我在公司的地位打下了很好的基础。不知道是当初的智慧战胜了困难，还是初生牛犊不怕虎敢闯的精神感动了上天？可以说，这单业务的成功，为后面我带领的团队开展业务、克服种种困难积累了经验和方法。

我在同时担任广告培训中心法人代表的时候，开展了多期广告培训班。有一次我们在北京市委党校举办一期培训班时，报名参加培训的人员远远超过了我们的预期，租赁的教室座无虚席，还有很多站着听课的。90年代初期，广告业如雨后春笋，很多刚毕业的大学生都投身到广告事业中。那时候，广告业还属于初期阶段，当我们观看美国或者中国台湾地区的广告片时，感觉无论从创意、制作、美术、摄影、广告语等各方面，大陆还存在很大的差距。所以在培训班期间，无论是基础的市场学、消费者心理分析，还是关于创作、制作、声光等，大家都十分感兴趣，所以一个培训班接着一个培训班。为了解决场地问题，我是想尽各种办法。比如，那时候为了找大一些的场地，我曾找到我在北京外国语大学培训时认识的一位姓祁的在国家工商联工作的同学，我们通过她联系租赁工商联的礼堂，搞了好几次广告培训班。当初能够开广告培训班的，除了北京广播学院外，很少有类似于我们的培训机构，因为到工商局办理广告培训机构的营业执照是很不容易的，我们公司老总通过很多关系找到国家工商局才批下来营业执照，而且很信任地把我注册登记成了法人代表。可能是因为我是从教师岗位应聘而来的，同时也看中了我的组织能力和演讲能力。虽然直到今天，我一直感觉我的口才和演讲能力比较出众，但可惜的是，我没有充分利用这个特长，并沿着这个方向发展，可能是我性格中摇摆的成分偏多了点，也缺少了坚持到底的毅力和勇气。今天看来无论自己拥有多大本事，如果不坚持、不努力、不刻苦，一样是不会成功的。

在举办培训班的过程中，不仅仅为公司带来了利益，同时我个人收获也非常大，因为我们请的老师都是广告界知名的专家或者元老，在组织大家听课的过程中我同时也在听课，不但学到了，也丰富了我关于广告方面的知识，对我而言，相当于上了一个大学广告的专业课程。

原来理解的广告好像很简单，通过在广告公司干了一段时间后，与广告界不同方面接触、和不同的客户谈判沟通，才知道广告的学问很深，广告综合了经济学、消费学、心理学、行为学、社会学等多门学科，还包括了美术、创意、印刷甚至舞美等学科，所以说“不当总统就做广告人”是有其道理的。当时我们开办的培训班之所以火爆，一方面是因为当初广告公司如雨后春笋，从业人员大增；另一方面由于我们是与工商总局广告司联合举办的，经考试合格后还可以发给广告人员从业资格证书。在当初各种资格证书红极一时，我们在付出辛苦的同时收获了知识、收获了利润，为公司发展奠定了基础。今天看来真是初生牛犊不怕虎啊，当时敢想就敢做啊，而且还做得相当不错。

在广告公司期间，我学到的广告知识和消费者方面的知识远远超过了大学期间学到的。特别是在公关活动方面更是大大地锻炼了我，虽然在大学教学期间也与不同的学员和地方学校打交道比较多，但真正社会化的公关活动还是比较少，因为社会化的活动是要收取服务费的。记得在广告公司期间组织和参加过较多产品发布会、新闻会、各种研讨会，但记忆最深刻的是公司在首都体育馆成功举办的《华人共携手，奔向两千年》大型文艺晚会。这场晚会是中央电视台文艺部授权我们公司筹办和举办的。

1993年时中国第一次申办奥运会，当时国家是举全国之力，因为奥运会的影响是其他任何的大型会议或者活动无法相比的，所以各种民间配合的活动很多很多，当时我们公司老总经过反复的思考、研究和征求各方意见，最后决定举办这场大型文艺晚会。在筹办的过程中我才认识到这样的活动过程极其复杂，程序很多，环节更是多如牛毛。真是锻炼大家组织能力、公关能力的绝好机会。我们分成了好几个方面的小组，有演员小组、公关小组、宣传小组、票务小组、接待小组、财务小组等。记得当初在西苑宾馆租赁了几间房作为组委会办公室，前期一切费用由公司承担，公司当时成立不久财力很有限。在大概筹办了一两个月时，赞助商始终没有最后落实，因为有几家感兴趣的赞助商出的赞助费用远远没有达到公司的最低目标。记得公司一度都想放弃了，真是功夫不负有心人，在快要放弃时，公司领导一行飞到了南京，去南京新街口百货公司沟通谈判赞助事宜，第二天传回的好消息是双方谈判成功了，真是柳暗花明又一村啊。当消息传回公司时大家欢呼雀跃，今儿今儿真高兴啊。接下来紧张有序的工作一步一步开展了，当天因要参加晚会的大腕很多很多，包括刘德华、赵传、毛阿敏等。因为晚会是为申办奥运会而办，演员们不收取任何报酬，当晚的演出非常成功，尽管后来的奥运会申办中国仅仅以一票之差未能成功。

记得公司当初给我的任务是负责票务工作，除了留有一部分公关票以外，剩下的票需要通过我来卖出去，接手的时候以为卖票很难很难，后来在过程中才知道还是比较容易的。在演出前大概二十天的时候开了新闻发布会，晚会的消息通过报纸、电台、电视台全面发布了出去，尤其是无数歌星的粉丝通过各种渠道打听歌星到京的时间和下榻的饭店，但我们需要严格保密。各种票务公司和票贩子居然打听到了是我在负责票务工作，每天下班时把我堵在公司门口，但我们的原则是我们自己卖票，因为我们自己卖票完全可以按照票面价出售，甚至黄金位置的票还可以高出票面价出售。在演唱会前一周到我们公司现场买票的络绎不绝，在演唱会开始的前一天我们移到了首体现场售票，在现场很多黄牛党把我团团围住，要求我把票全部卖给他们，但他们要求按照 50% 的票面价全包圆儿，当时一票难求的情况下我怎么可能答应他们的要求呢？但他们不断地捣乱和骚扰，最后在晚会前大概两小时的时候我们决定将最后的未出售的票以票面价 55%～60% 全部卖给了不同黄牛党。这个时候我才有时间来接待我邀请的几位朋友，分别把留的票送到他们手里。

在演出的过程中我才真真体会到了什么叫疯狂，什么叫追星族。全场没有一个空位，当明星站在台上时，追星族们疯了狂了，呐喊声、口哨声、尖叫声不绝于耳。记得在刘德华演唱时，有一位很年轻的姑娘居然脱光了上身往舞台冲去，但被眼疾手快的警察叔叔带到了小房间。

中间各种小插曲很多很多，可能由于我不懂音乐吧，从来就没有追星的兴趣，所以也没有利用这次的便利机会与明星们合个影照个相之类的。

经历了筹办和举办演唱会感觉到再难的大型活动都不是事了。第一思路要清楚，第二程序要明确，第三分工要到位，第四督查要具体，第五指挥要协调等。大方案有了就是一个细节一个细节开始落实到人、落实到每个时间点，每个步骤的情况要随时掌控并根据进展情况加快推进，每个环节环环相扣，一个环节出了问题或者发生问题都会影响后面的工作，所以这样的大型活动基本上都是连轴转，组委会的人员吃住基本都在宾馆，24 小时都要随时处于工作状态。所以这个大型演唱会对我们公司和所有员工都是全方位的锻炼。

原来以为广告很简单，其实任何一则广告是非常有学问的，广告学更是一门综合学科，包含了很多内容，没有一点功底的人还真难做好这个工作。

广告公司在组建的时候有各方面的人才，有学传媒的、有学设计的、有学印刷的、有学心理学的、有学市场学的。幸好我在大学学的经济管理专业，还从事了五年的大学教学工作而且还是讲授企业管理学的，所以在开发客户和与客户沟通方面，我占有比较大的优势，所以公司很多的客户基本都是我带领团队开发的，当时真是初生牛犊不怕虎，多么难的客户也敢开发，多么陌生的客户也要想法变成朋友，就这样完成了从理论到实践的转变。

但是开发客户确实难度很大，手里还必须有广告媒体资源，强大的创意团队、制作团队，这些方面在 90 年代初期中国台湾或者日本、美国的优势远远超过了中国大陆地区，所以著名的广告公司都是来自日本、美国或者中国台湾地区。大陆有几家广告公司的业务力量不如外资广告公司。其实从业务能力看我去外资广告公司没有问题，但唯一的缺陷就是外语不过关。我们那个年代初中都没学外语，到了高中勉强学了两年英语就参加高考，英语虽没有拖后腿但基本都是哑巴英语，到了大学英语虽然考试成绩也还可以但还是口语没过关。在后来的多年职业生涯中，英语一直是个老大难问题，就包括我在人民大学读在职研究生时也因为英语考试离 60 分就差那么几分而未能拿到学位证书，最后我自己也放弃再次参加考试。

在广告公司工作期间我学到了不少知识，同时也看到了自己很多缺陷，尤其是今天所说的情商远远不够，自以为很多方面自己都懂，与年长一点的同事沟通很少也同时感觉他们很多方面尤其是专业知识方面我比他们强，所以存在所谓的看不惯啦、瞧不上啊等，还有自己不懂得肯定别人和赞扬别人，做事情在别人看来喜欢张扬，等等，这一切并未因为我带来了一点点业绩而为自己创造了好的职业晋升空间，相反还为自己制造了不少的麻烦。不懂得平衡，不懂得处理人情世故，不懂得给领导汇报。自己一直以为怀才不遇所以最后只能离开了，不知道是主动还是被动，最后我被当时与我们合作很好的客户 A 集团当成人才引进过去了。

第二十三章

低调的时代　高效的节奏

说实话，从广告公司到 A 集团，我不知道是不是一种真正意义上的跳槽，因为 A 集团一直是我们广告公司的客户，而且合作一直很好。当初做广告主要与他们办公室主管公关的一位女士打交道，大概每个星期双方都要接触探讨的内容，尤其是针对不同的行业报刊在版面设计、广告语、文字语言等方面都根据行业特点、受众人群的不同提炼不同的广告语和版面、图案等。在有些重要报刊如《经济日报》登广告时，有时候需要与 A 集团的副总裁甚至总裁直接见面沟通，久而久之其总裁副总裁也认识我了。副总裁是一位精明能干的知性女士，集团大多数外部事物都是她在分管或者出面。在与 A 集团接触过程中非常荣幸这位副总裁在认识的基础上也与我熟悉了，在多次接触的过程中我一直非常敬佩她，她处理事情干净利落、办事雷厉风行，而且让人感觉很舒服。一般来讲，在中国，甲方始终是处于主动地位，甚至有点欺负乙方的感觉，为了业务很多乙方也只能忍受和低三下四。但我在与 A 集团接触的过程中一直感觉很平等很舒适，所以我在见了总裁和副总裁时一点也没有隔阂和不舒服的感觉。到现在我也没搞明白是我自己主动要加盟的呢还是人家请我去的呢？总之就稀里糊涂去了 A 集团。

到了 A 集团我也不知道我的具体职务就把我安排在了总裁办公室，具体工作也没有什么职务说明书之类，后来的工作也主要是老板临时交代但主要集中在广告、公关、市场、培训等工作方面。虽然编制在总裁办公室但我办公地点却在另一办公区，似乎把我当成人才了，在大办公区域单独为我在靠墙的位置隔离出来一个大约 10 平米的办公间，我的办公间外面是销售办公区域，销售人员开始与我保持很远的距离，他们说我是老板请来的高人不敢也不愿意多接触。当初我感觉那些搞销售的人员基本上没有上过太多的学，大多数就是上了个大专。无论穿衣戴帽还是言谈举止都带有明显的搞销售的味道，没有任何文人的感觉，而且还都抽烟，所以我从心里也不太愿意和他们接触，但是后来在工作需要的逐步接触中感觉他们非常朴实也很有思想，但吃吃喝喝在 90 年代的销售工作中很是家常便饭，而且从销售中挣点零花钱也很普遍，但是最终必须按业绩说话。他们几个非常有意思，因为他们每个人每个月都有业绩指标，但每个人完成的量大小不均衡，所以他们私下互相调剂，这样每个人基本上都能完成业绩，也能拿到奖金，真是你好我好大家好。

我到 A 集团大概不到一个月的时间，集团就举行了工作总结会和培训会。在这次会上我才真正了解了公司的所有业务特点和大部分经理人员，也才了解了内部组织架构和全国销售布局。本来是带着耳朵去听会议的但总裁给我安排了一个特别任务：为大家讲授《市场营销与销售》，对于这个题目而言我可以说是轻车熟路，但是面对这么多职业经理人并且还是各个战线的负责人，纯讲理论是会令他们反感的，所以在准备课件的时候我翻阅了很多公司内部刊物、查阅了很多内部信息以及与好几位不同层面的同事沟通、探讨各种问题。对于有较多授课经验的我来说，站在台上是没有什么大的心理问题的，不会有什么紧张、慌乱或者害怕之类。记得当初面对台下 100 多人我洋洋洒洒、抛砖引玉，不断提出问题和大家一起探讨，这样全体人员的思维方式基本按照我设置的节奏走，大家都踊跃参与到发言之中，所以最后总裁对我评价很高，并且我也得到大多数同事的认可。后来我一直在思考可能讲演对我而言是极大的个人优势，因为无论从语言组织、课堂气氛调动，还是抑扬顿挫都基本上到达了较高水平。

培训是在郊区的某宾馆，我们都住在宾馆。当天晚上发生了一件很有意思的事情：深更半夜时好几个房间吵着要换房间，正在睡梦中的我也被吵醒了，得知大家要求换房间并且要求换到别的楼层，我以为出什么大事了，一打听原来是有一位同事鼾声雷动基本上整个楼层的每个房间都能清楚地听见，好像鼾声还很有节奏似的，确实令很多人无法入眠，但我一直睡眠很好，过一会儿我又进入了梦乡，没有受到任何影响。第二天醒来一打听确实有几间房换到楼下了，到目前为止是我知道的鼾声影响最大的一次了吧。

对于 A 集团当时的两大系列产品——硬度仪、电焊机而言，如果用快消品的思维方式去思考一定会出大问题的，因为使用者有很强的专业性，不像快消品主要是研究消费者心理学和行为学就可以制订相应的销售策略和营销方案。然而硬度仪和电焊机的使用者大多数是一线的工人，他们说不出太多的道理，但他们对机器的使用好坏最具有发言权。所以公关营销是重要的销售手段，这里说的公关不是传统意义上的人情世故公关。既要决策者给予试用的机会又要让使用者满意，确实需要做很多工作。记得当初经过分析将使用这两大产品的分成了8大行业，如造船业、钢铁厂、石油行业、公路铁路等，因为这些行业有许多的焊接作业，同时很多地方需要检测硬度，所以我们分成了几个小组各负责一部分工作，比如在某个行业举行全国性的焊接大比武，一是要经过主管部门批准并且要拿到相关文件，最难的是要把A牌电焊机作为指定的比武专用品牌或者指定品牌之一，先在各个省比武，然后各个大区再到全国。这样一来，各个地方为了在比武中能取得好名次，一开始就会选用指定的牌子，所以销量一天比一天好。那些搞销售的人员别提多高兴了，天天哭着喊着要请客，在一来二往中我和销售系统人员混得很熟悉了。

这样在每个行业按照大致相同的方式推进，取得了很大的成功，所以两位总裁对我更加信任了。期间我们需要在某专业报纸做一版整版广告，整版广告价位很高，公司也希望能够节约一点广告费，据说总裁亲自出马最后也没有降下来多少，最后老板找到我让我想办法搞定，我想了想老板都搞不定我怎么有办法呢？但是又不能不接受这个任务。我决定先正面去接触这家报刊的总编，见面聊后总编说从广告的角度确实已经是最大优惠了。他的一句从广告角度提醒了我，我想如果换个角度呢？换成什么角度呢？在与总编的来回讨论中，我终于想到了来一个机电行业优秀企业风采大展示公益活动，把广告变成公益事业。我提出我们希望第一个上榜，几经讨论终于达成协议。同时也为他们报社建议了一个好的专题，一举两得呀，关键是最后只支付大约广告费四分之一的费用，皆大欢喜啊。

在今天看来A集团的老板不仅智商高而且情商非常高，做事非常低调。尽管公司当初成立和创业不比当时的联想、方正晚，而且在行业里的地位一直很高，但外界基本不了解这个公司，一方面是行业决定了，另一方面与老板的定位和性格有很大关系。在员工福利方面也安排得比较到位，员工上下班有班车。部门经理级的每人都配了专车，但专车的管理方式很有智慧：上班时所有的车都要交到司机班，外出办事包括一般员工外出办事由司机班统一调配，上下班各部门经理开车回家，但每天要登记里程数，部门经理上下班回家的路程远近是固定的，但开车办私事得自己掏油钱，油钱按公里数和当时的油价计算，这样部门经理非常高兴。同时公司在上地买了一批房子，好像规定凡是在公司满15年的员工公司分配房子，没满15年的员工也可以住进去，但要按照社会租赁价格交房租给公司，当工作满15年后公司把租金全部退还给员工而房子也分配给员工了，这在当时是非常超前的做法。在其他公司很少这么做的。当初公司还给了我一套一居室免费住呢，那时的上地才刚刚开始发展，交通也特别不方便，人烟又很稀少。几家高科技公司也才开始在上地建厂房。

真是有什么样的老板就有什么样的下属和员工，我感觉A集团的员工素质都很高，而且为人处世都很低调，待人接物非常有礼貌，并且大家都有很强的职业精神和良好的精神面貌，实在是难得的好公司。

在低调的时代，真正从市场中学会了什么是市场、什么是定位、什么是客户需求、什么是售后服务，也知道了财务中的现金流的重要性；同时更了解了什么是全面质量管理，以及流程管理等诸多以前在理论上了解的东西。在生产一线任何一个环节尤其上下游互为客户关系，任何一个关键点出了问题都会影响到产品的质量甚至可能出现残次品，造成公司极大损失，如果残次品流入市场中就可能造成安全隐患。所以我理解了企业家与教授之间的区别，实践是检验真理的唯一标准看来是如此正确。

企业文化到底怎么定义，很多人说企业文化就是老板文化，从某种意义上看是非常正确的，老板提倡什么和鼓励什么往往是公司的方向，尤其是在中国刚刚改革开放的初期，外来文化和管理模式还没完全被大家接受的时候，企业完全按照老板的思路和套路在管理，有文化的老板和读书相对较少的老板对企业的理解和管理方式完全不一样，所以适应了老板就适应了公司，才不会走歪路，才会有空间。

第二十四章

职业乱了　时光乱了

如果自己无法创业或者创业不成功，好好规划自己的职业生涯是极其重要的。无论在广告公司或者在 A 集团，公司和领导都给予了我很多机会也给予了我很好的平台，自己也做出了一点成绩，但自己的价值观存在很多问题：我对领导和周围的同事缺乏认同感。我一直自以为是，其实今天看来周围不乏很多优秀的同事，他们每个人都有自己独到的地方。当然有时候我看不惯他们的老到、他们的利己、他们的圆滑。但是时隔多年我在回忆这些过程时，感觉还是自己的价值观出了问题，总是以自己的爱好或者所谓的标准来衡量别人，仿佛别人都不如自己，也仿佛觉得自己总是屈才没受到重用，这样一来总是对现状处于不满意的状态。在自己内心深处总想去寻找一片净土，总认为一切都那么不公平不公正，这样增加了自己的烦恼。缺乏毅力和坚持，遇到所谓的困难就会产生畏难情绪和退缩，没有从生活和工作中去反省自己，也没有去寻求更好的解决方法。还喜欢拿书本上一些东西去衡量现实社会，而现实社会是复杂而且多变的，就像一个方程式有很多很多未知数，任何一个未知数的变化都会带来局部或者整体的变化，甚至还需要重新排序。这样一个变化无数的社会怎么可以用一个或者几个固定的标准去衡量、去评判呢？

当初为什么离开 A 集团？是因为后面的诱惑更大还是后面有所谓的事业在等待着我？职业生涯开始了乱象丛生，无序波动，也让自己陷入一种习惯性的跳槽中。人生三十该立之时而未立，似乎在某方面三十时又极其成熟了，已经不畏惧挑战、不害怕陌生、有一种不服输的智慧，这个时候如果自己能够更加了解自己，也更加了解别人，如果能够更加适应社会，那么加上自己的智商就可能干出一点点成功的事业。恰恰在这个时段缺乏高人的指点、前辈的指引，而自己又处于一种成熟与懵懂之间，人生的道路在弯道时出现了滑坡、逆流。需要冷静的时候没有了冷静。在困惑和兴奋中离开了 A 集团。在后来的三到五年中，上天还是一次一次给予了我机会，但每次把握机会的能力不足，主动放弃了或者被动离开了。

90 年代中后期，在食品安全性方面我们国家老百姓的意见越来越大，问题越来越多，于是绿色食品、有机食品成了人们的一种向往和追求，无论是国家层面还是在企业，都开始抓绿色食品和有机食品。在某些时候越重视的事情反而说明问题越多，改革开放这么多年，由于过度使用化肥和农药，包括农副产品在内的安全性越来越不让消费者放心了。在中国 70 年代或 80 年代，无论我们在农村的庄稼地里还是在农贸市场购买农产品，都没有人担心什么农残啦、不安全啦。但是到今天药残的问题已经让人无处可逃了，甚至连农民自己也不放心了，听说很多农民在种地时留一块地种自己吃的，其他地块种的产品自己都不会吃，因为他们都担心药残之类了。所以在 90 年代某部成立了一个绿色食品中心，专门负责全国绿色食品的认证和审批，当初我就在想国家层面要成立绿色食品机构来认证，那不就说明大多数食品不能达到绿色的标准吗？这么大一个国家十多亿人口要吃饭，连食品安全都是问题这是很可怕的一件事情。

我的一位大师兄和我很熟悉，但我和他同校的时间只有一年，他比我高了三届但在学校时我们并不认识，在北京也是我到北京大概10年后才认识的。他的职业经历也走了一些弯路，今天他也是较为成功的老板了，当初他自己创业我感觉也是被迫的，成立了一家三五个人的小咨询公司，前半年连人员工资也是找各路朋友和同学借的，真是举步维艰，但他有很好的毅力和耐心，一步一步走过来了而且也成功了。记得当初他因为工作调动去到了某部直属的绿色食品中心，好像是在中心的信息部工作。他们中心当初是相当的不错，因为全国申报和等待认证绿色食品的队伍很长，认证和审批是要收取费用的而且不低，所以他们待遇不错、福利不错，尤其是经常有所谓的绿色食品品尝。整个中心过着安稳有序的日子，各个地方政府或者企业来中心商洽认证事宜的人很多。在1995年还是1996年的时候，绿色食品中心成立了一个绿色食品配送中心，其愿望是把经过认证的绿色食品送到各大超市，让广大老百姓能够买到放心的绿色食品。我的这位师兄就把我推荐给了中心的领导，再次把我当成所谓的人才挖了过去，负责绿色食品的配送工作。不知是我感觉去干干一把手的愿望强烈还是一种心底深处的虚荣心在驱动，我没有经过认真考察和认证，也没有对市场充分了解就很匆忙答应对方的邀约，去负责配送的工作。然而，没有几个月时间我非常果断地离开了。一是这个工作需要一大早往超市送货，虽然我不亲自送货但也要很早去办公室安排当天的订单和签各种单据，有时候六点就得到达办公室，时间上确实我不太适应；二是在配送过程中并非配送的货完全经过了认证，有时候也是半夜去农贸市场购买一些蔬菜，我们组织人员洗净再小包装送到超市，在当时这种业态还处于初步发展阶段，当然在超市售卖价格是高于未经包装的散装蔬菜的，但还是有很多人购买，毕竟绿色食品这个商标在当初还是得到了大家的认同。当时配送最多的就是蔬菜，每天向超市里送但销售量也不是很大，毕竟价格要贵一些。我负责的这个配送工作基本上是从外面招聘来的人员，体制内的人基本不愿意干这个起早贪黑的工作，而且工资也不比坐办公室的人高，我自己感觉这个工作对我来说价值不大，所以短短的三五个月后我主动不干了。

1994 年 7 月，我把我的人事档案存放在了北京西城区劳动局。之所以存放在劳动局，记忆中是当初有一位副局长是我四川老家的，以为档案放在那里比较放心。其实在 90 年代开始无论单位还是个人都可以把档案存放在人才交流中心，每个月缴纳一定的存档费用。也可以在存放档案的地方缴纳保险等各种费用，包括后来我的党组织关系也转到了这个地方，不定期还去参加组织开展的各种活动，还参加过西城职业介绍中心的运动会 400 米赛跑呢。

档案存放在中介自己就好像变成了一个无组织、无单位的自由人了，从一个单位离开到另一个单位上班基本上没什么后顾之忧，给了自己自由的空间，同时又像一匹脱缰的野马完全失去了方向。曾经拿着自己的简历奔跑在各种人才招聘会上，与浩瀚的人群一个一个展位了解沟通，30 多岁的我当初在职场上还是有很多单位相中的，但我自己心中却缺乏了目标，至今想来当初怎么没有人叫我做职业规划、做专业规划，自己读的管理专业好像是一个万精油似的，无论做人事工作、销售工作、管理工作好像都可以，正是这种好像都可以的专业，让我无意中抑或是有意中浑浑噩噩漂了好几年，其中好几家公司把我当人才招聘去，可是好像得了“习惯性流产”这种病，一般不超过三个月我就主动离职了，对对方可能在某种意义上是不负责任，也是我自己对对方没有充分了解的结果。其中还不乏我认为很难生存下去的公司，也有至今生存下来 20 多年的公司包括一些知名公司。在漂流的各家公司，每次我都有机会进入到公司班子成员或者掌控比较重要的部门，公司老板对我寄予了很大的希望，同时我自己也感觉到很大的压力。无论去到哪家公司它们都是存在了或者创业了好几年的公司，公司在经营中遇到了较大的问题才希望从社会上招聘一些所谓的能人。但这些公司多数属于家族企业，创业的容易把家族聚在了一起，但往往守业很艰难，所以招聘进去的所谓人才往往给予高位的同时也给予了极大的压力，他们往往希望能够在很短的时间内把业绩提升上去。这种愿望也许没有什么错，但作为一个外来人熟悉公司起码就得两三个月。

记得有一家做医疗器械的公司看到了我的简历后，让我去他们公司负责整个销售，对于这个行业我从来没有接触过，但当时从社会上反馈的信息看确实是非常有潜力的行业，而且行业利润相当可观，正好当初我也在空闲期就去了。非常遗憾的是这家公司的名字一点也记不起来了，隐隐约约记得当初老板是两口子，他们夫妻俩创业，公司规模在当时也是比较有规模了，他们的儿子在公司负责销售。让我去指导和管理销售确实是一件非常具体的工作，各部门关键岗位基本都是亲戚关系，我大概去了三天就感觉我不可能干出点事情来，但我自己也不可能来了三天就走啊。说实话两老板对我还是相当不错的，只是他儿子有点花花公子的感觉，并且把持着销售系统，加上我对这个行业还处于了解阶段，在短期内是不可能做出什么业绩的，所以我给我自己定的时间是一个月，用一个月时间来了解公司、了解行业、了解流程、了解各种人际关系，然后再看看有什么地方可以突破。大概在两周或者三周的时候公司就让我拿出全国的销售方案来，我当初觉得很奇怪：怎么可能这么短时间拿出整套方案呢？况且我手下一个人也没有，老板的儿子又在抓销售工作而且还是销售总监呢。居然有人说都来了半个月了还没干出什么业绩。我想如果我能在半个月内拿出一套切实有效的方案那我就不会是一个打工仔了，也许我都可以白手起家了。原来把我招聘来就是希望在短短一个月内搞出什么惊天动地的事来呀。我确实没这个本事，何况我还对这个行业一点都不熟悉呢，我想即便在这个行业有多年经验的老销售也很难这么快搞出什么方案吧，即使拿出方案也不一定可行吧，所以我在待了一个月多一点的时间便离开了。老板损失一个月的工资我损失了一个月的时间。想想也有我自己的原因：为什么要贸然进入一家自己一点都不了解的行业公司呢，难道仅仅是为了那表面上的总经理助理的虚荣吗？还是病急乱投医呢？同时老板为什么明知道我对这个行业一点不了解还要招聘我去呢？仅仅是为了给他儿子一些压力吗？

所以盲动对自己没什么好处，自己没想清楚的事就不要去参与，虽然时间很短暂但对自己也是一次折腾和考验，如果把这短短的经历也写在简历中那跳槽的频率也太让人感到心惊肉跳了吧。但是在我的职业生涯中这样短短的一到三个月的工作单位确实有好几家，这好几家加在一起也仅仅一年多一点的时间，涉及好几个不同的行业，有咨询、有实体、有贸易，每每换一家都给予了较高的职位，工资收入也不低，每家公司的员工都羡慕我呢。但我自己的苦衷自己才知道，给予我的多数职位都是与市场、与销售有间接或者直接相关的岗位，也有明确的考核任务。在频繁的折腾中我有了心累的感觉，总想停下来好好休息休息，梳理梳理自己的思路和方向。

多数中小型企业都是家族企业或者朋友型企业，创业初期都是根据自己过往的经验或者自己在某行业有所谓的关系而成立的相应的公司，无论在财务、行政、后勤、办公室等与销售无直接关系的岗位一般都是自己的亲戚朋友，而开发生产销售等需要真本事的岗位则多数是市场化招聘的，而且往往把主要压力压在销售系统人员身上，然而销售仅仅是企业发展过程中一个环节而已，真正决定的因素更多是在产品品质以及产品是否符合消费者的需要。所以销售人员也只能完成能够完成的任务，产品的竞争关键在产品力而不是完全在价格上。

在来来回回的折腾中有个短暂不到三个月或者不到半年的时间我去到了一家目前还比较有名的功能饮料公司北京分公司负责市场工作，当时这种功能饮料还极其少见，在国内主打概念为功能性饮料，广告语为困了累了就喝某某饮料，而据很多消费过这种饮料的消费者反馈的意见是还是很有作用的，多年以后我的一位老板朋友每每他开车远途的时候都在车上备有这种饮料。困了时喝一罐还挺管用。我曾经在独自开车从北京去武汉来回的高速上也是用这种饮料抵挡了困意。很多市场专家在分析快消品时都把这种饮料作为单一包装和单一品相成功的案例，我在这家公司的半年不到的时间里有一半的时间跟着业务员在市场上跑，包括给经销商、终端送货。因为当时广告很多加上消费者还比较喜欢，所以业务员压力很小，每个月的任务很快就能完成。跟着跑的时间里我搞明白了很多市场上的事情也包括业务员和经销商联手做的一些事情，甚至业务员还和仓库管理员联手做一些中饱私囊的事情，所以我一直在思考怎么能避免这种事情并和分公司老总商量怎么办，这样就会得罪业务员。这些业务员基本上没有上过大学或者上的不是特别正规的大学，因为在 90 年代正规大学毕业的学生基本上不选择做业务员，这些业务员每天三分之一的时间在跑市场，三分之二的时间大家聚在一起玩牌、喝酒等，所以我当初还看不惯这些，但分公司老总说只要完成任务了这些就不用管了。而且各地分公司老总和老板都是多年的朋友关系，带的队伍也基本上是文化素质不是很高的。

在这家公司时间不长但对我后来从事的工作有深远的影响，因为后面我因为偶然的因素也是必然的因素在饮料行业摸爬滚打了好几年，也使我真正慢慢从管理的角度或者更高的角度思考问题、考虑问题了，而且后来还和中国饮料工业协会有了一些很深度的接触和紧密的合作，协会还专门成立营销分会让我负责。可是我并没有利用好这个机会也没有在这个行业继续前行。

第二十五章
机会来了　小试身手

也许是在那家饮料公司短暂的经历，在一次偶然的机会现在想不起来是通过猎头公司还是谁介绍的，一位马来西亚的林姓老板想把一种米糠饮料打进北京市场。他找我谈了好几次，听听我的一些想法和规划，最后双方达成协议由我来负责整个北京市场，同时他找到了一位北京的老板，他们俩合作在北京成立了公司，我出任北京公司总经理。

在前期的消费市场调研中，这种以米糠为原料的功能性饮料，无论在口感和功能上都得到了广大消费者的认同和好感，而且大家认为这种饮料更加健康更加有针对性，因为我们当初推出了四种功能性饮料，包括针对便秘、高血压、消化道问题等，在试用的人群中效果很好。于是我也开始有了信心，快速组建了公司，快速组建了团队。按照基本的公司架构很快完成了基础工作的需要，招兵买马也很快完成，一是市场化招聘，二是通过熟人渠道引进了一部分人。

坐在老板台的时候我感到了荣幸也感到了极大的压力，在组建好公司后我就花了大部分精力在研究市场、研究营销、研究经销商、研究终端消费者。将销售队伍划分成不同的部门，每个部门负责一个渠道，不同的渠道制订不同的政策包括价格政策、结算政策、奖励政策、物流措施、账期政策等，在理顺内部管理流程的基础上我把主要精力放在对外销售上了。

一张北京地图反复研究，根据我们的实际情况来划分销售区域，有建议按照行政区域划分的，有建议按照渠道划分的，有建议按照客户划分的，有建议按照物流路径划分的。我的管理方式是在做任何决定前都要把相关人员召集在一起集体讨论，充分听取大家的意见，我自己在深度思考的基础上做出独自的决策。

对于这种以米糠为主原料的饮料无论对营养元素还是口感而言，都是我至今为止认为的比较好的健康营养品，但无论在当初还是在今天依然在终端很少见，知名度也远远落后于其他碳酸饮料或者其他饮品。是人们对其认知度不够还是宣传不到位或者生产工艺的问题，我到今天也没完全明白。包括娃哈哈在内的饮料大亨为什么不介入这种以米糠为主原料的饮料呢？对于真正原因我还没看到相关资料或者文章。

当初来自于马来西亚（或者是印尼？）的林姓老板和北京的这位女老板共同出资大概是 50 万元注册的北京公司，北京公司与位于厦门的生产公司属于两个不同的公司，他们只是派了一位财务人员到公司任职，其他人员都是我从人才市场招聘而来或者行业朋友介绍来的人。我们在快速组建公司后就在位于北京西三环的魏公村商务写字楼租了办公用房，后来因为人员的扩充和库房的需要我们将办公点搬到了北三环马甸桥附近。

在经营过程中一些基本的日常事务和正常的经营都是由我来决定，包括各种费用的报销也是我最后签字，各部门人员的组成和职务安排也基本是由我来决定。这是我第一次全面负责一家公司，当初公司大概不到 30 人，但各项流程和制度我们还是制定基本健全的，当组建完毕和正常经营时，市场是一个很难啃的硬骨头。由于只有注册 50 万元现金，我没有资金去做广告宣传和大量的公关活动，所以对于餐饮渠道我采取了完全直销的方式，一般给予餐饮企业的账期不超过一个月，谈的最好的大约在一个星期。业务员一边要负责开发客户还要负责回收账款，一边还要和司机一道送货。由于产品没有任何知名度，很多饭店将产品拒之门外，所以只好让那些有经验、有客户源的业务员利用原来的老渠道、老客户先把产品送进去。这样一来，客户的分布与我们当初的布局设想就不一样了，客户很分散而且每次要货也不多，我们送货也仅仅靠当初的一辆面包车和一辆小型货车；比较幸运的是我们的销售量在一天一天增加，货款也能够按期收回来，基本上没有什么呆死账款，员工们的工资和销售提成也能够按期发放。但我由于第一次负责一家公司经验不足，基本上是按照自己的理解和判断来处理各项事务，后来在回想这一段经历时总感觉很多事情处理得很不圆满和不周到，包括对员工的管理在理智、感情、原则、制度等方面未能达到综合平衡状态。与员工的关系处理也不是太恰当，很多时候感情因素太多。

超市方面，我们选择了收取进店费较少的超市，如超市发和物美等，家乐福、沃尔玛等超市门槛很高，收取各种费用较多我们只好放弃了。然而没有知名度的产品尤其是快消品在超市很难占据较好的牌面和较好的堆头位置，这样就很难有理想的销售量，完全靠消费者的自然选择。在节假日超市要求供应商必须配合搞各种促销活动时我们也必须参加，包括聘请临时商超促销员，采取各种买赠活动，等等。但超市销量很难有什么大的突破。很多广告公司希望与我们开展广告业务合作，因为我曾经在广告公司工作过，我深知广告是一项花钱的活动但是否有有效的作用很难说清楚，但不做广告更不可能占领较大的市场份额。所以我利用我原来的经验搞了几次产品讲解活动，通过熟人渠道每次邀请几十名消费者现场讲解和品尝产品，在活动结束后赠送几箱产品给消费者，希望能够通过消费者的口碑传播。这样的活动基于我对产品的绝对信心和相信产品的功能性完全能够在消费者身上起到作用，在开展会议推广活动过程中我们也建立了消费咨询热线，还包括通过熟人营销等方法。

在负责这家公司的过程中我学到不少知识，也感受到了管理一家公司和经营好一家公司不是凭一腔热血就能搞定的，需要在整体战略设计、业务设计、业务开展、人员安排等各个方面考虑全面、措施得力、推进有序，对市场对消费者对商业环境要有充分的理解和了解，同时也要有一批勤勤恳恳的业务人员和市场人员；无论在物流、现金流、产品流等各种方面要达到平衡；同时产品质量必须过硬，尤其是饮品光有营养还远远不够，就像任何入口的食品一样，口味是消费者选择的非常关键的因素。

冷静思考、全面了解、综合分析、果断决策、行动快速，建立适应市场需要的反馈机制包括消费者投诉机制、客诉处理机制，都是非常非常重要的。

在中国从计划经济向市场经济过渡的漫长过程中，销售也从计划向完全市场化过渡，特别是非国计民生的产品完全市场化，进入的门槛是很低的，市场竞争也慢慢开始激烈，各种销售手段如雨后春笋，有序的和无序的并存。尤其是价格定价体制放开后包括饮品在内的很多快消品定价权完全在企业，所以在终端的定价也是一门很重要的学问，既要考虑到产品的生产成本，又要考虑到市场中同类产品的价格，还要考虑到消费者的承受价格。但价格如果太低没有利润的话，企业也就没有发展和生存的空间了。

尽管我个人认为这种产品对消费者而言是非常健康的饮品，在理论上消费者是可以充分接受的，但是如何让消费者通过什么样的渠道能够接触到这个产品并且能够产生第一次购买，这是一个非常严肃而且十分必要的问题。只有消费者在第一次购买后并且产生好感才有可能产生持续购买，从而逐步形成较大的市场份额，从而形成良好的企业资金循环和带来合理的利润。在信息时代，广告尤其当时在电视台的广告宣传是很多有实力的商家的首选，也是很多经销商选择代理商品的重要参考因素，甚至有的商家把是否在中央电视台做广告作为选择代理产品的唯一因素。而我们做的这款产品虽然在营养上、品质上、口感上非常好而且没有不良反应，但由于两位老板都没有做快消品的经验、对快消品缺乏足够的认识，往往习惯于用作贸易的思维方式来运作快消品，每次发来一批货还未完全铺到终端时就督促我们马上回款，殊不知无论在商超还是在餐饮，回款是有一个周期的，有的是一个月，有的是 45 天，而且回款的数量是在双方谈好的周期内已经卖完的产品，所以每个月的发货量和回款数量是不太一致的，但对于投入不多的小公司而言在资金循环方面就是一个大问题了，尤其是在超市里的产品动销速度很慢，主要原因是消费者根本不知道这种产品。加上产品当时采用的是单一的 330 毫升的易拉罐，消费者购买后必须一次性喝完。

诸多原因吧，我们在北京市场折腾了两年的时间，经过我和团队的努力保持了北京公司的基本持平，这在当时没有太多资金支持的情况下，我们完全是靠着原来的一些资源和关系，加上自己的一些思考，也想了很多办法包括团消等勉勉强强维持住了公司的存在。两位老板两年后感觉这种生意赚钱太慢而且也没有后续资金支持，所以很遗憾地决定退出这个行业。在公司解散的时候我们也没有和两位老板谈解散条件，我及我的团队各自回家，各自继续在人才市场寻找下一个东家。这短短的两年经历为后来我介入饮料行业和快消品培训奠定了很好的基础，并为我后来的职业生涯带来了好运，在心里一直感谢上天给予我的这次机会，给予了我全面运作一家公司的机遇和经验。

当时我刚刚学会开车不久，开车的机会还不是很多，加盟这家公司后老板给我安排了一辆松花江面包车，白天可以作为公司公务用车和临时运货用车，但下班后我可以自己开回家并且周末我也可以作为私家车用。就这样从一个二把刀慢慢变成了一个老司机，也学会了一些小毛病的处理，包括换换轮胎、换换机油、加水之类。记得有一次在路上突然冒烟了，当时把我吓坏了，因为车上还坐着家人，还好我比较冷静沉着果断地将车停在马路边上并立马熄火，快速将车上的老人小孩撤离到离车较远的地方，我再慢慢观察冒烟的状况，还好仅仅是缺水了而且并没有发现什么火花之类，在等待烟雾慢慢熄灭之后我打开车前盖，再打开水箱，突地一下从水箱里喷出热浪，吓得我后退了好几步，几分钟后我拦住过往的一辆出租车问了问司机。他告诉我，小伙子把车开成这样缺水你都不知道啊，再不加水就要出事故了，赶快加水吧。幸好我在车上放了一个小水桶，我到一商铺跟老板说接满了水加在水箱中，整个过程花了半小时左右又继续开车上路了。从此以后，我无论什么时候开车都比较注意看看油表和水表之类了。

所以从心里非常感谢这家只存在了两年的公司，让我在方方面面有了一个质的飞跃。这样的机会在人的一生中不可多得。只可惜在公司注销后我的那帮一起战斗了近两年的兄弟姐妹慢慢失去了联系，到今天很多人名字都记得不太清楚了。

第六篇

又是新天地

人总是不能活在过去，但过去是今天和今后的一面镜子，过去的无论自己是否放不下或者多么刻骨铭心，一切都过去了。过去也不是完全过去，我们总结过去，思考过去，完善过去，为下一个新天地再次出发。

第二十六章

猛然牵手　顺心高歌

俗话说无知者无畏，好像在我身上体现得淋漓尽致。不管什么样的工作，不管什么样的企业，不管什么样的行业，除了极强的技术性工作，其他我都敢接受挑战。这样下来，我了解的行业越来越多，知识面越来越广泛，但专业上缺乏精度，行业缺乏集中度。这样积累了多少就会失去多少，广度无法代替精度，宽泛无法替代专业。就这样迷迷糊糊中走过了毕业后的十多年，在首都北京完成了一个从学校刚毕业时的意气风发的青春年少，到三十而立的不破不立，到依然无所大成的中年转变。曾经的傲慢和自己认为的优秀还依然残存，在价值观和人生观的修炼方面还有欠缺，在后来的慢慢醒悟中慢慢明白了，总是看不上周边的上司和同事，过度思考和果断性不够等这些都是致命的缺陷。同时对人无原则性的善良也恰恰被不怀好意的周边不同目的的人利用；同时自己在工作中原则性和灵活性没有很好地结合，所以干得多思考少，思考后改变少，改变后坚持少。

我一直以来总是感觉命运对我都关爱有加，在 1999 年大概是 7 月份还是 8 月份的时候，到今天我也不知道是谁通过什么渠道找到了我。当时在北京刚刚起步的一种叫“X”的果蔬饮品的老板找到了我，与我谈了大概三次话以后希望我马上加入当时还不太知名的这个企业，并且让我承担起了抓常务工作的重任，委任我代表公司组建全国性的营销网络。我经过简单而认真的考虑，放弃了其他职业机遇加盟到了后来的某饮品X公司。

其实在1999年，这个公司已经成立了大概快两年的时间了，之所以老板着急让包括我在内的人加盟，后来得知公司马上要与某上市公司合资了，而且规模要突飞猛进地扩大，在合资之前暂时给予我副总经理的职务，合资之后公司不设副总职务而是设立各种总监职务。在我加盟后在位于西边的北京某研究所院内一栋小二层办公楼大约办公了半年，当时产品仅仅在北京部分超市和餐饮渠道有售，知名度也远远欠缺。

我接受的任务除了维护现有的销售和公司现状外，一个特殊的任务便是组建全国销售网络，招聘人才组建大区。当时和老板沟通和商量的结果是在北京、武汉、成都组建分公司，其他省市除西藏外组建办事处，而且要求时间要短、行动要快、铺货也要快。好在我已经有一些经验而且遇到这些事情也不慌乱了，同时我利用自己爱思考的习惯，事先思考了要通过什么样的渠道、要找什么样的大区经理，然后一步一步快速推进。最后我们决定利用当初十分流行的知名招聘网站刊登招聘启事，应聘者直接通过邮件将包括简历在内的相关资料发到我的邮箱里，然后进行初步筛选。在和老板沟通后由我代表公司先在电话里与各位应聘者逐个电话沟通并且做下详细的记录，在电话初步认可的基础上将名单、基本判断、基本评价、基本资料整理好报老板，经老板同意后，我决定在1999年的“十一”假期，请各位初选合格的应聘者从全国各地坐火车或者飞机到北京集中面试，我们当初对各位应聘者承诺报销来回路费，北京的吃住我们也解决，所以除了个别应聘者确实因事无法赶来以外，绝大部分都赶到了北京。

当时我一直在想有什么样的办法在两天内要选出 20 来位掌控一方的销售领军人物呢？资料已经很详细地审查了，而且我还动用了各种手段各种渠道对应聘者进行了多方面的背后了解，应该说他们每一个人都很优秀也相对专业，并且都有从事饮料行业的相关工作经验，但他们能否适应新的环境和对还在襁褓中的小品牌是否有信心，是否有思路来打开当地的市场呢？同时是否有带好团队的各种能力和素质呢？虽然我对他们的专业和经验一点都不怀疑。于是我决定采取三步走的策略：第一步：集中一天时间开研讨会，请各位应聘者对当前中国大陆的饮品市场的现状和发展方向不设主题地开放讨论，目的是从思路、逻辑、考虑问题的角度多方面考察。第二步：由我代表公司介绍公司现状、未来发展方向、产品概念等情况，请大家集中一个主题对产品在当地的销售全方位展开讨论，这样可以考察各位对当地的市场和渠道熟悉情况，和是否能够采取针对性措施。第三步：集中用餐，在大家紧张讨论两天后我安排了大家集中一起在一张大桌用餐，观察各位的沟通能力。因为他们互相之间并不认识或者也不熟悉，同时又都是应聘者还是一种竞争关系，所以在一起吃饭需要一定的酒量、胆量、情商。

在第一天的讨论中，因为他们来自于不同的企业，有来自于可乐公司的，有来自于汇源公司的，有来自于如梦、大湖公司的，总之他们都来自于行业内比较知名的企业，也是我当时选简历很注重的。在公开讨论的过程中能明显感觉到不同企业的文化差异包括在思维方式明显不同，来自可乐公司的一般来讲比较严谨条理清晰，来自其他企业的也有各自的特点；在第二天的开放又同时聚焦的讨论中发现了几个很不错的人才。在心里我们初步确定了全国销售总监、市场总监、信息总监以及华北大区、西南大区、华东华中大区总经理人选。在最后的晚餐中，我搞了个突然袭击，每个人发一瓶二锅头白酒，我规定每个人都要把自己的这瓶酒喝完或者在桌子上推销掉，当时酒量大的一点不畏惧，但也能看出个别人心里的害怕，其实我们并不是完全考察他们的酒量，关键是看在喝酒的过程中如何把握自己。酒后各种本能的东西就会体现得淋漓尽致。通过三天的综合考察，我和公司的收获非常大，公司确定了几位关键岗位的大佬，我也学习到了很多东西，并且和每一位应聘者都比较熟悉了。最后在确定几位大佬后，办事处经理及他们手下的主管由他们在应聘者中挑选或者从其他渠道引荐。这样在“十一”后我们开始了全国性的行动。

在某上市公司与 X 公司合资后，我荣幸地成为了董事会董事并出任掌管十分重要的常务工作，同时还担任人力资源总监，协助总经理管理办公室，主管人事部、行政部，负责组织架构设计和人员招聘和安排。我们在短短的三个月内要建好全国 3 个分公司和 22 个办事处，对于我来说还是有不小难度。为了 2000 年的春季成都糖酒会集体亮相和整体招商，我们抢在了 2000 年春季前把各办事处建好同时人员到位，并组织了全国性的培训大会。我们在绿色度假村举办了 200 多人的培训，我当时充分利用了我这么多年积累的各方面知识和经验，担当了主力培训师。因为每个人我都要找机会与他们聊聊，所以各地办事处和分公司我都非常熟悉，包括普通员工都很熟悉。一方面我用了一些有经验的行业专业人士，同时也用了大概三分之一的我们认为有潜力的新人，采取新老结合的方式，每次培训都要分组展开充分的讨论，每个人都必须完成相应的课题，最后抽出部分人员到台上讲解，到后来培训时就采取自愿上去分享了。我感觉到这样的培训和讨论课大家非常感兴趣，也非常乐意与大家分享。无论是生产系统还是营销系统、行政系统、财务系统我们都给予很多的培训。

培训不仅仅是知识的宣贯，更重要的是大家对业务的讨论并达成共识，这样在执行时就很容易落地了，同时也是大家交流感情达成相互信任的方法。很快春季糖酒会就要在成都开幕了，我以前是以观光客的身份去参加过两次糖酒会，感觉到商家云集、人流如潮，糖酒会期间成都的宾馆一房难求，房间价是平时的三倍到五倍。但真正我们要以商家身份参加的时候就有很多问题要准备了，场地租赁、宾馆预订、广告宣传、展场布置设计、接待经销商、销售政策、现场解答、产品展示等很多很多细节都要在会前一个月准备就绪。为糖酒会我飞去成都好几次，把事务性工作委托给成都分公司，请他们做出详细的预算由总部批准下拨费用。

关于营销的各项政策由营销中心拿出具体方案，展览展示等与市场有关的由市场中心拿方案，方案包括预算，各办事处报参会人员和预估经销商参会人员，在所有通过总经理办公会审批后我负责总指挥和执行。第一次参加糖酒会就必须成功，为了这次糖酒会我们在中央电视台当时热播的电视剧《情深深雨濛濛》做了跟片广告，由于电视剧收视率很高，我们的产品 X 品牌也有了一定的知名度，加上我们的产品本身富含了很多新概念和内涵，业内第一家推出果蔬汁的概念，同时又充分强调了细胞破壁保留营养的同时更利于吸收，所以在成都糖酒会订货量和签订的合同远远超出了我们的预期，统计分类后把订单指令下给了生产系统，同时由销售系统和物流系统对接运输发货之事。在夏季饮品消费旺季来临之前我们要求各办事处、分公司必须配合和指挥经销商，把产品全面铺货到终端，包括商超、餐饮渠道、各旅游景点、街道小卖部等。

“五一”期间，我们要求所有总监包括营销总监、市场总监、生产总监、物流总监包括我在内一律不准休息，兵分五路采取事前不告知的方式到各分公司和办事处管辖的地盘逐一抽查和拜访，抽查的方式按各地方上报的铺货点进行，一是看有没有谎报的，二是看看动销情况，三是了解消费者对我们产品的反映情况，在离开之前再找办事处或者分公司负责人见面沟通，同时还要检查“五一”期间各地的促销活动是不是与上报的方案一致，检查费用使用情况和效果。我们这种利用节假日到各地洞察的方式每年都要进行最少两次，越是节假日越是销售的旺季，所以我们节假日很少有休息的时候。

在担任人事总监一年后我又兼任了营销总监，这样一来一年中大概有半年的时间在各地检查工作、与各地经销商沟通、到终端了解情况、解决各地的具体问题，有时候还要帮助地方负责人协调地方关系问题，有时候连春节也在市场上考察。也是因为这种工作性质我在两年里基本跑遍了除西藏之外的各个省市包括各省市所辖的地级市和很多县城，对饮品市场有了一个全面的理解，对什么是竞争有了更深刻的理解。

由于新建了工厂，X 公司从一个占地 20 亩左右的小厂，变成了一个现代化的中型工厂，工厂的基建工作和工厂前期建设工作主要由集团下属某酒厂工人完成，当集团将这个新厂转给我们 X 公司时，要求我们连工人一起接收，有 60 多位工人，X 公司和酒厂虽然同属于同一个集团但我们执行不同的管理制度和人事制度，包括工资制度等完全不一样，由于酒厂是一家老的国有企业并且工资福利比 X 公司要高要好，我们同意接收这部分工人但需要重新签订劳动合同，和实行我们的工作制度与工资制度。这样一来，所有的工人都不愿意与我们签订合同，要求回到酒厂上班，公司把这个任务交给我全权处理，并且要求不能出任何事故。酒厂领导明确表态一个也不能回到酒厂必须全部到 X 公司，但我始终坚持我们全部接收没问题，也十分愿意这些熟练工人到我们的车间工作，但前提条件是一切按我们的制度办事，否则一律不接收。当事情僵持在这一步时，公司要求也是我自己的意愿直接同 60 多位工人对话。在决定双方直接对话后，地点就选择在车间，我决定一个人面对他们。当时行政部希望派一批保安随我进入车间以防不测，我说不用，最后来了个单刀赴会。当我代表公司出现在车间中央时几十个工人一下子把我团团围住，个别工人情绪很激动，说如果不答应他们的条件就不让我离开。我站在中间，开始时一言不发，因为他们人多，声音又大，同时很多人在吵吵嚷嚷，基本听不清他们在说什么。当我静静站了大概 10 分钟后他们不说话了，这个时候我开始说：今天是来和大家商讨大家到X公司的事情的，如果大家是想和我一起商量问题、一起解决问题的话就听我先说；如果你们想吵吵嚷嚷还想动手的话我一个人只好随你们了；如果你们想解决问题就请你们选出三个代表到我的办公室沟通、协商。说完，我就离开了车间回办公室等待。当我回到办公室时好几个同事都说林总很佩服你呀，那么多人围住你并且还想动手的样子，你居然还那么冷静，我回答说我除了冷静还能干什么呢？因为我们工厂有参观走廊，他们通过玻璃对里面的情况看得一清二楚但听不见声音。据说当我离开车间回办公室时，工人们为了选代表的事，吵了起来，但最后还是选出了三位代表到了我的办公室。三位代表到我办公室时我先请他们坐下，我亲自给他们倒上一杯茶。

坐下来我开始慢慢和他们聊，问了问他们三人在酒厂干了几年了，很有意思的是他们到酒厂时间都不是很长并且都是从部队转业来的。聊着聊着他们也慢慢放松了，我简单介绍了我们对X公司未来的规划和我们这个团队的构成，我表态说只要我们这个公司存在一天就不会少你们一口饭，没我们的工资也一定有你们的工资，请大家相信我，但必须重新与我们签订劳动合同。他们三人当时表示同意但还要回去与大家商量，后来还有十多个人说还必须回到酒厂。得知这一消息后我去找了酒厂厂长，他们明确表态不愿意去X公司的一律就地解聘。这样一来这60多位工人不论愿意不愿意最后都和我们重新签订了劳动合同。我找生产总监谈了话希望他并要求他安排和照顾好这60多位工人。很快我们的新工厂在政府的要求下开始筹办大型庆典仪式。

紧张而有序的筹备工作开始了，很多员工为了新厂的开业庆典加班加点。很快庆典日子到来了，我是庆典仪式总指挥。庆典前对各项工作各细节检查了又检查并且还进行了演练，包括消防演练，一切准备就绪只等第二天庆典开始。一切如我们设计的一样有条不紊地进行。

庆典的宴请活动大概 20 桌，其中有 8 桌是安排我们公司员工的，我临时决定让生产总监安排车间工人来参加宴请，我们的办公室员工，包括总监在内一律扮演服务员为大家端菜，进行各种服务。这个看似小小的举措事后反响特别好，每当工人们见到我时都特别认真地感谢我，还有人说在酒厂这么多年从来没享受过这个待遇，从此工厂车间生产一直很安稳。记得有一次在离开 X 公司多年后回到工厂他们见了我还很亲热，我心里很感动。

生产稳定了，销售便成了一个非常关键的问题。在全国的经销商系统大约半年时间就建立得比较完善了，但销售量还远没达到预期的目标。除了在全国包括部分地方电视台做广告以外，地面的促销活动也非常重要。很多消费者通过中央电视台和地方电视台知道了有个饮品叫 X，但主动购买的行为还没有形成，所以让消费者首次购买和产生好感就特别重要了。于是每个月我们在全国都会有不同的促销活动，每个月底前各地方必须要上报下个月的促销活动方案当然包括费用，我们通过研究然后拨付款项到地方，但经销商的汇款必须直接汇到总部，因为我们采取了收支两条线的管理模式包括地方工资发放也由总部统一下发。

大型商超由总部统一谈判，地方公司或者办事处负责跟进和落实，促销活动是否如期举行，地方经销商是否配合，促销人员是否到位，促销情况是否理想等除了听取各办事处的书面报告外，自己直接到第一线了解更为重要，这样我就马不停蹄地在各个区域奔跑，与各地经销商沟通谈判，很多时候还到经销商的库房里了解库存情况，并督促经销商压库。压库就是一种抢先让他们进货的行为，意思是抢先把他们的库房装满而无法再进竞争对手的货了，所以在平常的管理工作中我们也要求办事处报告经销商的库存动态。

在与全国经销商的接触过程中我才真正了解了什么是商人。在商言商无可非议，有的表现得直接些，有的表现得委婉些，但都与利益有关。无论如何周到地接待你，最后都希望通过我手中的权力要一些优惠政策，具体表现在价格上、赠送上、促销礼品上等，但与此同时我也与大江南北的很多经销商成为了好朋友，也从他们那里学到了如何经销商品，他们接待时大大方方，但平时也是一罐一罐、一盒一盒卖出来的，确实非常不容易。他们每次到北京参加我们的订货会、经销商大会、培训会都会带些地方土特产给大家分享，有几位与我一直保持着很密切的联系，时隔多年依然怀念和他们合作的时光。

记忆很深刻的是，在1999年年底或者是2000年年初的时候，一位女士和朋友一起到北京旅游，在饭店用餐时喝到了我们的产品，当时我们在全国还没有铺货，她们感到很好喝并且也觉得名字很好听，就几经周折找到当时还位于北京西边的办公室，一定要经销我们的产品。在沟通过程中我反复强调做我们的经销商一定是在做快消品的商家，并且要有现成的渠道和一定的资金实力，这些对她而言都是空白的，但她态度非常坚决一定要做，可是她一无经验二无资金三无渠道，最后支支吾吾告诉我她是从事地方医院的护士工作，要转行做生意。前前后后来公司找了我三次，我将情况汇报给总经理并和大家讨论，大家一致不同意和她合作，但直觉告诉我她一定能成功。最后我力排众议，决定和她合作并将她作为当地地级市的唯一经销商。后来证明我的决策完全正确，每个季度她都进入了排名前三。当初我建议开始只进五万元的货，同时我按正常赠送一万元的货，然后我派了一个有经验的业务员到当地帮她，包括租库房、招聘业务员、培训、推广会等，她和她丈夫完全按照我们给她的方案一步一步推进，不到半年的时间她基本上完全入行了，销售量一个月一个月在增加，渠道也越来越广，把X品牌在当地做得家喻户晓。他们有了经验上的收获也有了利益的收获，不断有其他商家找到她给予很优惠的条件希望她代理他们的产品但她都拒接了，在征求我的意见时我建议她可以代理与我们没竞争关系的白酒产品，因为白酒产品和我们的饮品在通路上很多是一致的，这样她在把我们产品量做大的同时可以通过白酒赚到更多的利润。在两年里我三次去到了她所在的地方，并且其中一次我们几位高层管理人员包括总经理一起去的，再后来我离开X公司大概两年后她不再经销X产品了，很是可惜。但她如今，生意却做得很好，规模也很大。

当时我们在全国有接近200家经销商，可能有一半经销商我熟悉并且去过他们所在的大小城市，也和他们在大饭店用过餐，也和他们在路边店喝过酒，有很多时候我们已经超越了厂商的关系，个别的十多年后还一直保持着联系。

当初我们分成三个大区管理，西南大区的总经理由于和我老家比较近来往很多，可惜的是在我重点培养他的过程中他突然出了经济问题。记得有一次在度假村开全国销售会议时，公司办公室的一位同事突然到会议室找我。悄悄在我耳边说有公安局的同志找我。我心想找我干什么呢？在会议继续的过程中我到了外面同公安局的两名同志见面，他们问我某某是不是我们公司的员工，我说是。于是他们出示了网上通缉令让我协助，要马上把他带走。后来我了解到他是在来我们公司前的一个单位起诉了他，说他有经济问题。在和警察沟通的过程中我了解到我们有共同的朋友，所以我告诉警察同志：人我一定交给他们，但是否可以半小时后。我说还有工作要交代、交接，警察原则上同意了。我在和我的这位大区老总沟通后让警察把他带走了，我和警察同志说希望他们对他好一点，警察说，放心吧，我们明天就把他转交给当地警方。我们紧急安排了一个很有经验的中层管理人员紧急到成都接任。在四十多天后原大区老总从里面出来了，据说是与原来的单位在是奖金还是经济问题上出现了分歧。他好希望回到公司但经过讨论我们没有同意他的请求。但这些年我到成都去时还和他经常见面。毕竟在成都这样的休闲城市啊，每次去成都联系他，他不是在茶馆就是在去茶馆的路上，这样每次聚会倒是比较简单化了，大家在一起就在茶馆简单吃个便餐，剩下的时间就是玩麻将或者斗斗地主。以前到成都还输赢比较大，现在纯是为了娱乐和消遣了。多年过去了还如此密切联系真不容易。包括西南大区昆明办事处当时的负责人这些年也有一些联系，每次去昆明不论是出差还是去旅游，我和他都要抽时间聚聚、聊聊天、喝喝茶或者一同去农家乐吃吃农家饭，也是另外一种逍遥。

记得有一年开年终总结大会和下一年工作任务布置大会，每个大区经理和办事处主任都要和公司签订任务责任书，其中有经销商数量、网点数量、促销活动数量，在和他单独沟通这些指标时，这位昆明办事处主任毫不犹豫地回答一点没问题，但在定销售数量和利润指标时，他回答说问题就在这里。当时真是让我及我的同事哈哈大笑，但是我们经过推算如果完成了前面的几个指标，销售数量和利润指标就没什么大问题，所以最后还是按我们的要求下达了任务书。在我们都离开公司多年后见面我们还把这事当故事来讲，大家都觉得光阴太快了。后来他儿子考上了北京林业大学想在校内转专业和大学毕业时想去中国农业大学读研，希望我协调协调关系，可惜的是没帮上忙。好像最后他儿子回到西南林业大学读研了，而且找了一个成都的女朋友，而他也自己当老板十多年了，生意一直在慢慢壮大。

当初的武汉公司负责人这么多年来我们一直在相互来往，后来我儿子考上武汉大学在武汉的四年时间，特别感谢他和其他以前的老同事多年来的关照。每次无论我因公出差到武汉还是因为私事去武汉，他和其他老同事都会出面接待并且一起打打麻将。我们当初在武汉建立分公司的时候，决定在武汉买房作为公司办公用房，但当时公司资金周转有点困难，他自己从家里面拿出资金垫付了房款，在公司资金周转正常后再还了他的借款。我们认为这是难得的责任心和无私，后来听说在决定注销武汉公司的时候这套房子涨价不少，我们还开玩笑说应该和公司分成呢。

一直让我感动的是，离开 X 公司十多年了，但当初建立的感情和当初的管理文化让我们这么多年一直没有断了来往，而且还经常在各个地方聚会，特别是每年糖酒会大家都约着去成都见面聚会，只是大家现在在不同的岗位和不同的行业，不能每年都去成都聚会，但每年聚会的人数都会在十人左右。我因为工作的原因经常到全国各地出差，每到一个地方只要时间允许，我都会和分布在各地的老同事联系和见面，这些年很多人都因为各种原因换了几家公司，有继续在饮料行业多年的，也有转行自己创业的；有成功的也有继续在为别的老板打工的。大多数办事处经理总体日子过得不错，只是与当时基层的员工由于接触比较少也就在后来的日子里接触少了。

最让我们一直感觉到不公平的是，我们大家非常努力在为公司奋斗，想办法扩大市场份额，市场也在一天一天好转时，老板一个突如其来的决定：请来了一个所谓的外资企业专业团队将我们这个团队完全替换，也就是大家所说的空降兵，当时对我及我的兄弟姐妹们是极其不公平的，新来的空降兵工资比我们高了好几倍，可是在不到一年的时间大概是在9个月或10个月的时候，老板就把这个新来的团队集体解散了，又把我们原来团队的大多数人请回去了。因为不到一年的时间里，新来的团队除了工资在增加、费用在增加、广告在增加外其他如销售量在下降、市场份额在下降、口碑也在下降。一个蒸蒸日上的品牌就这样在业界慢慢消失了，以至于后来连四类品牌都算不上了，直到今天我都感到惋惜和痛心。但我依然心存感激，以至于后来的十多年里我一直希望能够再有这样的机会，让我再次组建团队，再次创造市场的辉煌。

在X公司的日日夜夜让我这么多年来一直难以忘怀，X

公司给予了我太多学习的机会，给予了我太多的实践机会，也让我懂得了一个企业在系统管理方面平衡的重要性。记忆尤为深刻的是，当初所有的快消品都希望在中央电视台黄金时段做广告，除了一定的资金实力外还需要用智慧和魄力去参加竞标，竞标太需要学问了。非常感谢董事会给予我机会全权代表公司去中央电视台参与新闻联播后天气预报前的五秒标板广告竞标。当初我们请了一家与中央电视广告部有非常密切联系的广告公司一起研究竞标和代理我们的竞标。

在竞标前，我们花了很长时间研究前两年的竞标价格和当年要参与竞标的企业情况，有些公司是志在必得，但有些公司资金实力是不够的。关键是我们参与的是明标，采取举牌叫价的方式。说实话当时的压力非常大，公司的董事长和总经理都不在现场，但每一次举牌都必须现场决定和现场拍板。刚开始几轮还在授权范围内我就自己大胆决定，但后来竞争越来越激烈叫价越来越高，我不敢轻易举牌了，所以紧急联系董事长和总经理，我把现场情况简单汇报了，并且手机一直处于开通状态，直播现场情况每一轮竞价都报告给董事长，到最后我们中了全年标段，大概是 6000 多万元，但我们只需要 4 个月时间广告，最后委托广告公司把其余 8 个月标段广告卖出去。

培育一个品牌是非常不容易的事情，方向正确了就需要持续不断地前行，不仅仅需要员工的努力，更需要企业有耐性，不能用太短的眼光去对待一件需要长期努力的事情。同时更不能急于求成，我深深感到步子要一步一步走，没有任何捷径可走，在最困难时更需要坚持，当我们完全为了这个品牌而努力时就这样被轻而易举换人了，最后一个完全有希望的品牌就这样慢慢在人们的眼里消失了。

对于我当年正是经验丰富年壮力强的时候，加盟并得到极大的操作空间是一种幸运也是一种认可，自己还是犯了不少错误，包括对工作思考深度不够，对人员的平衡能力还不是特别充分，尤其是自己春风得意时与总经理沟通少了。记得在关键时刻老板带着我和北区老总去长春出差，当时其实并没有太多需要解决的问题，正常地去看看市场和办事处人员，了解一些具体情况。后来才知道老板希望在出差期间我能主动找她沟通沟通，可能当时她也在纠结和忧虑之中，是否要把我们这个团队换掉，好像当时我已经有预感了。但自己好像就要看看到底怎么换，没想到在回到北京之后不久第一个拿我开刀，并且给予了我莫须有的罪名：说有人写了一封告状信到董事长那里，其中有很多数据只有我知道，所以断定是我写的。我知道这一劫难逃了，我极力辩解和证明与我无任何关系，同时我也知道这可能是有人做了一个局，目的非常简单就是逼着我离开，我坚持不离开，最后又在大会上宣布降我的职务并且宣布不让我管任何事情了。后来我大概也知道了谁在做这个局我只好选择离开，更让人不可理解的是我离开时竟然不允许员工与我告别。难道是势力大了功高盖主了，还是因为我必须离开才能实现其他目的呢？说实话我确实了解了一些除了老板外没任何人了解的东西。这一次的伤痛影响了我较长的时间，让我确实受到了一些打击，我分析自身的原因占据了大部分因素吧。

但我不是那么容易被打败的。尽管离开了X公司，但后来离开一小段时间后我又直接找到了董事长，重新回到了母公司。并且母公司专门为我成立了市场部并让我出任部长。这个市场部是在总部，很多广告推广工作都归我们管，主要是协调与总部有关的一些市场活动，常规的工作由于给我配了几名员工，不需要我费太多的心思和精力。

我总是不愿意那么无所作为和服输，所以在市场部最后我们干了一件很艰难又十分有意义的事情，而且在我不担任部长后一直坚持了很多年。

我们的方案报公司领导总经理办公会讨论同意了：结合集团下属企业有酒、有肉、有饮料、有度假村，还有花卉基地、无土栽培基地，我们设计了“顺风、顺水、顺心”一日游活动方案。为了配合这个长期的大型品牌活动，我们希望各相关下属公司配套相关接待人员和设施，有条件的开专卖店。我们计划每天从北京市区不同的小区组织200人到300人的参观团到酒厂、食品厂、饮料厂、花卉基地、种植基地观光旅游。人员组织由旅游公司负责，我们负责承担车费和中午免费盒饭，中午饭安排在绿色度假村，大家在简餐之余可以在度假村参观和玩耍。董事长要求我们这个活动自负盈亏，当初我感觉还没有信心做到持平，但坚持一个月后我信心大增，车费和午餐虽然是由我们承担的，但我与公司要求各专卖店产生的利润算我们的盈利，公司同意了我们的请求。随着活动在北京的影响力越来越大，北京各大机关和高校也希望与我们合作，但各高校和机关我们是要收取车费和午餐费的。这样的活动我们让参观者全方位参观了我们的车间和研发等环节，特别是在酒厂可以进到地窖里看到各个年份的藏品并且免费品尝，以至于后来各个小区和单位要来参观都需要找我开后门。我们多次错开参观线路避免同一个参观地点人流太多而接待不周，但这样还是控制不了参观人数，最后我们每天接待人数的极限控制在 600 人以内，后来我发现每辆车应该坐 50 人左右，但实际上只有 40 人左右，我找旅行社交涉才知道不是他们不想装这么多人，是不能装这么多人，因为参观的消费者购买的产品越来越多包括酒、熟食品、饮料甚至蔬菜。每个人都是成箱成箱地买，特别是春节前很多家庭组团来参观和购买，尽管我们把价格提高到比商超高 5% 左右依然挡不住大家的购买热情。他们说在工厂购买起码没有假货。

最初各个工厂老总们还对我们的这个活动持怀疑态度，到后来每天下午下班前都安排专人来电话询问第二天能来多少人，以便他们安排接待和准备充足的产品。由于很多次因为产品断货而引起了参观者之间的矛盾和口舌，尽管后来我们在产品外包装箱上特别注明了非市场产品，但销量还是一天比一天大幅度增长。这样一来，这个活动得到了总公司分公司各位领导和广大员工的高度认可，个别分公司老总还因为我们安排到他们工厂参观的人员相对较少而对我提出意见呢。

由于工作的性质我策划了很多的市场活动和广告活动，不乏成功的案例。但我自己认为这是最成功的案例，因为这个活动不仅没有花太多的成本而且还是盈利的，每天如此多的消费者零距离参观工厂，口碑效果非常好，关键是结合了公司自身的资源，同时把公司最亮丽的生产线串成了一条非常丰富的旅游线路，可惜我这个人不愿意过多地夸自己，否则我应该把录像保留下来。这个活动再次为我在集团迎来了好的评价，因为董事长一直以来对我信任有加，很多关键的事项都让我去处理，这样个别公司包括高层对我还有一点点小意见呢。到了一些关键时刻董事长一定会单独听听我的建议或者意见。因为董事长也是我在X公司的董事长，所以对我还是比较了解的，尽管当初换我们的团队他是同意了的，但我感觉董事长可能是从更高的层面考虑问题的，需要协调很多方面的意见罢了。

市场部工作内容和性质的边界很难确定，基本上是随着公司工作需要而定，当初公司给我配备了五名员工，五名员工基本上都是与公司领导有亲戚关系或其他关系，但是我已经有很多年带团队的经验了，尽管他们在文案或者规划方面还不是很专业，但是他们勤快并且执行力强，因为每天要接待几百人，他们也是蛮辛苦的。每天他们要跟着大队伍一起，随时处理参观考察过程中出现的意外情况，还要处理在购物过程中出现的各种小插曲，好在我们是通过旅行社按北京市各社区组团的或者是一些机关干部、大专院校的团队，他们的整体素质都很高，在参观过程中还给我们提了很多合理化的建议。这项工作在三个月之后大家都轻车熟路了。按照公司架构设置原则，市场部相当于与二级公司如我前面所在的X公司一个级别，但管理的人数和权限远远不如二级公司，承担的责任也不如二级公司领导那么大。所以在负责市场部一年多一点的时间后，集团又把我派到新成立的Y食品公司任副总，负责整个Y公司基建工作和工艺、设备工作。

Y食品公司是集团董事会在多方面考察和调研后决定成立一家十分看好前景的公司，公司成立之初是和北京市某超市公司合资成立的物流公司，后来更名为Y食品公司的。主要业务包括承担超市集中采购后按照门店的需求分装和配送工作，这样我们的仓库物流车间占地约为我们厂区的一半面积，而另一半就是我要负责的事情了。为了做好新的食品业务，我们组团去日本考察了两次。一是参观日本的蔬菜、食品从田间到餐桌的整个流程，和各环节分工。日本的专业化非常令我震惊，各环节专注做好自己的事情，各环节挣自己合理的利润，上下游之间基本上做到了无缝对接。同时我们也多次对商超的半成品（包括蔬菜、肉食品）进行了非常仔细的考察和交流。并且多次去生产车间学习，记忆最深刻的是在一家做方便饭的工厂考察学习，日本的工厂 5S 管理做得非常到位，车间外的道路也严格按照 5S 管理方法划好了各种路线，行人车辆各行其道，即使厂区在没有任何车辆时，员工们也绝不越线穿行。我当时在想可能我自己都很难做到这点，感觉好像有点教条了。但后来的实践证明这绝不是教条主义，习惯是决定成功与否的关键。这个专业生产方便饭的工厂对食品安全系统做到了基本上万无一失。我们的参观也只能在专用的参观走廊里进行，我感觉这里的方便饭是可以放心食用的，回到北京后我们也计划引进方便饭设备。但是在做了很充足的市场调查后我们否决了这一决定，因为理论上市场容量很大但消费者的接受程度很低，加上中国人对米饭的消费习惯完全不一样。因为日本人对便当消费已经成了习惯而且他们的售卖点遍布在各个角落，白领们随时都可以方便地买到，因为有很密集的售卖网点支持。

但我们的食品加工厂还是模仿了日本的蔬菜加工工艺，并且引进了日本关键的生产设备，能够在国内购买的设备我们都在国内购买了。但是为什么董事长派我去管理基建和工艺、设备呢？后来我慢慢思考明白了，尽管对这一工作我很陌生但可以花时间来请教专家、专业人士，也可以去国外多次考察，起码能够从管理的角度上了解很多，只要我使用好专业人才这些都不是什么大不了的事情。这项工作太需要平衡各种关系的能力了，无论是基础建设的招投标，还是建筑的招投标或者各种设备的招投标包括空调系统、制冷系统、配电系统。各路神仙都神通广大，都能够直接或者间接找到董事长，有的还通过官方来找。但是我们作为国有企业所有投资都必须要招投标而且必须要符合国家法律法规的。不论什么来头这是不可以破坏的，否则我们的工作要出问题。当对外宣布这一切由我负责时，我知道这个麻烦我是丢不掉了，但我不能辜负了领导的希望啊，包括公司总经理能推脱就推脱，说这事由我全权负责，他们不参与。但事情再难也不可能难倒我，经过了大约一个月的思考和琢磨，我成立各个专业的专家小组，专家一律从外面聘请，公司相关专业从业人员也加入小组，每项招标在招标前我们都邀请计划参与投标的厂商或者代理商，一起来听取专家们的讲解和各项技术指标解释，商务标也有公司法律人士解释，并组成了招标评标小组，而我并不参加评标，由小组人员背靠背打分，最后我们将打分较高的前三名请来分别沟通，就很多细节再次确认。

但这样还是避免不了各种关系的渗透。在地方各种关系盘根错节，人事关系极其复杂，各路领导打招呼递条子或者电话暗示实在让人头疼啊，但是又必须要摆平啊。我不能把责任推掉同时又不能独自做主，所以每天我都要去找时间将情况报告给董事长希望得到他的指示。

我多年来接触过很多领导和企业家，我非常敬佩我们的董事长，他没有太高的文凭但智商、情商都很高，特别是有过人的平衡能力。无论是董事会成员还是经营班子成员，无论是中层管理人员还是普通员工，提起董事长都非常感恩和佩服。当初公司和某大学有紧密的合作关系，凡是系统内职工的孩子考大学失利后他都会在不违背原则的前提下，尽量想办法让孩子上大学哪怕是大专。记得他有一次给我讲一个谁笨谁傻的故事：他们大概在“文化大革命”期间参加农村集体劳动，当时全国都缺粮食而大伙正是长身体的时候，有时候熬粥也不是能够完全让大家填饱肚子的，到了吃饭喝粥的时候每人一个大碗，他说很多人将粥盛得满满的而他自己只盛半碗，这样粥凉得快也就喝得快，当喝完后第二次就盛满满的一碗，而当那些第一碗就盛得满满的喝完后就没有第二碗的机会了，因为粥也不是管够的啊。

Y食品工厂在紧张地筹备了一年后顺利开张了，但是净菜和半成品在北京依然接受度不高，投放到超市后销售量远远不如预期，后来经过多方位探讨研究后决定调整产品结构，生产了很多与市场接轨的产品，同时也包括与肯德基、麦当劳等外来快餐企业合作，这样企业很快就发展了。

前后历时五年多近六年的时间，集团给予了太多的机会，让我得以全面发挥和锻炼，让我后来明白了，不能每件事情都从自己的角度看问题，否则别人都是问题。任何环节都是不可缺少的，任何岗位都有其特殊性，任何人都想得到机会并且也想干好自己的工作，都想得到较好的发展。

在这六年的日子里，集团给予了我很多岗位让我参与了很多事情，我也学到了很多东西。我分别在人事、行政、物流、营销、市场、基建、公益等岗位干过，就没干过总经理。认识了很多人包括和各级政府也建立良好的关系，接触了很多包括普通员工在内的人和事，不同层面的人思考问题和看待问题的角度区别很大。

一个人要想得到机会能力绝对不是唯一的因素，因为能力是一个抽象的概念，让大家认识到特别是领导认识到你是一个可以信赖的人并且能干的人，还是一个负责任的人，你才有可能得到你想要的机会。六年里因公去了欧洲好几个国家，也两次去日本考察，很多事情我都可以充分发挥自己的智慧，也可以不断试验，这样的机会在几十年的职业生涯中不多。这几年时间是我年富力强的好时光，也是体力、智慧最好的时光。只可惜后来没有坚持下去，还是因为自己修炼不够、对文化的接受度不够，自己一直坚持自己很多东西也不为外界所改变，所以得到了很多也失去了很多，离开后六年来所打下的基础和人脉关系就基本结束了。

第二十七章

发展研究博润特　企业咨询利得林

走过的路已经远了，经过的事也很多了。理想化的色彩一直在支配着我前行，过多地以自己的标准去衡量别人，过多以书本知识来衡量企业的发展也是不行的；在中国的企业文化中带有明显的一把手文化，无论做副总还是中层管理人员，更多的使命是服从好和执行好，对决策的事有机会可以提提建议但决不可非议或者发牢骚，无论我们觉得公司有多少问题或者觉得一把手有多少问题，但我们改变不了一把手的位子和地位。能够坐上一把手位子的人一定有过人的能力和素质，只是有时候我们看不见而已。但是我在多年的工作中对自己的纠偏很少或者不多，也可能对别人的问题放大了。这样一来自己就可能经常处于矛盾和纠结中。后来我在想看不惯别人一定是自己的问题，因为每个人出发点都是好的，干好事情的愿望也是好的，只是每个人在工作方法上特别是在沟通方法上有些区别罢了。同时由于每个人的家庭背景、出身、教育背景或工作背景都不一样，这样就不可能按照一个标准去要求或者衡量大家了，特别是工作经验和年龄的不一致。所以工作中的身教确实重于言教，相互理解和协同是工作中最好的良方。但是这些对于当事人而言很难理解，也必须要经历后才会慢慢体会，所以对于职业打工仔而言，有人带、有人指点、有人提携是非常荣幸的事。

不知道什么原因，我在这么多年的工作和职业生涯中很难改变自己，上天给予了我很多机会但把握机会的能力不够或者说在机会面前坚持不够，自己无论在什么样的岗位和从事什么样行业，虚心学习和努力工作一直伴随着我，然而这还是远远不够的。在工作中思考和改变，更好地适应环境和适应公司氛围才有可能为自己创造更大的空间。困扰自己多年的问题也是自己在慢慢思考和总结中明白的，只是自己感觉晚了一些而已，因为岁月这把杀猪刀是不给人留下后悔的机会的。

职业生涯何去何从，过于频繁的换岗和跳槽给自己带来身心疲惫，每一次的异动都是一次心灵的打击和摧残，但在外表上还要坚强和笑脸相迎，甚至还要装出不在乎的样子。是过于单纯还是过于理想化？自己对自己的管理时不时出现一些问题导致自己虽然有人欣赏但自己会把自己搞得一团糟糕。这种负面情绪一旦养成了习惯会对人影响很大，甚至会在生活中和社会交往中也表现出来。

一直看着别人的成功和成功后的各种光环，总不时冒出自己创业一样能成功的意愿和冲动，其实我后来认识到主动创业成功的很少。可以想象一下，一个人如果在仕途或者职业生涯中顺风顺水的话，为什么还要去创业呢？

就像很多去算命的人一样，我一直认为一个人去所谓的算命一定是心里有什么事才去的，要么工作不顺，要么仕途不顺，要么家庭或者个人感情不顺，所以你只要稍微研究一点点心理学都能够慢慢摸索出来者的意图，试着说几句看反应也就能够挣到钱了。

所以我认为很多创业者是被迫的，被生活所迫而已，往往这样的创业者成功的概率大些。然而我就不属于这类创业者，因为我并没有被生活所迫，相反尽管我职业和岗位经常变动但每次变动都是向上向好的方向发展，而且多年来我还是得到了不少的好平台的。只是我可能在思维方式上和做事太认真这两方面改进不够，没有把握好太多的机会，虽然我在各个阶段干得都还不错，工资收入也算过得去吧。之所以自己创业是因为自己判断自己有这个能力，有这个信心。

在做了简单的评估后，根据自身的从业情况和专业情况，我就成立了咨询公司，因为咨询公司是要求注册资本最少的，而且也不需要其他成本；加上也符合我自己的专业特长和从业经历，也不需要太多的人力成本。第一次注册的时候完全委托了一家注册中介公司办理各种手续，因为当初的手续比较烦琐。记得先需要取几个公司名字，预审名字通过后就可以开始准备齐全各种资料注册了。第一次注册时想了很多名字，包括通俗的还有一些所谓文雅的名字，最后我们几个人商量后注册了一家叫北京博润特企业发展策略研究所的咨询类公司，当时这个名字我到工商局去了好几次，因为他们说不能叫企业发展策略，也不能叫研究所。我讲了很多理由并且请求说，请将这个名字报上去如果不通过我也就无怨言了。上天再一次照顾我啊居然一次性通过，后来在业务开展过程中很多人都说这个名字也能注册呀，后来有人模仿我去注册就没有通过了。博润特是我们用的“品牌”这个单词的英文发音，企业发展策略又明朗，含义也很宽泛，研究所给大家的感觉商业化不是太浓又好像是一个研究机构。

后来在注销这家公司时我还感到心疼和遗憾，虽然注销时没有赚到钱但也没有赔钱，人员工资和房租、办公设备都是赚来的钱，我个人总体收入和打工基本持平，但承担的压力远远大过打工，使用脑子也比打工时要多得多啊，所以这个时候头发开始白了，酒量也开始下降了，睡觉也不如以前了，真正体会到了当家才知柴米油盐贵啊，老板也不是好玩的。

不久的后来再次注册了一家咨询公司，非常感谢我原来的两位同事，因为他们一直跟着我一起经历风雨，也对我个人抱有极大的希望而且一直相信我能把公司做起来，但后来我还是再次注销了第二家名叫利德林的咨询公司。利德林是领导力的英文发音。一个品牌一个领导力是不是我太有点不知天高地厚了啊？

两次创业尽管都注册的是咨询类的公司，在公司业务开展的过程我得到了多位原来的同事、领导、朋友、同学的关照，公司一直处于良性运转中，并且规模也在不断扩大包括办公面积也扩大了好几倍，业务也有了一定的影响。但还是因为压力过大已经影响到了我的健康，也没有找到太多当老板的感觉，我再一次让我的同事们失望了，第二次关闭了公司。这一次我深深感觉到了内心深处的不安和无助，是不是自己太能折腾了啊，是不是自己太不能成事了啊。为什么在打工的过程中能得到的快乐没有了啊，为什么打工时的意气风发没有了啊？是抗压能力太差还是心理素质有问题，为什么很多人赔钱都能坚持住而我没赔钱也没坚持呢？这是一种主动选择还是一种被动选择呢？后来我也多次问我自己，但我从来没有向任何人提起过我内心的苦闷，也没有找任何人去发泄，可能在表面上我还要装出一副大大咧咧无所谓的样子。后来我明白一件事：如果你内心不够强大或者不够独立的话还是不要去创业，因为创业不是表面上好玩、风光。过去这么多年后有人还说我如果坚持的话今天一定很成功了。但这是后话因为这个世界上没有时光倒流的事。还好我没有被这两次击垮，因为我确实没有丢掉什么，没赚钱但赚到了经验赚到了思考。

成为某些企业营销全方位常年顾问：根据我们几位的从业经验，对快消品比较熟悉，对营销和市场也比较熟悉。所以我们的目标是每年要开发三家企业作为我们的长期客户，我们仔细分析后得出的结论是，知名企业是不可能看上我们这个刚刚出道的小咨询公司，中小企业又用不起大型咨询公司，因为它们收费很高。所以我们的目标客户确定为小型的或者刚刚成立不久的快消品公司，主要寻找饮品公司或者牛奶公司。因为对饮品无论在产品定位、研发、品牌、营销、广告等方面我们都轻车熟路，驾轻就熟，也是半个专业人士了吧。

真是无比幸运，在客户开发方面我们没有费太多功夫，很快就有三家客户和我们签订了战略合作协议，协议规定非常具体，包括我们要为对方服务什么内容、时间节点、派驻几人在对方公司每个季度不低于多少天等很多细节，同时我们也规定清楚了对方的付款时间、比例，需要对方承担的费用等，真正做到了亲兄弟明算账。因为这几家客户都是自己的朋友或者通过朋友介绍的，所以必须要先小人后君子啊。在有了这几份合同后，我们开始招兵买马，经过仔细测算，这几家公司的服务费基本上能够支撑我们全年的基本费用，包括房租、人员工资等，我们的财务是聘请一家服务公司每月负责给我们做账和提供税务服务，这样我们就可以全身心扑在业务上。

我们与客户之间总体合作还是比较愉快的，但在有些小问题上还是有分歧，比如关于销量增长的约定，因为销量的增长是很多因素形成的。所以在销量增长不理想或者未达成约定目标时双方意见分歧机会很大，咨询不能代替决策，方案不能取代市场，措施落实更多的是依靠自己而不是咨询公司，所以咨询公司没有太多的硬性指标可以衡量。

记得一家新成立的果蔬汁饮品公司，我们在考察了他们的工厂和原料基地后，认为他们的产品有市场潜力，大概双方经过了两轮沟通和谈判，最后和我们签订了产品方案合同，其中包括糖酒会招商方案、产品包装方案、市场营销方案等。对方投资商是当地的地产老板，我们在沟通时非常详细地说明了饮品市场的现状，竞争是很激烈的，所以要有长期思想准备，不会像房地产那么快赚到钱的，投资回报率也很低，同时也请他们继续通过别的渠道了解更多饮品行业的情况，然后再冷静决策。最后他们的董事会决定工厂开工上马，同时也与我们签订合作协议，但是在双方第一阶段合作后就终止了合同，因为对我们寄予太高的希望而我们做不到，完全希望通过我们的方案快速搞定市场，快速做大市场。如果咨询公司能做到这一点那就不愁没饭吃了啊，一个企业不能把希望寄托在咨询公司身上，必须靠自己，咨询公司仅仅是你的外脑之一罢了。

特别要感谢我四川广元的一位企业家朋友，自从她在上海听了我的一次讲座后就一直与我保持很好的联系，无论是在我开办咨询公司过程中，还是在后来因为工作关系与当地政府多次谈判投资合作中，她都给予了我大力支持。我曾经安排了一个小团队进驻她的公司协助她们公司，并制定了很详细的行动方案，包括对她们公司组织架构、人员安排调整，都以咨询的名义介入较深，在多年的接触来往中她的家人我们都很熟悉了。

咨询行业的竞争是很激烈的，在客户开发方面确实需要一定的人脉关系，同时在咨询做方案的过程中要全方位了解行业、了解动态，同时还要根据对方的财力和当地市场状态以及对方的执行力等很多方面都要了解清楚，才能够做出较为可行的行动方案。

我接触过很多所谓业界的大腕，有的有很大的名声，说实话很少有人能够一夜之间让被咨询的企业发展壮大的，很多人扮演了将对方老板的想法以咨询的名义做出方案的角色，同时也有咨询界各路人马出版了很多让人看着兴奋的书籍，当仔细翻翻时只要有功底的人都觉得忽悠的成分多了点，系统的东西少了点，商业味道太浓了。

可能是因为我自身的第一份工作是老师的原因，我多年来一直有种站在讲台上的情结，所以我把举办培训班当成了一种开拓业务和市场的手段。多年来的事实证明，培训是很好的沟通、宣传手段。我个人一站在讲台上好像思维就有了源泉，无论是在口才还是在逻辑上，抑或在语言组织、现场气氛调动、多方互动等方面都有了非常好的感觉，自己也能够在讲台上找到兴奋点。一般来讲，我们主要是开展两种形式的培训，一直与各种组织合作做公开课培训，收取很少的费用，只要能够在财务上持平就可以。如果自己有过硬的功夫在三尺讲台上展现出令人信服的本事，一般情况下会有一部分听课者在课后主动联系，就很多具体问题进行沟通，从而双方在某一个方面就会有合作的机会。

同时朋友圈里有搞各种培训会的，在机会合适的情况下我也去串场和做专题讲座，往往这些专题讲座为我自己也为我们咨询公司带来了对外合作的机会。因为在公开的讲座中会有不同的专题和所谓的专家参与，效果如何当然是听者说了算啊，大家一比较自然有结果。正所谓萝卜白菜各有所爱，每个讲师都有机会得到不同的听者的喜欢或者欣赏吧。我也是幸运者之一吧，有不少中小企业邀请我去做各种演讲，主要集中在营销和管理类的专题方面。企业请去演讲相对成本是很低的，除了承担来回的路费、住宿费外，就是讲课费了。这样低的成本就可以听到各种好的见解是非常值得的。还好这样虽然没有理想中的收入但讲课费还是基本可以维持公司的基本需求的。到各地演讲一方面有经济方面的收获，另一方面也可以从对方企业学到很多东西，还可以游览当地名胜古迹啊。

但是很遗憾的是后来我慢慢退出了这个圈子，很少再去各种场所讲课或者演讲了。我希望自己能够更多地沉淀下来，积累更多的内涵而非表面上的光亮。同时我在注意培养我的员工能够在某一个专题有独到的见解并且能够站在讲台运用自如，为了公司也为了他们自己，这都会有长期好处的，后来事实证明确实如此。

培训工作看似简单其实学问很深，尤其是面对台下都是一些行业人士的时候，如果没有一点真本事是很难取得好的效果的。曾经有人问我怎么评价讲课的效果，我认为很简单：只要下面没有睡觉的就成功了，因为专业人士包括普通的学生在听课时都很难全身心投入，很多人一看听课的全是行业人士时自己都心里发毛了，信心全无了，就这样自己把自己打败。所以我在总结讲课经验时总结了以下几点：第一是一定要把大家当成“大白菜”；第二是多用反问和疑问，适当停顿；第三是让大家参与到课堂讨论中；第四是眼光要与所有人交流。当讲课时一个问题接着一个问题抛出来时，正常人的思维就会一步一步跟着走，你的眼光不断和大家交流时就会在心里形成互动气氛，争取让每个人都有发表意见的机会，再让他们之间互相评判，这样课堂气氛就会真正形成了。

从心理学的角度看每个人都有参与意识和表现意识，尤其在众人面前得到老师的肯定是一种高度的荣誉，得到平等的发言机会是一种公平的表现，如果在掌握了这些技巧后还有一些与众不同的见解和一些有高度的总结，那么你自己想不火都不可能啊。

但是很多高校所谓著名的专家和教授在授课方面我确实不敢恭维，因为我在北京听了很多专家教授的课，也听了很多行业协会、部委干部的讲课，如果不是他们身上的光环或者叫身份的话，很多时候就是在浪费大家的时间而已。

后来很多单位和公司非常重视培训了，一方面培训是大家沟通的桥梁，另一方面也是正常制度的宣贯和达成共识的手段，在企业内部做培训师的越来越多也越来越吃香了。

出版《品牌与营销》期刊是我办咨询公司的另一个王牌，真是一个偶然的机会我们与某官方杂志社达成了协议，由我们公司来承担他们的某一刊物，我们公司给他们每月交固定利润，其他费用和盈亏完全由我们自己负责。我接手后认认真真分析了他们办刊物的情况，感觉完全是固定套路，而且文章基本上是从网上下载的，这样怎么可能有读者呢？没有读者谁来投放广告呢？没有广告收入怎么可能盈利呢？在经过反反复复分析后我决定改变办刊思路，将原来设计的栏目全部推翻，再结合我自己在业界的资源决定每期一个主题，每一个主题剖析一个企业或者地方政府产业政策，每一期由一个企业或者地方政府承担全部费用，期刊采取定点定位免费配送，直接送达目标客户手中。

记得第一期经过我们的努力与某著名外资企业达成了协议，他们给了我们较高的费用，经过对他们企业非常仔细的采访，形成了大量的一手素材，最后我请来了传媒院校的一位研究生，她是写作高手，把企业的素材写成了人见人爱的故事，把企业的品牌和公益事业写得有声有色，读起来非常有味道。当我们把第一期完全按照对方要求送达他们想送到的人群手中后反响非常好，他们利用杂志的第三方身份做了很好的公关工作，这样一来又跟我们进行了第二期合作，这完全出乎我的预料。有了第一期和第二期的样板，很快我们找到了后面的合作企业，杂志办得有声有色。我的老东家也和我们合作了两期专刊，作为送给经销商、渠道、客户的宣传品牌礼物赠送。每一期我们规定赞助企业篇幅不能超过二分之一，其余篇幅完全是选准相关主题和公益，免费为一些客户宣传。这样一期接一期，客户群不断发展壮大。

很有意思的是，某个地方县委书记偶然看到我们的刊物后，主动邀请我们去为他们做两期专刊，我们派出了全部写作力量包括我自己深入了他们的各个乡镇、各个局委办，写出了非常漂亮的文章。但是在付款方面出了一点小状况，因为他们是财政拨款，手续比较麻烦，但最后还是按照我们当初的口头协议付了我们全款。

当我们希望杂志成为我们主要经济来源而继续努力的时候，杂志社负责人找我们谈话了，要收回办刊权不再与我们合作，理由是国家不允许私人公司办刊物，我们当初也没有以我们公司名义出版啊，只是我们充当编辑部而已，但通信地址等是我们公司的地址，与杂志社地址不一样，他们要求我们搬到他们杂志社去办公，财务用他们的财务。我想了想没有同意。因为如果那样我就没有任何灵活性了，内容如果还要他们审的话就基本无法办下去了，最后双方达成协议，我再办三期以后就完全转回给他们杂志社，后来他们接手回去后根本办不下去，又回到我接手之前的状态，还好作为国有事业单位他们不愁没饭碗，而我们完全不一样啊。

业务在慢慢扩大但公司也受到了冲击，杂志是我联系客户的公共手段，可以通过杂志联系很多企业和接触很多高层人物，由于我们收费很合理所以客户不断，没有了这个途径一时半会儿还有点困难。摆在我面前的困难越来越多，以前客户主要是我自己在开发，同事们只是去完成去执行，而且还未形成自己的方向性业务和主线，尽管期间我们与某协会一直有紧密的合作，但每次合作对我们来说除了费用就无剩余，因为协会也是我们开发客户的途径，尤其是我在协会还挂有一定的职务，并且也印有协会的名片，这为我参与公共活动和接触客户提供了极大的方便，因为咨询公司太多了，大家对咨询公司的信任度不高。还好我没有像很多咨询公司一样去生硬开发客户，我找到了我自己的路径。但是这个行业我感觉没有长期性也没有稳定的客户源，加上自己的智慧也不是天天在增长，反而是感觉越来越枯竭了，需要充电了。

就这样决定再次关闭自己创办的咨询公司，因为经历了太多的起起伏伏和人间烟火，这次把自己再次创业的希望亲手扑灭难免多少有些心疼的感觉，其中重要的原因是自己总是在承受着不断增加的压力，身体的免疫系统也明显不如以前；加上咨询工作可持续发展的基础欠缺，总是一些短线项目；偶然的机会与某央企某业务板块的领导接触上了，听说他们要在全国大力发展，设计了好几个区域中心，我们以咨询的角度做了调研和提出来一些建设性方案，因为要收取较高的咨询费所以双方最后没达成合作协议，但对方老总说很缺人才希望我能够加盟，考虑了大概一个月吧做出了最后的选择，所有的后续工作包括办公用家具等全权交给了两次一起创业的负责行政的同事处理了，后来她自己开了店中店卖户外用品。

第二十八章

时隔二十年　依然如昨天

当多年未见的老师在电话里问道：是林建华吗？当得知是我亲爱的老师时，确实让我感到了吃惊和荣幸。我按照老师的要求承担组织我们班的同学尽量回母校参加大聚会，因为在10周年、在20周年时，我们二班的同学基本都没回去，而一班、三班的同学回去的较多。我心里暗自较劲：这次一定为我们二班找回面子。所以我不遗余力地全方位联系各方同学，我提前一天到重庆后，还在与各位同学最后确认，但在回母校的路上接到两位同学的电话说有急事无法参加聚会了，真没办法。最后我们年级90人（其中两位当时已经永远离开了，还有两位因各种原因留级了），最后86位同学回去了大概72位，我们二班回去了25位。

聚会报到时，很多同学如此陌生，需要自我介绍才能互相认出来。当对方介绍完后，都会听到“原来是你呀，没变没变”。没变才怪呢?！没变怎么还认不出来了啊。

最让我有点遗憾的是，当初我们广安县在我们系同一个专业的只有三个人，我们三人在学校来往非常密切，毕业后我到了北京，其中一位留在重庆，另一位分配到贵州。我与贵州这位老乡同学毕业后断了联系，聚会时在校园的路上遇到了他，我一眼认出了他并亲切上去与他打招呼，他吃惊地问我：你是谁？当我在遗憾中告诉他我的名字后，他说他还是想不起来，我再次强调我是谁谁谁，他说不记得了。原来如此熟悉现在如此陌生，所以我与他在聚会相见后，又没有任何联系了。

二十年多次梦回母校，再次爬缙云山是每一届学生回母校的传统节目，因为每一届新生入学后都会集体去爬缙云山，再次爬缙云山使我想起了刚到学校后不久爬缙云山的情景。记得1983 年，大约是 10 月份的时候，我们班团支部组织活动去爬缙云山，我基本上还停留在高中时代的状态，不知道该如何和同学交流，特别是和女同学。加上自己一个人悄悄来到大学报到时或多或少都有点自卑，其他同学大包小包的行李，而我仅仅背了一个小书包带着亲戚家的棉被就来报到了。

所以在爬缙云山的时候我都不知道该跟同学怎么交流，也不知道找什么样的话题可以交流，只好跟在大家的后面。但二十年后完全不一样了，毕竟我也是经历过大世面了啊，再次爬山的轻松和自在感觉就是不一样啊，同学们三三两两各自聊着各自玩着，打牌聊天爬山仿佛依然是昨天。

报到当天我们去了嘉陵江边，上学的时候常常走路去江边看风景，吹着小风，享受着那份惬意，不时和同学们聊聊未来想象一下美好的前途。再过二十年我们再相会，伟大的祖国确实都很美，只是二十年就在挥手之间，当年的意气风发和如今的厚实不得不让人感叹：时光对所有人都是一把杀猪刀啊！

当年约上要好的两三位同学在周末的时光，肩并肩互相勾肩搭背快快乐乐去离学校不远的城里、江边。路过西师大门向前大约 500 米的三岔路口，经常有卖罗汉甘蔗的商贩，那个时候掏出几毛钱买上一根甘蔗大家一起享受，就像是过上了共产主义幸福生活。所以在去江边时我还特意看了看原来的路口，可惜没有了商贩没有了甘蔗，否则我可能会毫不犹豫买上几根，重新回味过去的旧时光。我们当初的时髦卷发和喇叭裤，还有招摇的米色风衣被今天的富态、中年秃顶所代替。回忆是一种幸福，回忆是一种痛苦。同学们依然开着各种玩笑，当年谁追过谁，谁为谁流过泪到如今都成了玩笑、笑谈。故事太多，可分别二十年后谁也说不清哪个是真哪个是假，但依然如在校时的纯洁、在校时的简单没有变，变了的是外貌，不变的是同学情。

集体照相还是选在了毕业时大家照相的5教学楼前面的台阶上，大家已经没有办法按照毕业时的座位来复原了：当年无限崇拜的教授们已经明显老了，当初正当年的老师们也已经年近花甲，而青春年少的我们也已经不再像当初了。老师们在我们的记忆中从来没有老去，我们的记忆清清楚楚，但老师们教过了一届一届学生，又过去这么多年，联系又很少，很难再把我们记得那么清晰了。甚至我们在自我介绍后老师们也不一定回忆起当初的我们。令大家遗憾和痛心的是已经有几位老师永远离开了。

上午的聚会集中在我们当年上课最多的教室里，90名同学在这间教室聆听老师们的教诲，把新鲜的知识传播给我们，无论是农业的基础学科还是经济类的理论知识都在不断武装我们的头脑，让我们的翅膀坚硬起来，飞到祖国各地生根发芽。教室中间坐满了我们敬爱的老师们，现在已经成为学校副校长，当年的辅导员老师介绍完参加聚会的各位老师后，我们按照座位顺序简单介绍了自己，但我们同学之间已经很多认不出当年和自己很熟悉的你我他。中午大聚会时，我们端着中国最知名的茅台酒排队给老师们敬酒，然后同学们之间敬酒敬着就乱了套，各自去找当年相好的同学去喝去聊，真是酒不醉人，很多同学已经自己醉了，酒多话多伤心往事又多了起来，渐渐地流泪的多了起来。

重庆的南山公园有一个至高点，能够看到重庆这座美丽的山城，在长江边上吃过全鱼宴后，借着酒劲、高兴劲，我们出发去了南山公园，三三两两爬着、走着、聊着。下山回宾馆的路上，我坐在一辆小轿车上，而大多数同学坐在同一辆大巴车上。后来听他们说在车上有一位男同学号啕大哭，说当年追谁谁没成功，真是酒壮尿人胆啊！当初你怎么没这么有勇气呢？

相聚盼了好久，在一起就两天，聚了又散了，又是另一次长久的期待。

第二十九章

体验大央企　一晃又十年

走过了二十年的路，在事业上没有什么特别的收获，只是一个人在自信、纠结、彷徨、迂回中恍然二十年，犹如当年自己从未想过当老师，而为了来到北京也选择了老师这一行，当日子一天一天过去，尤其是在自己没有长远规划、没有深入研究太多理论和教学的情况下，感觉不到未来的时候盲目而又果断辞职。可自己也没有对行业认真规划，也没有对自己认真分析，基本上是任由自己换了一份又一份工作，没有了所谓的专业、没有了所谓的恒心，就靠自己一点点所谓的聪明，还有一点点爱学习的精神，或者还有一点点努力干工作的劲头，在一个又一个单位总是能干出点成绩，总能够担任一些职务甚至是较为关键的职务，就这样在明白与浑浑噩噩中前行。

聪明不能当饭吃，频繁跳槽不能成就事业。在人生四十不惑时依然糊涂，何去何从？面临着重大转折，需要自己认真思考，需要进步一点和踏实一点了。

虽然自己出身很卑微，但上天从没有不关照我：从小学习好，从小吃苦少，从小路很顺。尽管今天看来当年苦，可是自己从没有感觉到苦，自己从没有太多的奢望，对物质更没有什么追求，能吃饱，能穿暖，有地方睡觉就知足了。对财富没有任何感觉，因为从来没有太饿过。在20年的工作中有时候也有一点小权力，也有一点让别人富裕的权力，可是自己从来没有过旁门左道的想法，否则今天在北京我也该有几套房，也该有点小钱了。多年来从不进入股市或者寻找其他投资赚钱的机会，或许是自己天生对金钱的麻木吧。

时光来到2007年，真是一个偶然的机会我加盟到了名叫D的央企集团肉食公司。当时加盟时还叫D集团发展公司肉食部，从名字上看，肉食部好像一个小小的部门，其实当初D集团实行的是业务单元制，也就是说一个业务单元很可能就是一个大的集团公司或者大的事业部。当初的负责人希望我加盟也规划了很好的愿景，我没有提出任何要求包括职位、薪酬等，一切都是在未知中签订了劳动合同。当我领到第一次工资时我傻眼了，工资条上好像才5000多元，这是我没有想到的。因为在2000年时我已经月薪超过了五位数。而且给我的职务也是一个普通职工，按照我的资历不应该是这样的结果啊。还好我没有了当初的冲动，静下来等待机会。

刚加盟时参与了一个又一个企业的考察，因为当初的战略是兼并肉类企业，记得去了天津、重庆、山东、武汉等地，考察了大约15家企业，有的企业已经请审计事务所进行了尽职调查，双方也进行了多次兼并收购谈判。我心里想，如果能够成功收购几家企业，我也有了大展宏图的机会。因为我身边在实体企业干过的人不多，他们都是做贸易或坐办公室的，一些人根本不会做实体也不愿意去实践。所以，如果收购成功我应该有很好的机会。尤其是在考察重庆的三家肉类企业时，我投入了较多的时间和精力，对这三家企业进行了全方位考察。当初以为应该是很大把握要收购了，当形成报告在上层讨论时出现了很大分歧：有的领导主张收购，有的领导不同意，最后搁浅了。自己希望收购后去重庆管理企业的愿望落空了。重庆是我熟悉的地方，也是我上大学的地方，还是我母亲出生成长的地方；无论从生活上还是文化上，都是我很熟悉的地方，自认为是可以干出点事业的地方。可惜的是最有希望的两家企业最后都没有成功。其中有一家企业被上海的一家食品集团抢先收购了，因为他们的流程较少、决策快，还没等我们将报告报到投审会时，对方已经和他们签订了要约合同。

收购虽然没有成功，但我与两家企业的老板相识，并且在他们身上学到很多东西，了解了他们的创业史和成长史，的的确确感觉到他们的成功绝对不是所谓的运气好或胆子大，而是他们的刻苦、努力、智慧和做人的厚道。看似表面的粗浅，其实内心都很细腻；看似没有战略思考，其实每一步他们都是经过了长时间的分析调研，所以他们成功了。虽然他们文化水平不高甚至说是很低，但他们长期从实践中摸索和掌握了一些规律，也从外界悟出了很多东西。我与他们成了朋友，企业间未合作，但每次回到重庆总是有时间会见见面的。

通过接近一年的考察、调研、研究，我对肉食行业有了一点点初步认识，知道了这个行业是一个非常辛苦的行业。很多大学毕业生不愿意选择这个行业，包括肉食的销售，尤其是鲜肉的销售，都是因为非常辛苦，很多时候是需要半夜把肉送到农贸市场或者超市，上过大学的年轻人但凡能找到别的工作就不会干这个行业的。肉食行业市场变化大，但产品品质区别从肉眼上看不大，风险大、毛利低，而且价格波动也非常大。在管理上、市场上、运营上与我原来负责过的饮料行业差别太大了。

以前觉得养猪很简单，初步了解后才知道，养猪其实是非常有学问的。原来不理解“家藏万贯，带毛的不算”这句话的含义，后来在和养殖企业接触过程中才知道养猪的风险，一旦发生了病情，可能一夜之间回到解放前，猪死亡的速度真是让人想象不到。所以我们国家毛猪价格和猪肉价格很难在平稳状态。以前以为像农村每家每户养一头猪或者几头猪应该很好养啊，没有那么多讲究，也没有什么生物安全体系的概念。养一头猪容易，养多头猪也可能容易，而规模化养 200 头猪就很不容易了。所以真是隔行如隔山啊。

养猪难，杀猪也难，屠宰场更是一个辛苦不赚钱的活。猪肉价格高了，老百姓不愿意，政府就要谈话干预了；猪肉价格低了，企业赔钱了，老百姓不养猪了，企业也不养猪了。正应了那句“猪粮安天下”。我们国家粮食在口粮方面已经不是什么大问题了，无论在数量上还是在质量上，都能够满足老百姓的需求。当然还存在粮食结构的问题需要解决。但由于农民养猪的大量退出和企业规模化养殖又很难在一夜之间跟进，所以我国猪肉的供应一直处于波动中。屠宰企业也很难有稳定的盈利。加上屠宰在很多环节还需要人工操作，操作环节的环境都比较潮湿，越来越多的人包括农民工都不愿意干这个工作了。

D 企业作为大型央企介入这个行业，一是看重了这个行业的发展机会，同时也是担当国计民生的需要。但 D 企业在肉食行业历史上的优势是对肉类产品的进出口拥有大量经验，而对养殖行业和屠宰行业既无经验也无优势，所以当初决定走并购之路在今天看来是相对正确之路。派出各路人马对几大中心城市的屠宰企业进行全方位考察的定位也是准确的，所以我在既没有谈工资也没有谈职位的前提下去肉食部，完全是基于可能得到一个平台的机会而去的。

2008年，大家知道举世瞩目的奥运会在北京举办，对中国而言，尤其是对北京而言，是一个向全世界展示自己的极好机会。

在这一年，D企业也做出了一个重要决策：成立了肉食投资有限公司。原来的肉食部升格为公司，说明集团要大力进军肉食行业了，对员工们而言是一个很好的机会。肉食公司成立好几个事业部，一批人马都晋升了，同时集团也从内部派来了公司总经理。肉食公司成立了营销部负责整个公司包括猪肉、鸡肉、制品熟食品的营销工作，我被安排在了营销部，因为营销部总经理是原肉食部总经理兼任的。就在大家高高兴兴筹办奥运会的过程中，中国遇上了一场大灾难：2008年5月12日四川汶川大地震。当时我们正在8楼上班，刚刚过了午休时间，大家还在迷迷糊糊中办公座椅开始摇晃了，第一时间网传是河南地震了，当仅仅过了十多分钟准确报出地震地点在四川。当知道在四川时我的眼眶里顿时盈满了泪水，因为四川是我出生的地方，是养我的地方，虽然离开了四川到北京20多年了，但家乡一直是梦里常回的地方，有太多的亲人在四川，有太多的同学在四川，也有太多的朋友在四川。在确认了老家和家人没有受到影响的情况下，我翻开了电话薄，将电话一个一个打向了在成都生活的同学还有朋友。当一个电话接不通另一个电话接不通时，抑制不住的泪水流啊流，在心里祈求大家安然无恙。大概过了不到两小时，电话陆陆续续通了，得知我的同学们和朋友们安然无恙时，心里的石头落地了。但网络上和电视上一个接着一个的坏消息传来，死亡人数和失踪人数在不断增加时，我不知道流过多少泪。在那全国上下极度悲伤的日子里，我只能在遥远的地方为灾区人民祈福。

8月8日，奥运会在北京开幕了。北京为了迎接奥运会变得漂亮了，天也变蓝了。就在即将开幕的前几天，新来的总经理不知道基于什么考虑，把我们所谓入职不到一年的员工派往基层。虽然多数为新入职的学生，然而把我们几个工作了很多年的老人，也一同派往基层。没有人告诉我派往基层干什么、担任什么职务，只要求无条件下去基层，而且还必须在三天之内下去。说实话，如果退回去几年我宁愿辞职也不会选择下去的，但毕竟过了不惑之年，所以只能先下去再走一步看一步。我被派到了山东某地工厂，而工厂主要是屠宰毛鸡的，产品主要是鸡肉和鸡肉加工的熟食品。去山东某工厂的一年半时间里，说实话工作上没有太多收获，主要是让我协助全面销售工作，能协助时我尽量协助，因为鸡肉的销售工作一点也不难，何况更多的是依靠经销商在销售。这种销售更像是一种简单贸易，每次主要是和经销商们谈价格而已，肉食行业的经销商大多数没有太高的文化。他们业务的成交大多数是电话搞定，见面就是花天酒地。我很是不喜欢这种工作，但为了生活忍耐也是一种选择。我工作在山东，但管理关系在北京，所以工厂领导对我们都是客客气气的，但具体工作基本不让参与，有饭局时倒是忘不了我，所以在山东喝酒把身体搞坏了。刚到山东第一年的年末的年会来了100多家经销商，晚会由我主持，我根据每个经销商的特点编出了很多段子，把他们一个一个夸遍了，晚会效果极好。大概因为这个原因吧，在回到总部后又主持了两次晚会，晚会让我露了面也让我失去了一些：因为总有领导在晚会主持过程中看到了我的不足，因为无法照顾到每一位领导。从此好坏我也只能让大家自由评说了吧。

因为协助销售工作，所以跑遍了主要省会城市，也因此认识了很多老板。与卖肉的老板沟通基本上不用谈太多的大道理，只需要告诉什么产品什么价格，或者预测一下未来两周的价格走势，他们就会自己决定怎么买货。因为他们大多数是在这个行业摸爬滚打多年的老手了。不同的经销商由于地域、经验、年龄的不同，而在接人待物方面完全不一样。有的很喜欢把你喝倒，有的喜欢带你去看看风景，有的喜欢去唱几句，真是看得出人生百态。在协助管理销售的一年多时间里，并没有学到什么新东西，靠自己以前的经验足够应付了。唯一让我深入一线了解的是，在山东期间去聊城莘县我们的一个817屠宰场待了三个月，我带着几个人负责这个工厂的销售。817是一个杂交毛鸡品种，一般就两斤多，屠宰工艺很简单，不需要分割。销售的产品就是整只鸡，每天屠宰多少基本上是按照客户订单来决定，毛鸡原料也完全是按照市场价格每天晚上采购。所以这个产品完全是看行情和拼生产成本和管理成本，没有什么品牌的概念。一个小县里大大小小的屠宰场有200家左右，很多私人小型屠宰场没有任何污水处理设备。当初我们介入这个817行业，是希望通过我们的努力把规模做大，进而淘汰掉这些小厂子，但没有政府的配合这完全是不可能的，所以不久我们就退出了 817 毛鸡屠宰行业。

在总部决定要大举进入肉鸡行业时，也恰恰给予了我离开山东回到北京的机会。公司在向集团提报五年发展规划多次未通过时，领导们终于想起我来了。把我调回北京负责参与禽肉业务五年规划和江苏某地投资论证，给予我的期限是一个月而且条件是必须一次通过。回到北京后，我仔细阅读原来的材料，感觉没有太多的硬伤，但在条理上和逻辑上、路径上存在一些问题。于是我大胆地按照自己的思路调整和修改材料，并且事先与参与评判的有关人员多次沟通，存在的各种问题基本上在投审会前达成一致，所以在投审会和党组会均一次性通过。

时间很快到了 2009 年年底，在江苏某地项目得到集团批准后，在组建团队时领导又想到我了。提拔的时候永远没有我，干活的时候总是能想到我。我还得感谢领导们呢，否则啥都想不到我，我就该下课了啊。关键是每次一到表扬和评先进的时候也没有我呀，难道是命中注定吗？不管是不是命运的安排，我依然背着行李单枪匹马杀向了江苏某地，前期所有工作都是我自己在当地招商引资人员的协助下完成的，包括注册公司、土地问题、银行问题、税务问题、办公地点问题等。可是当这一切完全搞定，要正常启动工作时，领导们又指派了当地公司主要领导，我变成班子成员之一。我没有任何怨言，因为自己决定不了的事情不值得去伤心，也改不了什么，所以还不如快快乐乐呢。可是与政府、农民、养殖户所有的对外联络工作完全归我了，而一把手只管内部事务。为了工作把自己一次一次喝醉，一次一次伤害了自己的身体，可是得到了什么呢？

最为艰难的一项工作是：要在全区域范围内选出符合我们养殖条件的20多块养殖用地。由于我们事先设定了很多生物安全体系条件，包括地块离农家多远，离公路多远，离水源多远等大概10个条件都要满足，还好当地派了一位非常有经验又熟悉农村的工作人员完全配合我们开展工作。跑遍当地区域的每一个乡镇和每一个村庄，接触了一个又一个村书记和村长，花了大概近100天的时间，选出了20多块基本符合我们要求的养殖用地，但非常遗憾的是这些地都是基本农田，按照国家规定是不能建养殖场的，土地性质如果不能及时变更，也就说要变成非基本农田，按照有关规定需要地方改变规划图。最后我们向当地政府报告了这种情况，如果不变性我们就无法顺利实行投资。地方主要领导就要努力想办法解决。这个难题解决了另一堆问题又来了：每一块地都需要牵涉到的所有农民同意，一户不同意都不能扭转，这是一项非常具体而又仔细的工作，还有土地价格问题、青苗赔偿问题。这样的工作我是做梦也没想到，天天到田间地头与农民打交道，确实与在北京的写字楼里完全是两回事。酒没少喝事情没少干，可是在北京的领导并不理解也不了解这些。还好我已经不是年轻好冲动的时候了，特别在与乡镇村寨打交道时我表现出极好的耐心和平和，有时候我自己都感到意外。我那时在想用脚步丈量田间地头既锻炼了身体又完成了工作，我是代表公司的有很大的决定权，每天的时间安排和出发收工都是比较自由的。当初我们是三人小队伍，每天保留一人开车另两人喝酒，所以每天都有一人清醒两人醉。各乡镇的书记和镇长后来在我离开回到北京后还有联系。他们为了地方的经济发展也实在是拼了，压力也是很大的，除了能力外喝酒都成了一项很重要的工作。

搞定了地块就要开工建设了，这时比我官大的一把手负责工程，但工程外线的所有协调工作又交给我，红线内施工非常简单，而恰恰是红线外太多捣乱的了，乡村道路不让施工车走的问题，当地农民要供建材问题，各种关系要介入项目承包问题等，一个一个难题都交给我这个副职来解决，真是人家说好事没有我的难题全归我。还好我的心态决定了我能忍也能干好，自己的职位自己决定不了，干活好坏还是可以自己决定的。另外一项工作就是与政府所有的公关工作都由我负责。一年半的时间里，我才真正理解和了解了政府的运转模式，各政府部门之间也是需要协调再协调，有时候为了一点我们认为很小的事情，都要主管副区长开庞大的协调会，每次我们担心协调会效果不佳，我们都会在会后与政府共同整理一份会议纪要让政府签字盖章，一旦有变化我们就可能拿出当初的会议纪要。政府的工作人员个个都是智商和情商的高手，但是办事效率确实不敢太认同，我不知道是不是中国各级政府的通病，还是其他什么原因吧。

日子过得很快，在外就到了一年半的时间，加上在山东一年半时间，前前后后离开总部三年多了。2011 年 3 月份，工厂如期开业了，我们的种鸡、肉食都按计划出栏了，工厂工人也培训到位了，并且也到山东工厂实习了半年时间，开业庆典很成功。但是我因为工作需要不久又调回北京了，我的历史使命暂时告一段落了。

肉食要大发展就必须要开疆扩土，这个使命又落到了我的肩上，公司成立一个项目拓展部让我出任总经理。这个部门的任务看似很简单：就是点头不算摇头算的工作。我带领相关人员（包括养殖部、禽肉部等），按照肉食公司五年发展战略规划，到战略涉及的省市考察是否有符合我们要求的项目区域。我作为队长在担任这项工作的一年半时间里，跑遍 40 多个县市，多少个乡村确实没有完全统计。虽然官不大，但代表 D 企业到各地考察，确实受到了不一般的接待和欢迎，认识和接触了很多县级书记和县长，还有部分地市领导。每到一处，只要我们飞机落地或者火车到站，其他事情就不用我们操心了，全程吃住行更不用我们管了。各种会议沟通交流，当地招商部门全程陪同我们，深入各个备选村庄考察地块。我们必须先选出合适的养殖地块后才考虑投资，因为无论是屠宰生猪项目还是屠宰毛鸡项目，必须要考虑安全、足量的猪源和鸡源。无论是太阳高照还是刮风下雨，我们都会按照日程安排进行工作，所以磨破了几双鞋子很正常。因为生物安全体系的需要，我们考察的地方都远离大都市，都是一些欠发达的地区还包括一些山区，环境风景都是比较好的。但是我们要考虑到每块养殖用地的水源、道路、民风、用电等，所以选地花了我们太多时间和精力。安徽、四川、内蒙古、东北、湖北、江西、山东、河北等地都是我们考察过的地方，在 40 多个县市考察总共用时一年多，最后在内蒙古和吉林的项目顺利落地。还有一个县投资项目已经经投审会、党组会批准，但因为各种原因最后没有落地，在集团这种情况不多见，让地方政府为难了，因为这个项目是在当地省级领导处挂了号的，地方政府也花了不少心血。

正是因为负责项目前期的工作，我有很多机会接触到集团主要领导和集团战略部相关领导，也频繁地汇报和沟通。从点上的工作慢慢变为面上的工作，很多人很羡慕这种工作，其实也有很多时候是很难受的，每到一个地方喝酒都成了我的心理负担，以至于在有些地方政府邀请我们去考察时，我都要提出来如果要喝酒我就不去了。记得在去东北某县考察时，当天的接待非常热烈，晚饭时相关领导好多人员都参加了，而我们仅仅去了三人，喝得我人仰马翻。再次去的时候，他们就不劝我喝酒了，因为知道我确实不胜酒力，最后项目并没有因为不喝酒而受到影响。记得在去四川某县考察时，其中有一天在去看他们推荐的山顶上的养殖用地时，一是看到了满山遍野的茶叶颇为震撼，第一次那么近距离观赏，并听他们讲解产业的种植栽培技术。山上空气很好，有一种沁入心田的感觉，当地政府极力推荐我们考虑可以在山上养猪。我当时想啊，如果在这里养猪，猪很幸福了，可是吃肉的老百姓不幸福啊，因为养猪成本不知道多高啊。同时山上还有一个监狱，据说是关押经济犯的，也就是说一些以前是政府公务员的犯人，出于各种原因我提出到里面看看。经过地方协调，在他们中午排队打饭时去参观了。据说有人到了里面后身体比在外面健康了。一是压力小了；二是生活规律了：定时起床、定时三餐、定时劳动、定时看规定的电视节目，所以有人说在外三高，进去后就不三高了，但是却失去了自由。所以人啊，还是不能为了金钱犯错误，自由很重要。

在内蒙古翁牛特旗考察时，是在一个下雪的很冷很冷的日子里。我们开车跋涉了很远。到达目的地后，我们分别都在外面加了一件军大衣，但到地块里面现场考察时，不到十分钟时间就冻得受不了。当时温度达到了零下30摄氏度，这是我第一次经历这么低的温度，只能在车上围绕地块来回目测，并且为下次再去考察留了机会。在开春后，我们再一次去了翁旗一块地一块地考察，最终确定用地。大概考察了半年后我们都有了经验，到地方简单看看就基本能知道是否符合我们的要求。所以有人戏称我们的考察工作，是边干工作边游山玩水。的确，考察的地块都是远离主要道路，生态环境都不错，在田间走路还锻炼了身体，关键比在办公室待着自由多了。

有的地方政府招商引资任务重，心情特别急迫，为了让我们感觉到他们的诚意，有时候接待完全超过了我们的规定限度，个别地方还动用了警车开道。我们很严厉地告诉对方，如果不取消开道车我们就停止考察，并且我们并不会因此而改变我们的条件和标准。说实话，在一年半的项目考察期间，确实品尝到了很多地方特色小吃，特别是一些小镇上的小饭馆很有地方特色，真是工作生活两不误。

真是与江苏有缘啊！在我回到北京一年半负责项目拓展工作后，江苏某地的公司由于人员离职加上鸡源严重不足，无法满足正常生产的需要，领导又再一次想到了我，又把我紧急调回到宿迁。主要负责一项工作：在半年内让鸡源满足工厂生产加工的需要。鸡是活的，养殖周期也是相对固定的，正常情况下出栏是40天左右，每天工厂屠宰量大约在10万只，可能外行是无法想象要保证工厂正常屠宰，和保证每周一天的正常休息，其计划性是需要多么精准。毛鸡不是一天长成的，多了屠宰不了，少了满足不了工厂正常生产，也就是要保证每天都有10万只毛鸡正常出栏，对于我这个从未介入这个行业的人来说难度可想而知。这个时候，我爱学习爱钻研的好习惯帮了我大忙，在向行业学习、向专家学习、向同事学习的前提下，我大力整合了我们自己的养殖场和合作养殖场，在解决了均衡问题后又充分考虑市场的情况下，大概三个月后完全达到了预期目标，后面就是需要巩固和固化了。再次回到江苏工作的一年半时间里，公司经历了各种人事变化，除了上面派去的人员相对稳定外，其中外聘的所谓的行业精英不是被动离职就是被劝退了。

这是我职业生涯中第二次经历这种空降兵代替我们后，又集体被炒掉，然后把我们请回去或者再派去，而且工作比空降兵做得更好，但我们的工资比空降兵低了很多。实在不明白中国很多企业的一把手为什么要反复这样干呢？来回折腾和换人付出的成本远远高于看得见的工资，隐形的损失是无法计算的。对于我这个学习管理、教学也是管理、从事也是管理专业的人来说，实在是百思不得其解。难道企业不是自己的就可以这样不负责吗？难道遇上问题领导不反思，责任全是副职和员工的吗？简简单单的换人就可以解决企业遇上的各种问题吗？这或许是中国很多企业生命周期不长的原因吧。

再次离开江苏是总部成立了特殊渠道部，专门针对比如高校、机关团体、企事业单位，供应我们肉食公司的产品，领导再一次觉得我适合干这个开疆拓土的工作，又把我调回北京任大客户部总经理，再到后来取消特殊渠道部成立大客户部，我又成了大客户部实际负责人

这样一来在加盟 D 企业肉食公司 8 年的时间里，我成了一块砖，成了一个救火队员，细细数来干了 8 个岗位，这些岗

位都是遇上困难或者刚刚成立时领导们想到了我。由于 D 企业所谓的集团经理人制，我苦苦 8 年也没有进入经理人的序列，但 2015 年成立大客户部时给予了我一个机会，成为了所谓的集团经理人。但在 2015 年年底我考虑了很长时间，加上有了一个机会我离开了 D 企业肉食公司，通过内部调动到了另一个板块。

得与失30悟

下　部

第七篇

认识你自己

我一直认为一个人应该做到六勤：勤学、勤习；勤知、勤识；勤悟、勤变。悟是一种思考和总结的过程，是为自己增加行动力的过程。但如果我们仅仅是悟出了一些道理，而没有根据悟出的道理去改变自己的思想或者行动，那么我们依然会一如既往地犯同样的错误或者走同样的弯路。所以人们常用某人的悟性强不强来衡量一个人的发展潜力。我们要经常醒悟并做出相应的改变。

第三十章

路靠自己走

像我这样出生在农村，而且是偏僻农村的孩子很多。在很小的时候，也就是在大约不到10岁的时候，每天看见背着黄色书包从我家院子旁走过，到离我们家三公里左右的镇上读书，准确地说去读高中时，我从心里好羡慕呀：心想什么时候也有机会像那些大哥哥大姐姐一样能读高中啊?！那时还处在“文化大革命”中，我出生在贫困的贫农家庭，还是集体生产，由于多病的父亲没有太多劳动能力，所以我的家庭在贫困中算更贫困的。

每年的冬天，看到一些穿军装准备去当兵的人，我也梦想能长大了去当兵啊。在村里当时还受够了村干部对我家的欺负，还梦想有一天我长大了当了官回来报复他们。这一切的一切深深埋藏在我那个幼小的心灵里面。尽管在田间放牛的早上，从公社的高音喇叭中听见毛主席去世的消息，我泪流满面，但我也曾天真地认为毛主席离我家太远了，他老人家也不知道我们的贫苦。

作为家中唯一的男孩子，我得到的宠爱也就是劳动少点，读书的机会多点，姑姑们对我宠爱多些。我不知道是否有天生的成分，读小学和初中成绩从来没有出过年级前三名，能否读高中不得而知。感谢上天的是，我们初中毕业时有资格考高中了，而更为幸运的是居然顺利考上了大学。

大学毕业后，我幸运地分到了北京。在北京的三十年里，我在工作上、生活上经历了太多的风风雨雨，一直自以为很优秀，总是不断地对现实不满。

没有人能够帮助我分析我面临的问题，一切全凭自己的热情、理解甚至冲动。我换了不少工作，也在不同岗位干了一些事情，因为自己总是把单位的事情当成自己的事情来做，所以我自认为没有对不起任何一家雇主或者老板。

但实实在在地看这三十年，虽然算不上失败，但绝对算不上成功。我放弃了参与职称评定，也想过去考公务员，也曾想过干出一番事业，但到今天依然平平淡淡。

走过了千山万水，体验过一段段的险情，甚至自认为遭遇了很多不公平，今天细细想想主要还是自己的问题：每一步都是自己走的，每一段也是自己放弃的。

前行的路要靠自己，跌倒了要靠自己去总结，没有人能够陪你走一程又一程，无论是同学，无论是朋友，无论是同事，无论是家人，都不能代替自己。所以走好自己的每一步才可能实现自己的梦想。

所以，今天当自己的孩子长大成人也走向社会的时候，我也只能提供建议，而不能也不可能去代替和包办。在孩子遇到难题时或者可以在暗地里帮助，但孩子的路要靠孩子自己去选择，自己去走。

走过的路要回头看看，走过的路要总结总结，无论你多么无助多么无力，你必须挺起胸膛，目视前方。跌倒了自己爬起来，受伤了也不能停下脚步，无论有人帮你还是孤独一人，太阳下去了，明天一样升起来。

黑暗总在黎明前，没有过不去的坎也没有过不去的河。

有路你就大步跑，无路你就手脚并用开辟一条路。

放弃自卑、放弃幻想、放弃失望，你就一步一步大胆往前走吧！

上天会给每个人一条路，每条路都有不平。

路，就在那里，自己努力往前走吧！

第三十一章

自信是基础

在我们身边不乏很多自信的人，包括我们每个人，有很多时候也很自信；但又感觉很多人不是自信而是一种自负，是一种张扬。大多数人认为自信不需要谦卑、不需要虚心，其实恰恰相反，谦卑就是一种自信的表现，虚心也是一种自信的表现。一个人的自信来自自我的修养、自我的学识、自我的功底和对不可预知的未来的一种坦然、一种开放态度。

当然，自信不是盲目的，更不是藐视一切，是需要我们在克服畏惧状态后，坦然去接受一切未知世界。在上学时，我们的周围总有个别同学平时学习还不错，但一上考场就胆战心惊，紧张万分，这就是未战先败了。在工作中，对陌生环境的纠结，对新任务的害怕和忧虑，对新事物的拒绝等，都是一种不自信的表现。

一个人的自信来源于家庭的熏陶和培养，来源于老师的鼓励和引导，来源于同事的欣赏和点赞，来源于上司的肯定和给予机会，更是来源于自我长期的学习、实践和敢于挑战自己。

首先，要努力学习各种知识，除了从小学到大学的书本知识外，更要广泛涉猎专业知识之外的知识，做不到上知天文下知地理，也要做到专业在行，社会知识广泛。无论我们在小学阶段还是中学阶段，我们家长会给予我们指导，即便父母不能给予我们太多的理论知识，但能够影响我们很多为人处世的方式方法。上大学后，图书馆的藏书给予了我们遨游知识海洋的翅膀，在那里你可以尽情飞翔、尽情吸取、尽情呼吸，能够为你在后来的人生不断地提供营养。这些营养会让你变得从容，变得和谐，变得平静，变得阳光，变得坦诚。

其次，在社会这个大学里，我们要注意观察，注意总结和努力付出。参加工作后很难有完全满足自己意愿的时候，小到一个上下班打卡，大到独立负责一件课题或者任务，都会有相关的制度和标准在约束我们，在监督我们，在虎视眈眈盯住我们。无论从自身标准看多么完美，但第三只眼看来，还是有很多瑕疵和需要完善的地方，我们是选择继续还是选择放弃，或者选择对抗呢？在家，我们被父母宠；在学校，被老师爱，所以我们习惯了掌声习惯了被欣赏，但在工作的大家庭里一群又一群和你一样的人，在价值观上存在了冲突，于是衡量自己的标准和衡量别人的标准产生了分歧甚至是冲突，这是考验我们自信的时候了。需要我们冷静分析；需要我们冷静思考；需要我们检讨方方面面了。我们的自信这个时候就要发挥作用了：理解自己，更要理解他人；尊重自己，也更要尊重他人。承认自己的错误或者不足是一种更大的自信。

最后，不断与社会接触，不断吸取新知识，不断反思自己，对巩固自己的自信非常有帮助。一个人很难知道自己的潜力到底有多大，在某一方面突然爆发的潜力都可能让自己惊呆。

当我们害怕或者畏惧新任务、新事物时，是因为我们对自已不了解，对自己认知度不高。诚如我在跑马拉松之前，我从来没想过自己还能跑马拉松，而且在训练一段时间后还能跑出好成绩一样。多年来，我一直在跑步但每次跑得不是很远，也完全随意地跑。但有一天我在奥森跑步时，看到一个团队又一个团队从我身边跑过时，我就毅然决然加入他们的队伍，从开始的吃力到后来的适应，再到后来的半马，再到后来的全马，一直到轻松跑全马时，我自己感到了从未有过的自信、冷静和不可战胜。

自信需要坚实的知识基础，自信需要接受新事物的开放态度，自信需要不断自我反省，自信需要不断挖掘自己的潜力，更需要我们勇于实践勇于总结勇于承担不害怕失败。

人生需要自信，大不了从头再来。

第三十二章

翅嫩别急飞

似乎从我开始有记忆的时候，就记得每年的夏天不知道从哪里来的燕子，都要飞到我家，并且每年在墙壁上固定同一位置安家落户。燕子从外面用嘴搬运来一些树枝之类，搭起了自己的小窝，我和邻居的小朋友们就等啊等，等待小燕子在窝里出生，看到大燕子从外面不知道从哪里弄来的小虫子之类的食物，喂养刚刚出生的小燕子。我们这些小孩子都特别高兴，天天看见小燕子叽叽喳喳地叫唤，还不时把头伸出小窝之外，一天一天小燕子就慢慢长出了羽毛，眼看羽毛一天比一天丰满。终于到了某一天小燕子们和它们的父母一起飞出去了。

而后来大燕子和小燕子远走高飞了，我们这些孩了又要眼巴巴地再等一年了。这样年复一年，每年的夏天燕子都要到我家，我家的墙壁上还有它们的小窝窝。我考上大学后就没再见到我可爱的小燕子们了。

我们每一个人都像小燕子一样，我们在母亲的肚子里十个月，就急急忙忙来到人世间，我们用哭喊声告诉世界：我来了。当我们还在襁褓中时总是想到处爬呀，恨不能早点到处走走看看，当我们能走一步时总是想急着往前跑，在我们能跑时我们就想飞了，飞到我们梦想和理想的地方。

我看见我们家的小燕子刚刚能飞时，都是飞几米远又回到安逸窝了，终于有一天他们的父母带他们飞出我家院子，不久就飞到我不知道的远方了。

记得小时候，我就想去上学，可是那时规定要满 7 岁才能上学，于是我就时不时趴在教室外看大哥哥大姐姐上课，听老师讲课。因为我家院子就是小学校，好像当时有两个班，后来一段时间也有了一个初中班。课间我们就在院子里玩游戏藏猫猫，那时我们每个家庭都很穷，大冬天里还有一些同学光着脚丫子，穿一条裤子来上学。这么多年过去了那些场景还历历在目。

我和我的小朋友们，多年后各自飞向了祖国的四面八方，也不知道他们现在可好。在我们偏僻的农村，我们就像小燕子一样希望自己快快长大，飞向大洋彼岸。

但并不是每个人的小翅膀都硬了，也许只是家里没有食物了，需要自己去觅食了。需要自己去经历狂风暴雨，需要自己去感知未知的世界。可是无论我们来自何方来自何地，大千世界对我们也没有一丝一毫的照顾，一样地考验我们，一样地敲打我们，一样的腥风血雨。可是我们稚嫩的翅膀承受不了这么多，禁不起这么多，于是我们遍体鳞伤、伤痕累累。因为我们农村的孩子没有时间、没有机会、没有空间去慢慢锻炼我们的翅膀。所以，我们在混世界的过程中，总是那么着急那么急于求成，到后来还是回到了原点。

今天我们的孩子，不需要着急啊，因为我们可以慢慢训练他们的翅膀；

今天我们的孩子，不需要着急啊，因为老师们可以给予他们丰富的营养；

今天我们的孩子，不需要着急啊，因为这个社会可以有很大的空间给他们。

其实我们也不该着急了，我们该经历的都经历了，我们该努力的都努力了，我们该付出的都付出了。

就像当初我家的小燕子一样，一定要锻炼到翅膀硬了才远走高飞。所以今天的孩子们：无论你在何方，出生在什么家庭，无论你有没有机会上大学或者找到一个理想的工作，我都希望和建议要先锻炼自己的翅膀，有了坚强的翅膀，我想离成功就不会太远。

翅嫩，千万别着急飞。

第三十三章

平衡可取胜

我在从小学到大学毕业时，很少有一科是考过第一的，包括第二第三都很少。但是在小学五年读书期间，我的成绩综合总是排在前三名。初中阶段我的综合成绩从来没有出过前五名，秘密在于我不偏科。比如有同学物理考了第一名，可能数学就在 20 名后，所以总成绩一直不理想。高中两年间也是如此，我能考上大学甚至是重点大学，完全出乎老师的预料，甚至包括出乎我自己的预料，因为没有一门课我进入过年级前五名或者前十名，但是高考前预选我顺利过关，正式高考我也超过了绝大多数同学的成绩。未考上的同学很多在某门学科上成绩远远比我好，但总成绩还是未达到录取线。

三十年后的今天，在政府序列和学术界有不少同学发展不错，但这些同学在读大学期间给人的印象好像不是太突出。我一直在思考为什么在学校所谓比较优秀的同学，如班长、团支部书记、学生会干部，在多年后相对发展没有预期的好呢？我感觉发展相对好的同学有几个非常突出的特点：

行事低调，在读书期间好像默默无闻，但研究问题很有深度。

处事冷静，性格上相对比较内向。

读书扎实，博览群书，包括与学习无关的书籍。

不卑不亢，读书期间很少见他们去巴结或者刻意讨好谁。

勤奋努力，在工作期间无论大事小事都踏踏实实，一步一个脚印。

不搞花架子，包括我们在毕业后的各种聚会，很少搞所谓的花架子，很坦然很实在。

然而和我一样，在学校期间好像很有一点小名气的同学们相对而言非常一般。我还有些不太理解为什么会是这样。近两年我一直在思考这个问题，我终于悟出了一个道理：一个人无论在哪个阶段，包括在读书阶段，综合平衡才是取胜的关键，就像当初我考上大学一样。

一个运动员无论是从事哪项运动都需要一种平衡能力，这种平衡包括反应能力、思考能力、反省能力、行动能力、总结能力等，如果只在某一方面或某两方面能力突出，也很难最后取胜。

在工作中同样需要在这些方面综合平衡，比如有些大学生毕业后擅长写作，而表达能力欠缺或者动手能力欠缺，这样都很难得到全面的发展。很多人有很强的思考能力但是思考过后从来不去改变自己或主动调整自己的行为，甚至思考过后带来一些负面的情绪产生一些负面的行动，这样的思考不如不思考。

平衡是工作的需要，更是自己发展的需要，但要做到平衡需要一个过程，和改变自己的一些习惯，所以很难。正因为很难所以如果做到了，就离成功近了。

我在做老师期间，总能得到同学们的好评，但由于自己的处事不平衡，总以为讲课第一重要，所以失去了晋升的空间；在各单位承担不同任务时我也能很好完成，但是由于自己左右关系平衡能力不够，总以为完成业绩是第一位的，所以在职位上一直没有理想的进步。

平衡能力是一个人综合素质的外在表现，可能有天生的成分，但更多是后天的训练。是一个人综合知识的积累过程，是一个人后天反省自己的过程积累，是一个人对周围事物深入思考的过程，更是一个人三观的修炼结果。

在平衡中求发展，在平衡中求改变，在平衡中求取胜。

平衡是致胜的法宝。

第三十四章

埋怨伤自己

在我们的周围埋怨的人太多了：对环境的埋怨，对同事的埋怨，对工作单位的埋怨，甚至对政府的埋怨。我在参加马拉松之前，听到很多跑友对各个地方组织的马拉松各个方面的埋怨，比如2015年北京马拉松的补给有很多问题，到了30多公里时很多人没有水喝，比如秦皇岛马拉松的道路有两公里的石子路，康保马拉松有长达8公里的土路，还有这个马拉松那个马拉松都有很多的不足。我在想：这么多不足为什么还有那么多的人去参赛，而且还要抽签呢？于是我决定努力训练也去报名参加马拉松。在我第一次去秦皇岛参加马拉松时，由于有太多人之前评价它的不足，所以有些心理障碍，但是当我和另一位资深跑者带领着十来个人跑时，他们以前说的不足我是一点也没感觉到，或者根本没有时间去感觉。恰恰相反，沿途群众的热情和沿途各种充足的补给，让我十分感动。因为一个城市要组织这么大活动，需要花很大的人力和物力，特别还要封闭很多道路，确实很难面面周全，尤其一些细节可能还存在不足，但不证明也不能成为我们埋怨组委会的理由，包括发放的参赛服装，不可能让参赛的几万人都满意吧。很多人不仅没有感激之情或者感恩之心，反而总是一味埋怨。

其实，当我跑了几次马拉松包括北京马拉松后，我感觉大家的埋怨不能说没有一点道理，但我感觉理由不充足，真正跑马拉松完全要靠自己平时的训练和基础跑量，如果做到了很好的训练，和一定数量的跑量，那么对道路和补给的要求就不是那么强烈。因为你会在过程中感受比赛的愉悦，并且有一种超越自我的快感。

如果你仅仅是为热闹而去或者为体验而去，那么你可能因为自己能力的不足就会对外界产生埋怨。因为我很少听到跑神们的埋怨：他们真真体会到比赛的乐趣。

于是我静下来想想自己，确实在一些时候存在埋怨的情绪，特别是在工作中，总是用自己的标准和理解去衡量领导和组织的意图，当自己感觉不符合自己的要求时，埋怨就越来越多。但是无论在工作上还在生活中，埋怨是解决不了任何问题的。

埋怨越多，就会产生很多负面情绪，就会使自己走入一个怪圈，严重的就会产生心理负担和心理疾病，这样就会严重伤害自己。

世界上没有绝对的公平，也没有绝对的自由，因为你的绝对公平对另外的人可能就是不公平，你的绝对自由就是造成对别人的不自由。比如在任何一个班级的学习中，学生们的理解能力不可能完全一致，如果仅仅照顾学习好的或者仅仅照顾相对落后的，那么对别的同学就是不公平。在工作中，领导要考虑全面和综合平衡，要照顾到方方面面，所以很难让每个人都百分之百满意。那么作为个体，就需要在大环境中找到自己的比较合理的生存之道，找到自己适应不同环境的应变能力，而不能一直处于不满意和埋怨中。

埋怨不是一剂良药，埋怨不是一种方法，埋怨不是一个路径。

你不能去埋怨你的出身不好，因为你自己是不可选择的；

你不能去埋怨你的收入太少，因为你的努力决定了你的收入；

你不能去埋怨你的大学不好，因为那是你自己成绩决定了的；

你更不能去埋怨你所处的社会，因为世界上任何一个社会都是穷人多富人少；

我还没看到喜欢埋怨的人有什么大的收获，更别说有什么成功了。

只有努力学习，努力改变自己，用积极的心态适应环境，让自己健康、坦诚、阳光。

从今天起，不要再埋怨了，让埋怨离我们自己很远很远，因为埋怨对别人产生不了任何影响，它只会伤害我们自己。

第三十五章

多听才更明

多听，这是一个很难界定的话题，因为我们经常在形容某人不假思索或者夸张地传播一些事情时，常常听到这样一句话：听到风便是雨。

恰恰在提笔写这个感悟时，在微信群里一篇《四川最穷的地方有多穷？孩子十年没吃过肉》，文章好像有根有据描述了一批 90 后志愿者到四川大凉山支教后，看到当地的贫困时震惊了。文章描述当地很脏，很穷，孩子上不起学，老乡家里吃不起饭，孩子十年没吃过肉，还插了很多图片。当我看到文章标题和看完内容后，我第一感觉又是一个标题党，描述的内容一定不真实。可是我在微信群里很多人转了这个微信，其中包括我高中的同学和大学时的同学他们也转了。他们都上过大学而且又有一定的社会地位和层次，一个某中学的校级领导，一个某公司的一把手，并且他们就在四川，对这样一篇在我看来漏洞百处的文章为什么要在第一时间转呢？难道他们就不会用脑子去思考下去想想吗？如果仅仅是出于关心出于好奇也许无意识转了好像还不可指责，但恰恰这篇文章从某种意义来说，是在传播负面消息，传播对社会对当地政府的不满。处于社会精英阶层的他们尚且如此，何况大众呢？

我对这篇文章非常怀疑。在今天的中国十年没吃过肉的人除了他或者她信佛、吃素，否则大批的十年吃不上肉这绝对是不可信的，包括里面的图片也是不可信。我在耐心思考时，打开电脑一看，政府的辟谣文章出现了，对原文章中的地点一一驳斥了，说原文章说的地名根本不存在，对原文章中提到的学校包括小学和中学发了图片，与原文章的图片完全是天壤之别。

网络让人们的言论更自由，但我认为言论自由不是放任自流：可以自由发表观点但不能胡编乱造吧！有了戏说世界的本事但不能失去起码的道德底线吧！最不能理解的是：正能量的东西转播的人很少，负面的东西一夜之间满天飞。这只能说是道德在某种程度上的缺失，这只能说是价值观的扭曲。

我们无论在任何阶段，尤其在工作过程中，由于我们每个人的岗位不同，担负的职责不同，掌握的信息不同，思考问题的方法不同，因此对同一件事情和同一个问题有完全不同的理解，但是我们不能盲目地去下结论，尤其不能盲目地去产生负面结论，更不能盲日地评价、传播。

很多时候在一定的范围内产生的人与人的误解，或者说矛盾，往往就是我们听了一面之词，这样很容易被一些爱煽动、挑拨离间的人所利用。有时候领导安排工作可能不完全符合自己的心愿，但是领导要考虑各种平衡和各种自己不知道的因素，所以决策时会要更加全面。所以无论我们处于什么样的岗位，担任什么样的职务，任何情况下无论对我们是有利的信息还是不是特别有利的信息，我们都要听取不同方面的意见，分析各种信息来源，用自己的大脑去认认真真思考，听得更多理解更到位，情况了解就会更加明朗，做出的判断就会更加切合实际。

包括在教育孩子的过程中，我们也需要多方面听取意见，因为老师有时候出于好意经常请家长到学校去，无外乎就是对学生在某方面提出善意的批评，因为一般表扬不会请家长去的，我们看到有的家长听了老师的意见后，回头对孩子就是一通批评和训斥，甚至还有不分青红皂白动手打孩子的。为什么我们不能从侧面了解孩子的想法听听孩子的意见呢？或者从孩子的同学中想办法了解了解呢？即便是孩子的考试成绩不理想，老师请去谈话，我们也是应该帮助孩子树立信心，改进学习方法为下一次考试打下基础。记得在我孩子初中时我们给他报了一个英语课外班，有一次我开车出去办事在马路上看见孩子在回家的路上，而这时是上课的时间啦，我把孩子带回家时本来一肚子火气，但我压住了。我问孩子为什么不愿意去上课呢？我说你如果觉得没什么意思，就不用去上了咱们把课外班退了，如果自己觉得有必要就要好好听课不能逃课，我把决定权交给了他自己。最后孩子自己决定继续上并且效果很好，当时孩子告诉我想上但是有次忘了交作业，担心老师批评，我告诉孩子没关系，下次补上就行，孩子感觉没有压力后最后进步很大。

任何事情都要多听，多听让我们明朗，多听让我们进步，多听让我们理智。

第三十六章

勤奋有眼劲

对于这一条，很多年轻人不那么认同了，尤其是很多所谓名牌大学的毕业生。最近几年的名牌大学的研究生、博士生也越来越多了，确实他们都很优秀，但在很多方面还需要锻炼。很多单位对新员工都有一些培训，特别是一些礼仪方面的培训。在我看来，有很多基础性的东西属于家教的范畴，但还是有很多年轻人，甚至包括入职多年的人也一样是空白。

勤奋对于无论哪个年龄段的人来说都是不可多得的财富，但是具备勤奋或者说愿意勤奋的人越来越少，无论在生活上还是在工作上，总想走捷径，由于网络的发达，对新知识的获取也不像以前吃力了，网上一搜索就匆匆了事，但对其本质理解却很肤浅了。

今天的孩子们生活条件已经很好了，他们基本上没有需要吃苦的地方，或者吃苦的机会，甚至在学校学习期间体育锻炼都比较少了。而我们这一代人，在今天看来原来吃了很多苦，但我们没有感觉到苦。

记得读小学期间我每天早上都要去放牛或者到外面去割草，干完这些事后再去学校上学，一直到读大学期间，每年的寒暑假回到家里都要帮忙干农活，不仅在自己家干还要帮邻居家干活，所以直到今天我一直保留了很好的劳动习惯，在我心目中没有所谓的苦与不苦，因为一直保留勤奋的本色。

我个人认为勤奋是一个人成长不可缺少的，无论你的家庭条件如何优越，无论你的智商如何高，无论你毕业于多么名牌的大学，你都没有理由不勤奋，因为勤奋会让你获得出乎意料的收获，因为勤奋会让你周边的小伙伴们刮目相看，因为勤奋你会获得比别人更多的锻炼机会。

我自己刚参加工作时，经常跟着系主任一起到全国各地去讲课。我作为系主任的助手，刚开始是没有太多机会上台讲课的。但是由于系主任眼睛高度近视，走路都比较困难，我便主动担起照顾系主任的工作，把系主任当成了自己的亲人，生活上、工作上我能做到的，也尽全力做到周到。登台讲课前我一切准备工作做好了，课后也认真帮助收作业本并帮助阅卷。说实话当初做这一切我没有任何功利思想，而只是一种本能。但给我带来了比其他同期来的年轻同事更早的独立登台试讲机会和正式讲课机会。让我在很短的时间内学到并找到讲课的技巧，并夯实了一些基础本领，两年后基本在讲台上没有任何畏惧和害怕的心理了，无论在口才上还是系统理论知识方面都得到了极大的提升。在后来多年的工作中，我很好地发挥了口才和基础理论扎实的优势，为我的职业生涯带来了更多的机会。

后来，在和一些年长的同事聊天时，经常听到他们在评价一些年轻人时说，谁谁没有眼力见儿，谁谁有眼力见儿。当初不太理解这句话，慢慢就明白眼力见儿是指在一个人眼里有活，眼里是否看出事情来。这一点我理解很深刻，也很受益。记得小时候在老家大人们常说某某孩子看见扫把倒了都不知道扶起来，这就是典型的没有眼力见儿，大人们就会说这孩子长大了不会有出息。

我现在工作也经常出差，也会带一些年轻人一起，但确实看出了他们的不同：有的可以在出差前安排好一切，包括来回机票或者火车票，包括宾馆和各种行程；但也有人认为那不是他应该做的事情，有点像算盘珠子一样，扒拉一下动一下。久而久之就不愿意带后者一起出差了，有什么工作上的任务也愿意交给前者，也就是说既勤奋又有眼力见儿的年轻人，可想而知谁更能获得更多的机会，包括晋升的机会。

端茶递水这些简单劳动，当然是每个人都会做的，但一些人认为凭什么我要做，有些认为我不会为了什么去低三下四，但我认为这不是低三下四，这是一种尊重。所以，当我自己的孩子在工作的第一年中，我要求他每天必须第一个到办公室，并且为大家打好水，帮大家收拾好办公座椅。他当初不明白为什么，但在两个月后部门领导把很重要的活交给他时并说相信他一定能够干好时，他明白了为什么。

勤奋有眼力见儿，一定会成就自己。

第三十七章

语缓才能清

在北京工作了快 30 年了，但自己的普通话还是不标准，个别字发音还存在一些问题，特别是想准确地表达一些观点时，往往就带出了一些家乡语言，以为自己表达很清楚了，但听者还一头雾水，最后没有达到自己想要的结果。有时候还被开玩笑说，官大的领导都讲自己的家乡话，比如中国改革开放的总设计师邓小平离开家乡几十年，而且还在国外工作生活过，讲话时还是带有浓浓的家乡口音，包括伟大领袖毛主席也是地道的湖南普通话。

在我当大学老师的几年里，登台讲课近一千小时，刚开始时到了台上，舌头都不知道该怎么转了，但还要讲川味普通话，开始非常不习惯，很多东西不知道该怎么表达。但为人之师就必须口齿清楚，表达准确，无论多难都必须有一个开始，否则就会严重影响讲课效果。于是我就特意模仿别人，多听新闻联播，然后在平常的生活中多注意，但有时候适得其反，越着急越表达困难，所以我是特别支持在全国推广普通话的。

我们从参加工作开始就会有很多机会去参加一些会议、讨论，自己或多或少总会有发言的机会，可能刚开始的几年，你的发言基本上是属于补充或者过程式的发言，因为你的职级还不够，形成不了主要意见，但是如果你确实有观点确实有新意还是能够让大多数人慢慢注意到你、对你会有正面的评价的。要到达这样的效果，取决于你要对问题有深入的理解和独到的见解，而且要有极强的文字组织能力，但这些远远不够，因为这一切都需要你用口语表达，不仅仅需要你准确表达，而且更取决于你的表达方式。我以为如果你前三句话没有引起大家的关注就基本上不会有太大的效果了。

提问和反问是一种较好的开场白，尤其是在台上做演讲，这种方式往往会抓住大家的眼球，吸引大家的注意力。在提问或者反问后，需要停顿五秒钟左右，这样一步一步回答下去一步步问下去，环环相扣，听者就会跟着你的思维走下去，效果会很好。

我注意到了一个很常见的现象，有一定职务特别是职务越高的人，一个普遍的本领便是都很会讲话，无论内部开会，还是公开场合演讲或者是给更高的领导汇报，他们首先都是善于表达，表达而且很准确，并且能够抓准重点。所以很多人说领导只会动动嘴，其实不然。动嘴也是一种大本事：第一是多年积累的结果，第二是一个人对问题本质深入思考的结果，第三是通过逻辑分析后的结果，第四是对现场对象观察和关照的结果。所以练就讲话或者发言水平，也不是一天两天的事情。

我经常听见一些年轻人议论领导时说领导只会夸夸其谈，这基本上是一种误解。因为我以前也是那么认为领导的，但在后来自己也慢慢带团队时，慢慢被属下或者别人同样议论时，自己慢慢明白了其中的道理。

无论我们是被领导还是领导别人，总有意见不一致的时候，特别在出现了重大分歧时，就需要组织好自己合理的语言，控制好语速。多年经验告诉我，分歧的双方越争辩越会坚持自己的观点。所以出现分歧时争辩不是一种好办法，特别是作为下属时，更要讲究语言的方式方法了。

大家都知道聆听是尊重别人最好的方法。在双方出现分歧时，先聆听对方的意见后，自己不要忙于表示反对或者不同意，可以站在对方的角度思考一下，看看能否找到支持对方观点的理由和依据。然后在表示理解的基础上，用平缓的语言，不带刺激的语言，更不能有挑衅的语言，速度适中地表达自己的观点，这样双方都可以换个角度看问题。特别是我们在工作上汇报时，更加要注意语言。

语缓让我们有时间思考我们的观点；

语缓让我们有时间清楚表达自己的看法；

语缓让我们有时间注意听者的反应和变化。

第三十八章

虚心有人帮

我其实这么多年不算成功或者不算很失败，其中最重要的原因是不知道什么是虚心，或者不知道怎么才能更虚心。一直以为自己是很优秀的也是很能干的，特别是在思维反应速度方面总感觉自己比别人优秀。到今天看来，其实大多数人比我优秀，或者在某些方面比我优秀，也许包括我在内的一些人的优秀都在表面上，更多的人优秀很深刻。

冷静地看那些今天很成功的同学，无论是在政府还是在大专院校，或者在商界，他们有一个共同的特点就是非常虚心，功底很深厚。恰恰在我看来不太可能成功的同学或者同事，最后总是很成功。为什么是这样呢？我一直在苦苦思索这个问题。表面看来，他们都不太善于言语，也不是很善于交流，但他们有货都在肚子里面，从不和任何人竞争也不构成威胁，所以他们是安全的是有机会的。后来我发现他们有一个巨大的优势，就是非常懂得虚心：虚心是一种品格也是一种人格，大家都喜欢虚心的人。

记得我在某公司负责很大团队的时候，我们在招聘公司前台人员时，当时要求最低学历是本科，但在众多候选人中我力排众议，最后招聘了一个大专生而且不是什么名校。我向大家肯定地说，不出三年这个孩子就会成熟和担负重任，很多人将信将疑，但因为我是最高决策者，所以大家也只能表现出服从或者保留意见。之所以我当初要选择这个学生，是因为我们在招聘过程的多次接触中，每一次她都能提出一些具体问题，比如前台具体干些什么工作，需要注意什么样的细节，需要什么样的技能等，而其他应聘者都是说没问题，能干好但从来不提出问题。我一直认为问的越多说明想的越多，也证明她更想得到这份工作，也在问问题中感觉自己能否胜任——所以我大胆地把这个机会给了她。同时，我规定前台人员干满半年必须换岗位，而且可以自己选岗位。因为我认为前台是要与各路人马接触，来来往往，而且还要把握分寸，擅长迎来送往和各种接待挡驾；还要处理各种公文，文件送达等，所以是需要综合素质高的人来担当，最关键是要虚心去处理任何一件鸡毛蒜皮的事，既考验智商更需要情商。能够在这样的前台干好工作的，我相信是能够干好任何一项工作。后来的事实证明我的选择和判断非常正确，后来她做到了总裁职务。

虚心绝对不是装出来的，也不完全是天生的，是一种家教，也是一种学校受教育的结果，也是一种自我醒悟和自我修养的结果。

虚心不是在领导面前虚心，而是对任何人都虚心，包括对朋友、家人、同事、同学、父母，还包括社会所有不认识的人。所以虚心最后就成了素养就成了品质就成了本能。因为你的虚心满足了别人的虚荣，也是对别人的一种尊重，对于一种尊重自己又把自己当成老师的人没有理由不给予帮助，没有理由不给予机会，因为对方让我们自己的价值得到了认可和虚荣心得到了满足。

改变自己从认识自己开始，认识自己从反省自己开始，反省自己从虚心开始，虚心一定有贵人相帮。

第三十九章

自负败自我

很多时候，我也没有完全搞明白自负与自信的区别，或者说二者的界限在哪里。人们往往将自负与自信同时集于一身，在自己看来是自信的时候别人又看出来了自负。

我在三十年的工作中，感觉自负与自信是一体化长期存在，所以我现在认为这是一个相对的概念，因为很难有一个直观的标准来衡量二者的区别，或者说，是人们的一种心理标准。

在我们国家的教育中，从幼儿园开始就在教育我们要有自信，要争第一，要得 100 分，走入一种技能或者叫技巧教育的路子。从小学到大学，我们懂得了很多考试的技巧，懂得了很多背诵的技巧，也懂得了很多提高分数的技巧，甚至还懂得很多所谓的搞好人事关系的技巧。但是我们的一些基础道德水准并没有多少提高，所以我们能看到很多学历很高的同事，在社会公德方面并不是很优秀，甚至也不比学历低的人突出，在他们身上能够比较清晰地看到非常自信的方面或者能看到很多自负的方面。

我理解的自信是对未来充满信心，自身有深厚的功底，敢于担当并敢于刻苦钻研，对于承担的一些任务包括学习任务、工作任务、创新任务，有一种坚定的信念和自我鼓励的精神，并能够利用一切已有资源或者联合一些其他资源，找到各种方法、克服各种困难，最后圆满完成任务。

自负呢？是不是一种轻视周围环境，轻视周围同事朋友，表现出轻视一切，自我孤傲、自我欣赏、自我陶醉，自认为自己比其他人优秀很多呢？

上大学期间，我有一个关系很好的同学，学习成绩四年下来一直名列前茅，最后推荐读了研究生，但是大多数同学对他的评价说什么都好，就是太自负，好像看不起别人一样。刚开始，我和所有同学的感受完全一样，觉得不好接近，他那种自负的表象让很多人受不了甚至还有很多人说他太高傲了。但是在后来的接触中，我改变了自己对他的看法，他也是一个很谦虚、很明事理、很有善心的人，但为什么给人一种孤芳自赏而又自负的外在感觉呢？一是他不太修边幅的样子，二是他说话比较直接不会拐弯抹角，三是言行方面也不太关照对方的感觉。

自负的人会给人在外在方面高高在上目空一切的印象，自负的人会让别人感觉到一种受到轻视而不被重视的误判，自负的人会给周围带来一种压抑的氛围和紧张的空气，自负的人还给人一种拒之千里的感觉。

这样一来没有人愿意与他在工作上给予太多的配合，也不愿意与他有更多的心灵的交流，更不愿与他分享成功的喜悦，领导也不愿意把更多的资源和任务交给他……久而久之就会被大家孤立，被大家疏远，被大家拒接。

自负为自己种下了失败的基因；

自负成了前进道路上的绊脚石；

自负最终会让自己吞下自己酿造的苦酒。

第四十章

正人先观己

如果不从道德的高度来看，正人也罢，正己也罢，都没有一个固定标准，但是从普遍的价值观来看好像又有一个实实在在的标准，那就是人们多年形成的世界观和价值观在工作和生活中的具体运用。一般来讲自己有多高的道德水准，就会要求别人有多高的道德水准，自己是什么样的价值观，就会希望别人也有同样的价值观。

一个人的价值观的形成，首先取决于自己的家庭环境和家庭教育，父母的言传身教极为重要。我们出生在什么样的家庭，我们自己受到的影响是不一样的，比如在对待和看待邻里之间的关系上，我们往往是受父母完全影响的。如果父母有较高的文化并且有较高的素养，对邻里和善，那么就会以自己的行动给孩子们做出榜样，孩子就会在一点一滴的细节中学到很多和接受很多。所以家庭环境是价值观形成的第一场所和最重要的场所。对于我们这些出生在农村的人来说，父母没什么文化也没有高深的道理讲给我们，我们从父母那里学到什么呢？就是勤劳、吃苦、朴实、真诚、坦诚等传统而又永远不过时的品质，但是在为人处世礼节、语言表达等方面与城市里出生的孩子相比，就有较大的差别，还有就是知识面方面差别较大。

其次，就是价值观的形成受到后来教育的影响，特别是小学教育，也包括幼儿园教育，对一个人的成长和价值观形成是关键阶段。像我这样出生在偏僻农村的孩子来说，小学老师基本上是第二父母，老师的一言一行在眼里成了榜样，甚至成了心中至高无上的神。老师教我们认字，教我们算数，教我们唱歌。给我们搞一些简单的文艺活动，这些会在我们一生中留下永远的痕迹，对我们成长起到了决定性作用。我们的父母给予了我们朴素的爱，但文化知识的给予就靠我们的老师了。到北京后我才发现，北京的教育是非常全面的，孩子们接受的知识来自方方面面，学校教育对大都市的孩子而言只是来源的一部分，甚至是一小部分。在我工作的三十年中，在这些方面深有感触，因为北京是一个包容的城市，人员来自四面八方，让我能更多地接触到不同出身、不同家庭背景的人员，也能通过大家了解和学习到不同的习俗和感知各地文化的差异。

最后，一个人价值观的形成和改变也需要自己反省和反思。无论我们形成了什么样的价值观和世界观，很难在周围找到完全和自己一样世界观的人，所以我们在看待同一个问题时不一定能得出完全一样的结论，有时候甚至可能得出完全相反的结论。这时，我们就需要反思自己了，就要系统思考自己了，也要改变自己，但不能完全失去自己。

这就产生一个重要的问题：如果我们完全按自己的标准去要求所有人，我们就会有很多不满意，很多怨言，很多苦闷，久而久之我们就会郁郁寡欢，形成较重的心理负担，影响自己的精神生活。

世界上所以会有很多矛盾或者分歧，包括人与人之间，包括国与国之间，因为价值观不一样，所有人都希望对方按照自己的价值观行事，而自己不去理解对方的价值观，这样就会有各自的标准，各自的尺寸。

大到国与国之间，小到人与人之间，只有双方懂得妥协，各自退让，才会和平相处，才会真正形成和谐的氛围，才能避免战争的发生，才能避免冲突。

我们怎样要求别人，就应该同样要求自己；我们给予世界什么标准，就应该给自己同样的标准。因为我们无法用眼睛看见自己，看见的永远是别人。

正人无错误，正己要先行。

第四十一章

莫等后悔时

我们经常会听到身边人说这样一些话：比如看见别人在锻炼后身体越来越好，就会说今后自己有时间了也要去锻炼，这个今后就没有了今后；比如在工作中经常说今后我们要怎么样怎么样，最后也没有了今后；还比如看见网上很多激励文章，就激动地说自己今后也要抽时间怎么样，但也没有了今后。特别是很多人在电视上看见很多感人的节目时，总是发誓也要经常回家看看、尽孝，但在行动上就没有下文。

所以这样的今后就是没有下文的今后，往往意识到后悔时，一切都晚了。在这些方面我有过很多教训。在我们有资格参加讲师职称评定时，我盲目地离开了学校，在后来就一直没有参加过职称方面的准备和评定工作，看到同学们现在个个都有高级职称时，而且据说今后退休后退休工资与职称有密切关系，我后悔也来不及了。虽然我从没有把职称看得太重也没有心理负担，但是如果正常评定，有了高级职称起码没有什么负面影响吧。还有我在 1996 年参加了中国人民大学在职研究生班学习，大多数课程都已经考试通过，但我外语考试在第一次考试时差几分没通过，我就没有再去参加考试了，现在想想再努力努力完全可能达到及格的，也完全可能拿到硕士学位的，等到需要更高文凭时后悔也没有用了。

不知道是麻木还是生来就对这些身外之物不感兴趣，我放弃一些给自己可以增添光环的东西，包括在发表几篇论文后，和参与编写了一些教材书籍之后，我就认为写的东西与实践相差甚远，我就不再去发表什么文章了。后来在自己开咨询公司，到处演讲并且得到广泛好评时，我也放弃了出版书的机会，因为在我看来很多书写得非常肤浅。但现在看来，出版书对自己绝对不会有任何负面的影响，为什么当初那么坚定不愿意出书呢？甚至有出版社找到我时都不愿意接触。

在多年的工作中，很多时候自己也意识到了每个人都是有面子的，不能够在众人面前贬低他人或者为工作发生激烈的争吵，但还有时候控制不住自己，虽然事后也完全可以与当事人面对面沟通解释，导致后来严重影响到自己的工作和职务晋升。虽然自己当时的观点不一定错误，但完全可以采取更加温和的方式，所以自己后来要自己承担冲动的后果。

人们常说世上没有后悔药，自己能够努力去做好的事，因为自己不够努力而没做好，就只能是自己去承担后果。慢慢地，自己悟出来了：任何事情能够提前完成的绝对不要往后拖一分钟，什么事情都可以提前规划，凡事都要根据环境变化、任务变化、人员变化而随之变化。

当然很多事情计划没有变化快，但这并不等于不需要计划。恰恰相反，计划有时候包括变化后的计划，也就是经常说的应急措施和对应手段，一定要有，才能做到手里有粮心里不慌。

俗话说技多不压身，话多惹是非。一个人无论什么情况下多学习一些东西，才不会书到用时方恨少。任何时候都需要话说出之前考虑三分，不求苟同但不能伤对方，需要尊重任何一个人。

书要多读，读书多了就知书达理了；

话要少说，话说少了就余地多了，是非就少了；

事要多干，事多干了就经验多了，弯路就少了。

人的一生不可能没有错误，但莫等后悔时。

第八篇

有家才幸福

Q014810
北京站
Beijing
K1314
家
Jiao
20X7年XX月XX日 12:00开
01车01号下铺
¥520.00元
新空调硬卧
限乘当日当次车
在三日内有效

人们常说农民很善良，而我们这些出生在农村的人，父辈并没有给予我们太多的知识和教育我们怎么做人。但在农村，人与人之间总是那么和睦相处，为人总是那么善良。从小我们从父母那里感受到了做人要善良的道理，这种善良让我们享受一生。

第四十二章

路远家不远

我们国家以法律的形式规定了清明节假期、中秋节假期，提醒和鼓励人们别忘了中华民族传统的文化，清明节是祭拜祖先、缅怀先人的节日，是中华民族几千年来的传统文化。也是中华文化的重要组成部分。而中秋节更是家人团聚的节日，体现了中国人以家庭为细胞组成社会大家庭的重要传承。改革开放几十年，我们学到了很多外来文化，也有些人盲目崇拜西方文化，反而对传统文化和传统节日逐步淡忘了。

当初我们一直盼望考上大学，也一直希望鲤鱼跳龙门，但是这一天真正到来时，故土是那么难舍，亲人是那么难离。随着绿皮火车一声长长的鸣笛，那一刻的我以及像我一样的学子，踏上了远离故土的他乡，我们深深知道离开之后，回来就不那么容易了，回头望望生我养我的小山村和故土，还有那些曾经朝夕相伴的小伙伴们，眼里满含泪水。

绿皮火车经过 30 多小时把我带到了祖国的首都，离家很远很远了。对于 20 刚出头的我来说，虽然经过大学四年的洗礼和培养，也有了大学四年离开家乡的锻炼，但那时毕竟寒暑假都是可以回到家里去的，而今天是真正离开了。随着户口一并迁入北京，身份上的地址就不再是那熟悉的地址了，也变成了北京人，如果以户口来衡量的话。来到了北京才知道什么叫故土难离，才知道什么叫独立，才知道什么叫水土不服——但这一切只能靠自己解决，靠自己慢慢成长，包括在语言上也有一个适应的过程，因为在大学毕业之前是没有说过普通话的，小学老师教的拼音早就还给老师了，加之当初老师的普通话也不是那么标准。

在北京没有任何亲人也没有任何朋友，在通信和交通还非常不发达的年代，没有今天的电脑、手机、网络，也没有高速公路、高铁之类，回家的路是那样漫长。

盼望春节，因为春节我就可以回家了，一张火车票也是如此难买。火车上挤满了外出打工的人。火车过道上、厕所里、连廊处挤满了各色各样、各种年龄段的人，甚至座位下方也躺满了人，这回家的人心是如此甜，回家的路是如此苦。

春节回家，春节必须回家。不管路有多远，路有多苦，也比不了回家的那种幸福和甜蜜，家里有亲人的笑脸，家里有发小们的笑谈，还有那终身难忘的味道。然而由于路途的遥远和时间的限制，不是每年都能回家。

有时候两年回一次家，有时候三年回一次家，特别是有了自己的小家庭后，回家的间隔就越来越长，思乡的苦闷只能埋藏在心底。如今交通变了，通信变了，回家也是如此方便了，可是父母变老了，亲人们也逐步离开了，自己也有了白发了，才知道亲情才是最大的财富。

今天依然每年有几百万农村的孩子通过考上大学离开家乡，去到大都市寻求自己的事业和人生的梦想，没有了父母的依靠，没有了财富的依靠，就像翅膀长硬了的小燕子飞向了远方，需要自己勤奋去觅食。

不论我们离家乡多远，还是远渡重洋，家是不能忘。家也许很远，但回家的路不远，家在远方，但家也在我们心里。抽出时间常回家看看，哪怕仅仅是回家，不需要我们的成功，也不需要我们拥有多少财富，更不需要我们衣锦还乡。我们仅仅是回家，父母在盼、亲人在盼、朋友在盼、小伙伴在盼。

家是家，是梦里经常梦见的地方；

家是情，是梦里经常流泪的地方；

家是天，是梦里经常翱翔的地方。

路远家不远。

第四十三章

亲情要互动

记得当年中央电视台春节晚会上，一曲《常回家看看》唱哭了多少国人，多少在外的游子曾经多少次梦回故乡——可是有很多人因为各种各样的原因除夕之夜依然在他乡：也许自己在故土千里之外已有自己的小家，也许工作性质决定了除夕还要在单位加班，也许没能及时买到回家的火车票或者飞机票。离开家乡就很少见爹娘，离开故土与兄弟姐妹见面更少了，亲情变成了梦里的欢笑和湿透枕巾的泪水。慢慢地遥思故乡想爹娘，抬头远望细数故土满天星。

我们在工作和生活中，评判一个人时，也需要看看一个人是否有善心、同情心和怜悯之心，但我们也经常看到一些人对自己家人，对自己父母，对自己姐妹反而少了亲情。也许是工作繁忙，也许是事务缠身，我们慢慢疏远了对家人，对亲朋好友的问候。久而久之，父母在期盼中等待，等待我们的一个电话，等待我们的一声问候，等待我们突然出现。家里不需要我们更多的物质回报，不需要我们更多的金钱反馈，不需要我们衣锦返乡。

俗话说亲戚越走动越亲，朋友也要常见面。回到家里尝尝父母做的饭菜，回味小时候的味道，幸福的童年再次来到。当我们离开家一个月、半年、一年、两年或者更长，有时候我们觉得时间过得太快了，但父母在期盼中觉得时间多么漫长，天天在可能回来的路上的方向遥望。特别是春节即将来临之前的两个月，父母就为我们回家倒计时了，当我们从远方回到自己的家里，父母脸上总是挂满了笑容，家里准备了很多你喜欢吃的饭菜，父母看见我们狼吞虎咽的样子总会在心里乐开了花。

我到北京工作后，第一次春节回到家里，无论是自己家里还是姑姑家，还有邻居们和朋友同学们家里，都轮流请我去吃饭，他们都准备了很多好吃的，鸡鸭鱼肉满满的，有时候胃里实在装不下了，但父母、姑姑、亲戚朋友还不断往我碗里夹菜。春节回家几天，我始终被浓浓的亲情、友情包围着；当假期结束又要离开时，不知何时再能相聚，满满的伤感和离别愁，让我十分难过。

小的时候家里很穷，家乡很穷。我像大多数孩子一样盼望过年，过年了我们有新衣服穿了，过年了即使再穷我们也能够吃上肉了，过年了我们可以走亲戚了，可以得到挂挂钱了（压岁钱），一般情况是两毛钱。两毛钱在那时我们可以买好几个作业本了，还可以买不少糖果。

回到家里，我自己认为一直就是回家呀，但是父母、亲朋好友准备了太多的好吃好喝，我自己有一种不太习惯的感觉，因为大家把我当成了远方的来客。我的家是一个大院子，院子里住了将近 10 户人家，每一家都要轮流请我去吃饭，如果确实时间安排不开去不了，就会惹他们生气，所以早饭、中饭、晚饭都很少在家吃。一个春节过完，在家仅仅吃了很少几顿饭啊，父母都有意见了。

当自己离开家乡三十年，与家人见面少了，与亲戚来往少了，与同学联系少了，与朋友交往少了，但是亲情没有忘，依然在心中。今天交通发达了，通信方便了，微信也有了，视频也有了，联系方便了。自己要主动了，主动打一个电话、主动见见面、主动聊聊天，这样亲情更亲，亲情更浓，亲情更深。

所以亲情不能忘也忘不了，但亲情要互动。

第四十四章

恩师在心中

在每个人的心中，都有一位或几位铭记在心的老师，特别是对于偏僻农村的孩子来讲，老师基本上就和再生父母一样。因为对于我们那个年代唯一能够接触到认字、识字和所谓知识的途径，便是老师了。

记得语文课本开始第一节课就学习《毛主席万岁》，现在还记忆尤深：我跟着老师读，但发音很不准。主和祖不分，老是把“主席”读成“祖席”，老师好像纠正了很多遍，到后来我也没有搞明白二者的区别。后来到北京工作后慢慢明白了：四川人有很多发音不准就是拼音没有搞明白，包括前鼻音和后鼻音分不清楚，很多字咬字不准，再改就很难了。虽然普通话没学好，但完全不影响跟着雷老师学习。五年小学生涯一直是雷老师教我们的。五年里，雷老师一直减免了我的学费，记得每年学费 1 元 8 角钱，1973 年上小学 1 元 8 角对于没有经济来源的家庭来说，也是一笔大负担，当时我父亲一直病重，家里也缺乏劳动力。幸运的是我好像有读书的天赋，小学成绩一直很好，并且一直当班长。雷老师除了教我们书本上的知识，也教我们很多文明礼貌方面的礼节，而且还经常让我们排演节目。当初我们去慰问修水库的劳动人民时，我还扮演了一个胡子老头；后来我们还到公社的大舞台登台表演了。雷老师不仅仅是我们的小学老师，而且还教过我们初中部分课程。在我的心目中，老师如父，可惜的是自从我上了高中后很少见到雷老师。当我再次知道老师的消息时，亲爱的老师永远离开了，直到最后也没能见到恩师最后一面，这是我一生的遗憾。

初中三年教过的老师大概有七八位吧，其中班主任有三位。老师们对学生们就像自己的孩子一样，特别是对我们这种学习成绩好的学生更是关爱有加，不仅仅在学习上开小灶，而且生活上也经常给我们开小灶。在公社读书离家也就不到两公里，但我们每天都要自带粮食用一饭缸装好，集中在食堂的蒸锅里蒸。家庭条件好的可以带点咸菜和几片肉一起蒸，差点的也就天天白米饭或者加上一些红薯之类。物理老师和数学老师时不时把我们学习好的几位同学，叫到他们寝室改善生活，其实老师们的家在农村也不算富裕。让人十分痛心的是，我初中的数学老师在我上大学期间的一个暑假，下河游泳就再也没有上岸来。我当时正好暑假回家，在帮家中干农活，得知这一消息十分痛心。在数学老师教过的学生中，我应该是比较优秀的一位，因为我不仅考上了大学，而且只要暑假寒假回到家我都会去看望老师的。我就像孝子一样披麻戴孝三天三夜，最后把老师送走。初中老师已经走了好几位了，这些都是后来回老家听同学们说的，很多老师毕业后一直没有机会再见一面。

一直让我悔恨的是，我大学期间一直对我宠爱有加的恩师王老师，大学毕业后我尽管几次回到重庆，却没有去学校看望过老师，一直以为今后机会还很多，加上自己好像也没有取得什么成绩，也觉得不好意思回去看老师。大学期间，王老师给予了我很多人生的教育，我们几位也经常去王老师家改善生活。王老师在大学期间培养我入党，并当我入党介绍人，经常与我谈心、做思想工作。我大学毕业后能够来到北京也是王老师极力推荐的。我当初一直希望去政府机关，毕业时也有这样的机会，可是为了更多同学和平衡，王老师在学校的樟树林里给我做了很长时间的思想工作，分析我的特长，并希望我去北京当老师。说实话我是从来没想过当老师的，最后我服从了组织和王老师的安排。后来我离开教学岗位，可能与当初的不情愿有点关系吧，但我从来没有责怪王老师，相反我一直在心里记着他那音容笑貌。大学老师不少离去了，虽然因为学生众多老师们不一定记得我们了，但我从来没有忘记教过我的任何一位老师，不常见但常想念。

人已远走，恩师在心中。

第四十五章

恩人不能忘

2015 年 5 月份，我的二姨八十大寿，我专程赶回重庆参加她老人家寿宴，而且我夫人也专程赶回重庆了，这是在我人生中第一次为了亲人的大寿而专程赶回去，包括我的几个姊妹都去参加了。在重庆读书 4 年，离开重庆近 30 年，每次回去重庆或者老家广安都是匆匆忙忙，很少停留三天以上的。所以我对重庆的了解也是断断续续而且是片面的。我的二姨，还有我的大姨、小姨对我不仅仅是亲戚那么简单，也可以说得上是恩人，所以我在为我二姨祝寿时说：没有二姨您，就没有我的今天。这不是我的客套话，而是发自内心的感恩。从我记事起就知道我在重庆有几个亲戚，时不时给我家寄来了旧衣物，还有十元或者二十元钱的一些全国粮票，对改善我家的生活帮助很大。最让我难忘的是不同阶段寄来不同的课外读物，包括物理、化学、数学等辅导资料，对于我这个喜欢读书的学生来说如甘露一般。可以讲，我在小学和初中能够一直保持较好成绩与这些辅导材料不无关系，高中冲刺阶段考试成绩能一次比一次好，也与参考资料有关。我在重庆读大学的四年期间，无论棉衣棉被、衣物依然得到几位长辈的支持和关爱，时不时给我一些生活费。在我离开重庆来到北京工作期间，我的大姨和小姨因病离去了，我不仅没有见到她们最后一面，就是在生前去看望她们的次数也极少，真是憾恨终身。

我的一位初中同学未能考上高中，初中毕业后就到重庆打工去了，我读高中期间也不知道他在重庆具体做什么，等我到重庆去读大学时，偶然机会又联系上了。春节回老家我们两家互相来往了，他的母亲姓万，我很自然地叫万妈，我的母亲姓杨，他也叫我母亲杨妈。他在重庆收荒也就是说收破烂，挣钱也非常不容易，可是每次寒假或者暑假我们见面，他都要给我至少二十元钱。我上大学一个月的生活费也不到三十元，所以他给的钱我能够使用很长一段时间。记得有一次他到学校来看我，不仅仅给了我钱，还给买了一件颜色我非常喜欢的衬衣，我记得很清楚是天蓝色的，后来我把这件衬衣送给了一个家庭比我更困难的大学同班同学。工作后，我一直常常记起我的这位初中的同学和他全家，中间因为各种原因中断了很多年，还好这几年我们又联系上。前几年，我们两家还在老家一起聚会了。光阴过去了但感情依然如故，在我心里他和他的家人一直是我的恩人。他们家现在在上海有了自己的事业和实业，举家迁往了上海，我在出差去上海时总是会抽时间见面。

在我成长的过程中，得到过很多人的帮助，包括在物质上或者精神上给予了我方方面面的帮助。我的大姑视我如己出，冷暖温饱一手管，还有我的养父，没有什么文化，但为人善良、朴实、心地实在，对我家恩大如山。还有我参加工作后得到了不少长辈的指点和帮助，我的一位在北京工作的老乡，曾做过部委领导秘书，在我刚来北京时和后来在北京工作中给予了人生指点，并且帮我联络好几家不错的单位，虽然最后因各种原因未能加盟其中，但在我心里一直感恩多多。后来因为他工作性质决定了我们很少见面和很少联络了，但我从不敢忘记。

还有很多帮助过我的人，可能没有联络了，但一直不敢忘记。

我一直非常幸运，在人生各个阶段的关键时刻，总是有贵人帮助我，让我渡过了一个一个关口，包括有幸加盟到现在的单位，而且给予了我一次又一次机会让我去克服各种困难，完成一个又一个任务。

唯有更加努力，才能对得起恩人们；唯有不断鞭策自己，才不会辜负恩人们的希望和期望；唯有心存善良，才是铭记恩人的最佳的途径。

我心可鉴，恩人不敢忘。

第四十六章

难忘故土情

对于自己的出生地，毫无疑问是故土，是老家。现在母亲居住地和自己的小家所在地不是在同一地方，每逢春节母亲都会有电话问，过年回不回来？有老家的朋友、发小问回不回来，有亲戚朋友问回不回来。于是乎家的概念外延如此广泛了，老家也是家，无论离开多久，无论是否有直接亲属在老家，只要回到老家的那一刻心就回来了。

老家如此让人眷念，现在每一次回到老家是那么熟悉又那么陌生，那熟悉的一砖一瓦。自己出生和成长的院落早已没有了当初的热闹，整个院子已经没什么人住了。当年我们院子非常热闹，一个院子住了十多户人家，大人小孩好几十口，加上后来我们院子坐北朝南的几间房子变成了小学校，一共有两个班。小朋友们课间休息时就各自三三两两或成群结队玩耍，很多小同学喜欢捉迷藏，院子的每家大门都是开着的，他们就到各家捉迷藏。所以多年以后回去遇上一些当年的同学，他们都说当年还到你们家捉过迷藏呢，可是实在时间有点长，好多事情也不太记得住了。

院子是那么熟悉，可是好几次回到当年的院子，我连自己原来的家也没有进去，因为多年不住人了，房屋显得那么破败，心里总是有一种很深的伤感，少小离家，归时人不在。我们家住的院子名称叫乡政府，至今我也不知道为什么叫乡政府，但确实在土改前整个院子属于国民党将领杨森家族的。后来新中国成立后就分给了穷苦大众，我父母他们也就分到了两间房屋。

我们家院子每年过年非常热闹，全大队也就是全村的人都会到我们的院子来，大家摆龙门阵、聊天，还有拜年的歌舞，还有玩当地人才会玩的纸牌。因为当时的农村都是集体劳动，只有过年时统一有接近 20 天的休息，一直到正月十五后才开始集体劳动。

院子里的坝子在夏天就成了我们纳凉的好地方，各家各户把凉席、板凳、蚊帐等都放在坝子上，还挑来凉水冲洗坝子，于是大人们在坝子上聊天，我们就数星星，有时候我们就在坝子上睡着了。小时候农村没有通电，各家各户都是点煤油灯，我们也是在煤油灯下写作业。那个时候一样感觉到非常幸福。在院子里纳凉时比我小三岁的妹妹就煮好了面条送到我手中，面条里放了少许猪油放了盐，但是很香。每当我回到院子里时总是回想起好吃的面条，但现在很难找到当年的味道了，因为当初的面条总会放些长在田边的小葱，格外提味。

院子里的发小们已经多年不见面，包括我在内大概有十多位发小已经通过考取各种学校，包括大学、大专、中专、中师，毕业后也天各一方了，回老家探亲的时间总是不一样；还有没有考上学校的发小们也到了广州福州等地方打工，多年后他们也在城里买了房子。

院子依然如故，可是很没有人气了，显得与现代社会格格不入。我大姑和大姑父已经故去，我的表弟也因为到湖南上大学后留校，他们家的房子就成了我每次回去祭拜和回忆的地方了。所以就像今天大多数农村一样已经完全空心化了，当年我参加过劳动的土地已经撂荒了。

总是希望每次回老家时能不期而遇发小们，还有当年的邻居们，可是这也成了一种美好的愿望。去到当年喜欢跟着大人们去的街上，总是偶尔能遇到一些记忆中的面孔，但已经不知道他们的名字，或者当年就不知道他们的名字。熟悉的面孔已经老态龙钟了，因为自己也年过半百了。

虽然失落一直在心头，但是大家在四面八方都过着自己幸福的日子，在心里祝福大家。

一直记忆着我们曾经放牛的羊肠小道，一直记忆着我们一起割草戏耍的田间地头，一直记忆着我们一起爬上拖拉机去公社读书的情景，一直记忆着两小无猜的各种欢乐。

难忘故土情。

第九篇

活到老，学到老

从农村到城市读书，要改变自己的不仅仅是外表而是习惯；从重庆到北京，要改变的不仅仅是习惯而是价值观。对于我这个见少、识少的人来说，要改变的太多，要适应的太多，要学习的地方太多。

第四十七章

脚步何必急

人生是一场长跑，长跑的远近没有人告诉你。你要用100米冲刺的速度是无法到达终点的。我们每个人都想加快脚步，多么希望尽快到达彼岸。

读书时总想尽快毕业，毕业后总想尽快成功。所以我们都没有时间来欣赏路上的风景了，总认为前面的风景更好，所以我们会错过一段又一段风景。走累了、跑累了不知道停下来歇一歇，口渴了不知道坐下来喝点水。直到有一天感觉到实在累了，才发现路边到处是风景。

我们忙于去读书，我们忙于去成功，我们忙于去做一切。有时候我们自己都忘了这么忙是去前方看什么。是因为每一个人都在跑，所以我也要跑；因为每个人都在往前，所以我们自己也必须跟上不能落后，于是路上拥堵了。

有时候我们想现在的路上挤满了人，我就努力超过再超过，这样前面的人就会少些。可是我们跑了一程又一程，发现前面还是那么多人，于是乎我们忘记了前行的目标，只是知道跑了跑了再跑，于是我们感觉到了累。

呼吸跟不上了，肌肉跟不上了，心脏跟不上了。脚步像灌了铅一样，连走一步都是那么费劲了。可是停下来一看：离目标还那么遥远，离梦想还那么不可及。

我曾经的一个同事，看着平常身体好好的，突然一段时间没到公司上班，经过打听才知道他心脏出了问题，幸好自己救了自己，到医院做了支架，保住生命。有一天我和他聊天时，我说你出生在江西一个小山村，小的时候有什么梦想。他说小的时候想当一个司机，小的时候想吃上国家公粮，小的时候想娶一个城里的老婆，小的时候想离开农村，等等。我说你这些梦想早已经实现了啊?！考上了大学，来到了北京，有了自己的房子，有了自己的车子，有了北京老婆，有了优秀的出生在北京的儿子。不是小时候梦想已经全部实现了吗?

我劝别人要满足，看看我自己也和他一样啊，一样一样都实现了啊。但我还是和他一样没有放下脚步，还在急匆匆的路上。

现在，我静静地想了又想，路是自己的路要靠自己走；别人的路看着很平坦，其中的困难我等又怎么能知道啊?

幼儿时，希望自己快快长大，好去上小学；上小学了，总想成绩不能落后前三名；初中时总想不能让别人超过自己；高中了总想能考上大学；大学时总想能找一个理想的工作；工作了又在想什么时候实现梦想。

于是在人生的征程中苦了自己，也苦了家人。

是该放慢脚步的时候了，是该看看路上的风景了。

停下来，慢慢走，也许另一道美丽的风景等着我呢。

原来没有公路，乡间小道就是我快乐的童年；原来没有柏油路，宽宽的土路就是我上学的欢笑；原来没有高速公路，县级公路是我求学的梦想；原来没有快速列车，绿皮火车就是带我远走高飞的方向。

今天，高速再高速，快了又快，笑声少了，欢乐少了，梦想没有了。

于是，大家开始追求慢生活了。

很是怀念过去阳光灿烂的日子。

第四十八章

找个好师傅

在很小的时候，老师就告诉我们："三人行必有我师。"但是多年以后才明白这句话的真谛。当我感觉一直良好时，怎么会拜他人为师呢？一直以为学习比别人好，所以无师；一直以为自己比别人干的工作好，所以无师；一直以为自己口才比别人好，所以无师，等等。如此多的无师理由，于是在前行的道路上总是如此自我，如此独立，如此孤独。

在中国的工厂里一直流行师傅带徒弟的制度，不到一定时候是不能出师的。包括工人都实行级差制，这样能够保证加工的产品达到标准要求，所以那时逢年过节，能看到很多徒弟带着礼物去给师傅拜年；不知为何，后来特别是进入 2000 年后，这种传统的制度越来越淡化了。

但无论我们是在学习过程中，还是在工作过程中，完全靠自己慢慢摸索也许是一种方法。但是多年的经验告诉我，就是因为我在每个阶段都没有拜师，没有人带着往前走，所以走了很多弯路。

我常想，在我人生的各个阶段，如果我能够虚心、谦卑、诚恳地找个师傅，学习他的经验，让师傅指出我的不足，告诉我一些路径，再加上我的勤奋、努力和聪明，应该比今天要成功点吧。

师傅不一定是你的领导，师傅不一定是你的长辈，师傅不一定是你的同事，师傅也不一定不是你的家人、同学、朋友。但师傅一定要是欣赏你的人，一定要是爱护你的人，也一定是坦诚的人、阳光的人，道德上无瑕疵的人。

师傅可以与你分享人生的经验，师傅可以开诚布公地指出你的不足，还可以给你指明方向，告诉你节奏和步骤，可以避免自己误打误撞。

但是，这些说起来容易做起来难，因为现在的人很自我，现在的人很急躁，现在的人很功利，现在的人很自私。道德的东西和规范的东西、次序的东西被很多人抛到了九霄云外。

如果当初我能找个师傅，牵着我的手，我想我会跑得更快；

如果当初我能找个师傅，画出一条线，我想我能正直人生；

如果当初我能找个师傅，批评又指正，我想我能透而不烂；

如果当初我能找个师傅，绘出地平线，我想我能登上云霄。

人生没有太多的如果，因为现在我明白：满世界都是好师傅，只是我自己愿不愿意找而已。

其实，师傅就在身边：父母是师傅；老师是师傅；同学是师傅；同事是师傅；领导是师傅。真真正正“三人行必有我师”。

有了师傅，你要少些急躁；有了师傅，你要多些谦卑；有了师傅，你要多点压力；有了师傅，你要一步就是一步。

人生什么时候都不晚，不一定要提着猪头肉拜师，不一定把师傅挂在口头，不一定有很多不一定。

有心、有爱、有阳光，师傅处处在；

努力、勤奋、好心态，师傅处处在；

不急、不骄、不狂妄，师傅处处在。

人生需要找个师傅；人生需要找个好师傅。

最近有个师弟跟着我练习马拉松，问我有什么技巧，我说你得找个好师傅。

第四十九章

择业别盲动

其实我是最没资格讲这个话，因为大学毕业快三十年，我换了不少行业，换了不少岗位，每一次换工作就换一个行业，了解了不少行业也经历了不少岗位，甚至有个别岗位仅仅不到三个月我就不干了。

回过头来看，自己走了很多自己认为正确的路，其实到头来什么都不是。我虽然很遗憾但不后悔，因为没有路可以重来。

我在想："性格决定命运"还是有一定道理的。我在任何一个单位、一个岗位业绩都不错，但是自己的世界观或者价值观，现在看来有些问题。尤其是如何看待同事、看待领导的能力方面，我曾经犯了很多低级错误。总是以自己的片面标准或者自己的观点去衡量别人，包括衡量领导、衡量同事、衡量下级、衡量同学、衡量朋友。以为自己完全是对的，别人完全是错的，所以很多事老是不平衡，老是纠结，老是自己生闷气。这说明我在看问题方面还很不客观、很不成熟。

一旦不满意时，没有去认真寻找解决问题的方法，没有去反省自己，总是以为换一个单位就好了，这样周而复始，结果一次比一次不如意。当我开始反思和意识到自己的错误时，时间已经过去很久，也没有回头路了。

因为我学的是管理专业，所以在任何一个单位任何一个岗位都不是技术性工作，细细数来，大学老师、销售岗位、市场岗位、人力资源岗位、组织协调岗位、行政岗位、全面管理岗位等，我都一一干过，而且干得还不错，但是并没有在一个岗位上长期干下去，所以成不了专家，更像一个杂家。

教育行业、快消品行业、广告行业、培训行业等，我都从事过。在我2007年加盟D集团时已经过了不惑之年，我告诫我自己无论怎样不能再换单位了，无论我认为多么不公平，多么不得志，坚持了10个年头了，没有特别特殊的情况，我会一直这样干下去了。

今天，看到我的大学同学各个都成了精英，我很是羡慕：在大学里的都是教授了，而且还带博士了；在政府序列的已经达到了一定的高度和位子了；在生意场上的也有了较强物质基础和丰厚的资产了。再看看我们单位里掌握重要权力的人基本上都是毕业就在这里工作的老人了。

隔行如隔山，这是有道理的。外行看热闹，内行看门道。你不入行是看不出门道的，在门外看似简单，其实是有规律的。就像我在偶然的机会加入跑步的行列，开始以为跑步不就是很简单的吗？抬腿就是了。经过一年多的系统训练和系统跑步，与我以前自我随意跑完全不一样，学问很深，也很科学。所以，现在不跑步的朋友提醒我跑步的各种负面影响时，我理解他们的好意和担心，但很难沟通。因为他们都不跑步，也在为自己不参加锻炼有意或者无意找各种借口。

在我克服各种困难和伤痛后，成功地一次一次突破自我，完成了以前做梦都不敢想象的全程马拉松，而且成绩一次比一次好时，我才意识到了什么叫最困难时，就是离成功不远时。每当跑到 32 公里左右时到了最艰难时，多么想放弃啊！但是一直鼓励自己不能放弃，不能半途而废，前面很多人都成功了，我为什么不能？于是坚持再坚持，终于在累到极致时到达了胜利的终点，那一刻是多么的幸福和兴奋啊。第一次的成功为第二次奠定了很好的心理基础，尽管不代表第二次一定成功，但在心里已经不害怕了。果然，第二次心理上没问题了，但身体上出了点小意外，成绩不理想但还是咬牙坚持到终点。第三次再次去跑马，在总结第一次和第二次的基础上，我提前一个月调整心理、注意饮食、练习节奏、感觉各种跑姿，慢慢找到自己的感觉，对于教练和书本上的东西，我在学习的基础上，开始结合自己的状态灵活运用，终于第三次突破了自己的局限，在不感觉到累的情况下取得了较好的成绩。

我终于明白，就像选择工作一样，不要盲动，最难时就真是离成功不远了。

第五十章

知识常更新

在看到不好的现象时，我们经常说的一句话：那人没文化。这里的“文化”可能更多的是说的一种修养、一种涵养、一种素质吧。比如，很多人抽烟随地扔烟头，随地吐痰，在公共场所大声喧哗等很多不文明的现象。但这不是因为缺乏知识，你看很多上了大学或者更高学问的人一样不文明，无修养。

这里的知识不是简单的文凭，不是说你上了大学上了研究生或者读了博士，也包括我们书本上没有的知识。但是按照理论上所说的书本知识更新是有一个周期的，而且如今更新周期或越来越短。很多人从学校走入社会后就不再学习了，很快学校那点东西也慢慢还给老师了，这样五年后，十年后，二十年后，不管你原来读的什么大学、什么专业，慢慢地，你就像没上学的一样，跟不上社会跟不上发展，你的一举一动慢慢也变得老态了，无文化的感觉了。更谈不上创新，思维就慢慢固化了，也接受不了新鲜事物，这样就会被社会淘汰了。

我们看到很多成功的人士，包括成功的企业家，他们不见得上了大学或者上了名牌大学，但他们很成功。因为他们都是爱学习的，爱思考的。这种学习不一定是要像在学校里那样系统的，有老师讲解的，而是养成了一种学习的习惯，思考的习惯。

我曾经有几位同事，我认识他们时他们才四十来岁，但在很多年轻人眼里他们老了，这个“老”不完全是指的年龄和外貌上，而是他们故步自封了，完全安于现状了。在工作上没有任何创新，不敢承担一点风险，害怕任何变化，也没有勇气去改变自己，去更新自己，一副混世魔王的样子，甚至还有倚老卖老的心态。后来才知道他们也上过大学，甚至是名牌大学。因为自己知识的陈旧，害怕组织变革，在市场经济的浪潮中只好被淘汰。

这三十年来，无论我在什么地方，在什么岗位，一直支撑我能干点事的是：我养成了爱学习的习惯，我接受了很多新的岗位，新的任务。对于我不熟悉的领域，我首先向书本学习，查找很多相关的资料，去理解去消化；其次，向相应的专业人士请教，无论他们的年龄大小；最后，听取同事们的意见。这样下来，在思考的基础上我逐步形成自己的见解，最后形成相对完善的行动方案，都能取得较为满意的成绩或者业绩。

包括在任教时，我讲授的课程基本上都是一个学期一门课，因为系主任认为我是有能力开发出新课程的；在后来的工作中，我还负责过一段时间工程工作，对于我这个读经济管理的来说是有点困难的，但事实证明我管理工程无论在进度上还是在质量上，都完全达到了预期的效果。

多年来，我从一个新人变成带领一个个团队，我都会推荐给他们一些书籍，让他们掌握新的知识。我记忆最深的是，曾经在管理一个小团队时，我给他们每人发了一个笔记本，必须把本周的计划和上周计划完成情况记录在本上，在周一上午上班时交到我的手里，我会在本上一一检查，并详细注明我的意见。这样培养半年到一年的时间，他们养成很多好的习惯包括更新知识的习惯，因为在本上我要问一些问题需要他们回答。

作为走上社会的职业人士，无论是从政也罢，经商也罢，还是按部就班上班族也罢，你掌握知识的更新速度会越来越快，越来越频繁。要想成就自己，不断更新你的知识是最好的路径。

读书是一种更新；上网查找是一种更新；与专家交流是一种更新；与同事讨论是一种更新。

只要我们想改变自己就要从更新自己开始。

在知识的海洋中遨游，幸福就无穷无尽。

第五十一章

勤学要勤习

在小的时候，经常有大人教育孩子说：你就像猴子掰苞谷(玉米)。开始不理解这是什么意思，后来慢慢明白了，猴子在掰玉米棒子时掰一个棒子就向身后扔一个，等一块地玉米完全掰完了后，一看手里还是只有一个玉米棒子。原来这是形容丢三落四，做事顾前不顾后，到最后没有任何收获。

后来，我感觉到这个道理就像我们看书学习一样，学过了考过了最后就忘记了。我们从小到大经历了一次又一次，到后来自己也不知道多少次的考试，但是仔细想一想，很多东西我们早就还给老师了。

记得我们80年代学习农业经济专业的学生，入学前两年学了很多关于农业的基础课程，比如土壤学，我们还到田间地头去测土，可是今天我的工作恰巧也有测土配方项目，可是我早已经不记得原来学的东西了；比如我们原来还学过林学，老师带领我们到缙云山上去认识了很多树种，今天走在北京的街头的小公园，我老婆考我各种树名，我是一脸茫然完全不记得了；还比如说我们学了植保学，但今天庄稼的病虫害我是一无所知；比如我还学了一年两年的会计学统计学，如今我根本上不了手，我那些毕业后从事会计工作的同学们都是专家了。

所以我经常在想：什么叫学习呀？学习难道仅仅是为了考试吗？

在中国以前、目前以及未来一段时间，学习很大成分就是为了考试，考试完后就算完成了任务，很多知识没有固化在自己脑子里。

但是在人生的道路上，无论在哪个阶段，学习的东西都是有用的，但是要用时我们往往就忘记了。所以我现在认为学习不光是为了学，更多的是要习。习是一种巩固，是一种消化，是一种完全变成自己脑海里东西的过程。我们在成长的过程中学到很多东西，同样我们也忘掉了很多东西，这样下来不知道到底是学的多还是忘的多。

我们在考大学时，外语课是必须考的，大多人选择了英语课。我当时初中根本就没有学习外语，因为在乡村学校那时候很少有开外语课的，可是到了高中时有的同学在初中就已经学了初级英语，而我们这些乡镇同学在英语面前就像文盲一样，但高中英语老师又把我们当成学过的一样来教。刚开始时，我完完全全跟不上进度，只有自己在课下课外努力学，大概一个学期后慢慢跟上了。可是在上大学时，大家的英语水平又不一样，学校只好把不同水平的分在不同班级，所以后来毕业时，大家英语水平完全不一样。

到了北京工作后，感觉到英语是非常重要的，所以我用业余时间，自费到北京外语大学学习了一年英语课。当初感觉自己的英语水平还是达到了一定的水平。阅读基本上没什么大问题，口语也勉强能够与老外对话了。可是这么多年后我又回到了起点，为什么呢？因为 20 年过去了，我就没再学习过英语了。当初也并没有达到像母语一样的水平，没有完全变成自己的东西。

我们看到很多年轻人呢，从学校到社会后就基本停止了学和习，这样一年两年，多年后也就知识贫乏了。

学精习精，才能固化；

学之习之，方可长远；

学多习多，才能真多；

学懂习懂，方可真懂。

第五十二章

常知要常识

在写这段文字时，抬头望窗外，北京又是个大雾霾天。对面的办公大楼仿佛一座座耸立在云雾中的空中楼阁。但凡生活在这座城市的人，不论官大官小，有钱没钱，房多房少，今天都一样呼吸着一样的空气：埋怨也好，纠结也好，此刻都无法逃脱。

我在想，人们或者更早的时候就知道了雾霾，但是对雾霾形成的真正原因众说纷纭：有人认为主要是汽车尾气，有人说是燃煤燃烧引起的，有人说是因为周边防护林挡住风，还有很多说法。

政府采取了一个又一个措施，可是雾霾该来还来，一点都不给大家面子。只好等风，只好等雨，或者希望风雨来得更猛烈些。等风走了，等雨停了，雾霾又回来了。所以我想，专家们大概只是搞清楚了雾霾的成分，但没有找到真正的原因，否则的话为什么没有相应的措施呢？

这就像我们每个个体看到了很多表面现象，但我们不识其本质，其实这就是另一种无知。比如我们在工作中有很多不满意的地方，包括对领导任何决定的不满意，其实我们不完全了解决策背后的真正原因；还比如我们很多时候看不惯别人，包括一些身边工作的同事，可能我们只看到了他们表面的现象，并不真正了解别人。

多年经验慢慢告诉我，不能仅仅凭借我们知道或看到的现象去做任何判断，否则我们将误入歧途，认识问题大失偏颇。无法看到现象背后的本质问题，就会造成很多一知半解和带给自己或者别人以痛苦。

当我们学会了从一些表象慢慢去识其本质时，我们就开始成熟了，我们就真正强大了，我们对问题的分析就到位了。但这些都需要我们有一定的人生阅历，经验积累。要做到这一点需要我们了解自己，要慢慢变得冷静，在知的基础上去识。

今天的言论自由了，很多网上传的东西都是一些表面文章，是为了吸引眼球。可这些东西为何反而会引起大量的评论呢？也许是现在的人们确实比较浮躁或者比较暴躁，大多数人听见风就是雨。

我常常在想，知和识应该是两个层面的东西，很多时候人们往往把二者混为一谈。如果我们能够把知和识融为一体，我们就会变得越来越强大，变得越来越有深度，不会被很多现象迷惑，也不会为很多现象纠结和痛苦。因为知道了现象，识别了本质，我们就全面了解了，看问题就会更有深度。

知很容易，我们可以用眼睛去知，用耳朵去知，到书本上去知，到网上去知；

识很困难，难就难在你看见的不一定真实、不一定全面，听到的也是经过了很多人的加工，网上的更是无法确认。

所以要在知的基础上，强化识的能力。

识的能力是一种透过现象看本质的能力，是一种思考问题的能力，是一种掌握信息的能力。

在强调多掌握知的前提下，更应该培养我们自己更多识的能力，在识的能力大大提高后，我们就会变得更加完美，更加有厚度。

教育给了我们很多知，社会要求我们学会识。

常知是基础，常识才是硬道理。

第五十三章

悟中要思变

人生最大的理想是什么？我个人认为是自由。现在周边很多人都在说某某财务自由了，时间也自由了，所以好幸福啊。财务自由和时间自由说句大白话就是有钱了有闲了，想干吗就干吗了，可以不上班，可以到处玩，可以随心所欲。但是很少有人能做到这一点，因为作为一个自然人，最理想的自由就是不受任何约束，仿佛整个世界、整个宇宙都可以按照自己的意愿来运行。可是如果每个人都有这样的想法，就会互相产生影响互相产生矛盾，每个人的空间就会受到限制了。

这样看来就不可能有绝对自由了。每个自然人，不要忘记，同时也是社会人。社会人要想自由，就必须遵循社会规矩和遵守社会秩序。自然人的本性是要随心所欲，可是作为一个社会人又是不可能随心所欲的，于是需要我们自己去平衡、去适应去服从。但很多人在按照自然人的行为准则去走向社会时，按照自然人的标准衡量世界时，就会感受到处处不满意，处处不合理，处处不公平，始终让自己处在矛盾中纠结中困惑中。

于是我们可以看到，不同人之间慢慢地产生了差距，主要的原因是很多人不去改变自己，总是希望世界被改变，而且是按照自己的主观愿望来改变。地球有自身的运转规律，宇宙有自己的运转规律，怎么会按照谁的愿望来改变呢？所以只有一条路：改变自己，适应世界。

生活和工作中，社会各阶层到处是抱怨，到处是埋怨，到处是不满意，这样就有很多人一生郁郁寡欢，郁闷终身。

很可惜的是，在我们的教育过程中没有这方面的熏陶和历练。当我们走出校门融入社会后，就到处碰壁到处撞墙。社会在考验每个人的价值观、世界观、人生观并需要我们不断地修正调整、变化。

俗话说，有悟性才会有出息。

什么是悟性呢？我认为悟是一种思考，对很多事物的表象的深度思考，通过自己的思考来认识事物的本质和本性，掌握事物的规律，这样就可以适应事物的发展，顺应事物的变化，从而使自己处于游刃有余的变化中。

这里就牵涉到一个人悟性问题。很多人认为，考上大学的人在智商方面应该没有什么大问题了；但是我们看到在社会上发展比较好的，不一定是上过大学或者不一定是上过名牌大学的人，而往往是那些情商高的人。理论上说，所谓情商就是控制自己情绪的能力，控制自己的情绪使自己处于一种不急不躁、不温不火的境地，使自己更加坚韧，更加强大，并且能够很快根据环境的变化调整自己的心态、心情、心境，找到变化的规律。可是我们很多人缺乏悟性，或者悟性不够。比如很多刚刚毕业的学生无论是本科毕业还是博士毕业生，到了工作单位就出现了很多由于悟性不够而带来的各种问题。需要集体完成的事情，很多年轻人也只按照自己的想法来，结果就是被别人评价为这人没什么悟性。

现在很多人不缺悟性，很多事情自己都能悟出道理来，但光是悟出道理来还远远不够，因为我认为悟不是目的，改变才是结果。

比如，很多人认为锻炼身体很重要，但从来不去锻炼，一旦病魔缠身了才去行动，可惜晚了点。

比如，很多人认为油炸食品不利于健康，可是从来拒绝不了油炸食品。

比如，很多人认为阅读很重要，可是一年下来没有阅读过一本书。

成功要有悟性，悟中要跟着变，变中才成功。

悟中要思变。

第五十四章

放心才重要

还在当老师的时候，我在讲授关于干部管理和提拔的时候，总结了四大原则，当时很多学员和同事还不是太理解，或者说不太赞同。因为从字面意思理解往往与我要表达的存在偏差。但时至今日，我依然觉得这四大原则不过时，甚至更加证明了总结是到位的，也是很切合实际的。

这四句话是：年龄是个宝，文凭不可少，能力供参考，关系最重要。

为什么说年龄是个宝呢？我们知道无论是在选人用人时，一定会在年龄方面有所规定，太年轻了也不太可能赋予太重要的担子或者职务，因为经验、学识、能力、性格等是重要考虑因素。很多时候因为年轻而没有机会，也有很多时候年龄超过规定也会失去机会，所以正当年是一个基础条件。

为什么说文凭不可少呢？因为文凭虽然不完全代表能力，但是在当今社会，基础文凭是绝大多数单位招聘或者入门的先决条件，无论你多么优秀尤其是对刚毕业的学生而言，所谓能力还没有机会在社会展示，文凭就是敲门砖，也是一个最基本的条件，所以文凭不可少。甚至很多时候文凭成了不同岗位、不同职位、不同任务的杠杆了。

很多人不了解也不理解，为什么能力仅仅供参考呢？在解释这个问题时，我经常举例说：如果让两人比赛跑步等各种运动，能很好地区别出成绩来；如果让两人去搬砖，也能够很快区别出成绩来，但让两人去担重量也能够区别出成绩来？对于一些软性工作而言就很难了，或者说你可能具备很大的潜能或者已经表现出很厉害的能力，但是不代表你今后一定比别人干得更好。因为资源需要单位给予，自己的积极性和动力也是一样重要的，包括和周围同事的配合沟通也是需要考虑的。所以我们有时候能看到组织在选人用人时，不一定非要用能力最强的。

关系最重要，这里的关系绝对不是大家理解的拉帮结派、请客送礼、人情往来或者一些负面的关系。这里的关系是泛指一种沟通能力、协调能力、汇报能力、语言能力等。由于有了很强的这些能力，就为自己打下了很好的工作氛围，组织对自己有很深的了解，周围同事对自己也有很深的了解，服务对象对自己也有很深的了解，这样一来的正向影响就会越来越大，机会就会越来越多，所以这种积极、正向、阳光的关系是极其重要的。

很多年轻人经常问我或者与我探讨怎么才能得到机会或者所谓的重用。我回答他们就两个字：放心。很多人不理解，我就问他们：你在上学时家长对你学习放心吗？你在工作中周围同事和领导对你放心吗？朋友委托一件事于你朋友放心吗？如果对你放心，就是对你最大的肯定和信任。

一个人要让大家或者上司放心，是日积月累的结果，是自己的能力、道德水准、工作作风、为人处世、言谈举止等多方面综合的结果。如果你能力很强，但无法处理好周围的环境关系，你就无法带领好团队，也就无法很好地完成任务；如果你性格暴躁，不懂得选人用人，不懂得控制自己的情绪，处事不够冷静，这样怎么会让领导和同事放心呢，又怎么能够得到很好的机会呢？

所以对一个人放心是极高的评价，也是极大的肯定。但我们必须要从内到外提高自己，不断完善自己，不断反省自己，这样我们就可以不断得到对自己有利的一个放心环境。

放心是一种标准，放心是一种综合肯定，放心更是一种绝好机会。

第五十五章

耐力变能力

耐力不是天生的，更多是在经历了很多历练之后形成的，是一直持之以恒的毅力和耐心，在耐力形成的过程中或许经历很多失败很多摔倒，也许有人就放弃了，也许有人就会变得越来越急躁了。同时，耐力也不是一天就可以形成的，需要一步一步脚踏实地慢慢形成的，最后变成了一种素质和素养。

总是有一些刚参加工作的年轻人，在两三年之内换了五六个单位，而且离开时从来不检讨自己的问题，总是认为单位一大堆问题，总认为单位好像又要黄。殊不知当他离开后单位一样存在，一样在发展，一样在壮大。我认为除了年轻人对问题的看法存在过激和偏差外，更多的是缺乏耐心和耐力，什么事情都想急于求成：一旦在工作中遇上一点挫折或者自认为的不满意，第一反应就是辞职，去寻找能够满足自己一切要求的单位；但是一个单位又一个单位，依然如故，于是辞职成了家常便饭。

很少能看到他们从自身角度去分析问题，坚持不懈去解决问题，用一种不服输的精神去克服问题，这样下去就会在时间快速离去的过程中一事无成。

我现在所工作的集团中，目前职务相对较高的岗位，都是由在集团工作年限很长的资深人士担任，对于我这种半路出家的晋升机会相对较少，刚开始我不理解，还想为什么不能给予我们平等的机会呢？慢慢地我也悟出了一些道理，他们能用 20 年以上的时间在同一单位服务，其实本身就是一种能力的体现，特别需要一种耐力。因为在这么多年的工作中他们也遇到了各种困难、各种挫折，能够一步一步走到今天绝对是一种本事，有很多独到的优秀品质。到今天他们掌握着更多的资源，能够将自己的能力发挥得淋漓尽致，绝对不是偶然的。从表面上看，我自己认为在很多方面不比他们差，但是一个最大的差距就是：我在集团内部没有像他们一样有丰富的人脉资源，还远远未达到让上下左右认识我、认可我的时候，更没有让更高领导在全盘的棋盘上考虑我的时候，虽然我在努力改变这一切，但起步晚了，起点低了，对今天的局面不满意我也只能尽力而为了。我慢慢释怀了，慢慢理解了这个环境，慢慢明白了：这些年我不缺乏聪明、不缺乏岗位、不缺乏干劲，但缺乏了耐力、耐心，所以得到了很多机会也失去了很多机会，错过了很多机会。

这一切不是上天的不公，完全是自己一手造成的，认识到了就需要行动来改变自己。

一次偶然的机会我在北京奥森公园看到了很多跑步团周末训练，我也突发奇想能否和他们一起跑跑，虽然我经常跑步但从没有系统训练过，也从来没有想过参加马拉松，也一直以为那是我能力和耐力都不可及的。但是当我看到跑团中有年龄比我大的，有跑步比我慢的，有跑姿不那么正确的，在聊天过程中得知他们都是跑过好几个马拉松了。我想我是不是也可以和他们一样呢？于是参加他们跑团的训练，但前几次跑五公里都是那么费劲，看到他们很有节奏一个五公里又一个五公里，我想难道我真不是跑步的材料吗？当上气不接下气时真想放弃，但是我告诉自己不能再犯老毛病，否则真是今生一事无成。于是我咬牙再咬牙，克服了一个又一个困难，当我在半年后第一次参加北京长跑节半程马拉松，而且第一次就突破两小时，我如此兴奋又如此冷静。因为我知道成功了，不是跑步成绩的成功而是耐力耐心的成功。当半个月后参加全程马拉松又取得了较好的成绩时，我知道我锻炼耐力的目的达到了，因为在所有人都知道的 30 公里撞墙时，我咬着牙一步一步向前迈进，当到了 35 公里时看到了希望就在前面，而最后的 7 公里因为缺乏经验而非常艰难但决不轻言放弃，终于到达了终点，而且成绩超出很多人，我告诫我自己没有克服不了的困难，关键在耐力和耐心，所以我母亲和家人反对我跑马拉松时，我知道他们是出于好心和爱护，但他们不知道我是在锻炼我的耐力。在后来一个又一个半马或者全马的过程中，我的耐力变成了我跑马拉松的能力了，因为我已经不惧怕了，没有心理障碍了。

第五十六章

烟酒须少沾

其实从小到现在我就没抽过烟，也从来没有学过抽烟。但是在生活中抽烟的朋友很多。我的一个非常好的同门师兄，因为我们在大学期间就熟悉并且关系很好，到北京后我们关系也一直很好，我们几位也经常一起玩牌打麻将，麻将不在输赢在过程，可是我最不喜欢的是他们抽烟。我的这位师兄一条烟不够他打麻将时抽的，到最后还要满地找烟屁股抽。我们一直劝他少抽，他说哪位领袖抽烟活到了多少，所以连他老婆孩子都没办法。然而这两年，他由于过度抽烟所引起的疾病完全让他变形了，幸好抢救及时，保住了生命，现在他烟酒完全不敢沾了。

自己也是没有控制好自己，虽然不抽烟，但没有控制好喝酒。我本质上是完全不能喝酒的那一种，喝一小口脸就红得要命。但好像受了很多社会影响，好像不喝酒就交不了朋友、就无法做买卖、就干不成事情。所以每次喝酒都非常难受并且呕吐，但还是要逞能好像永远有种不服输的冲劲。记得 2001 年，我喝酒到了天翻地覆的地步。因为工作的原因我一周五天喝酒，并且是一喝就得一个人必须一斤以上，因为我官大他们都必须喝，当时以为他们都佩服我，实际上背后都骂我，所以到后来酒量小的都躲着我。因为喝酒，我身体就远远不如以前了，血压、血糖很不稳定，医生说这完全是自己生活不规律造成的，现在悔之晚矣，只好现在控制自己不再喝酒了，但还是很难弥补以前喝酒造成的伤害。

不喝酒不抽烟，就不能交朋友不能做生意了吗？在大多数人眼里是这样，原来我也这样认为。直到我认识了一位买卖做得很大的一个老板，我们沟通很好业务也谈得很好，最后双方按传统习惯一起吃饭，本来我要点两瓶酒，他说他不抽烟不喝酒。我问他你不抽烟不喝酒买卖怎么做得这么大。他告诉我说：靠烟酒做的买卖不是买卖，靠烟酒交的朋友不是朋友，并且告诉我买卖只要处理好双方的利益关系就一定长久，朋友只要双方真诚就会久远。我对他讲的话思考了一个月，感觉到非常有哲理，而且非常简单。从此我就慢慢戒酒了，事实证明他是对的，不喝酒一样有朋友，一样做事情。

我身边的一些朋友、同事，很多因为抽烟喝酒最后都是疾病缠身。为什么一定要到了这个时候人们才会醒悟呢？为什么很多人明明知道喝酒抽烟对身体非常不好，还要劝别人呢？是文化的原因还是自己的原因呢？

现在上海、广州很少有人劝酒了，是不是与地方的发达程度有关系呢？还有很多地方用喝酒的多少来衡量对客人的重视程度和亲密程度，但是现在越来越多的人为了自己也为了别人的身体，也开始不劝酒了。我的儿子这方面做得很好，和我一样不抽烟，酒可以喝一点，但他控制得很好，在他大学毕业季节也是保持每次聚会都是最清醒的一个，这方面值得我学习。

喝酒抽烟伤害自己身体，喝酒抽烟让父母担心受怕，喝酒抽烟让老婆家人苦不堪言。

没有烟酒一样交朋友，没有烟酒一样做买卖。

烟酒今天伤害没来，总有一天会来；烟酒能让你一时高兴但会让你苦闷后半生。

烟酒能不沾就不沾，能少沾就少沾，要做到适度适量。

有度烟酒有度人生。

第五十七章

健康最重要

今天我们看到各大城市，甚至包括很多乡村，很多人都在跳广场舞，各种健身锻炼人越来越多，长跑呀游泳啊爬山啦等，但是不难看出参加各种锻炼活动的人群都是四十岁以上偏多，三十岁以下的很少，为什么呢？

是年轻人身体不重要吗？显然不是，那又为什么他们不锻炼呢？我感觉一是他们确实工作学习比较忙，时间比较紧张，同时他们还年轻身体状态也很好。所以这个群体还感觉不到锻炼身体的重要性，所以他们没有锻炼身体的主观愿望，认为锻炼身体是老同志的事情。

年龄大的人为什么喜欢锻炼呢？包括铺天盖地的各地马拉松，也有很多年龄大的人呢？我感觉到了40岁特别是50岁以上的人，已经到了人不找病病找人的阶段，但是一个重要的原因是疾病不是突然来临的，一定是日积月累的结果。

我深深感觉到年轻时不注重锻炼甚至各种熬夜、喝酒、吸二手烟，管不住自己的嘴，该吃的吃了，不该吃也胡乱吃，自己以为从不会去医院，一直感觉身体棒棒的，各种疾病与自己无关，到了现在慢慢地该来的都来了。乱吃的结果是什么呢？各种指标偏高，什么脂肪肝呀，什么血压高呀，什么血糖高呀，什么胆固醇高呀等，这些按照大夫的说法基本与吃有关系，现在很多东西大夫又不让吃了或者控制着吃。于是，大夫开的普遍良方就是加强锻炼和控制饮食。控制饮食是一件极其痛苦的事情，你喜欢的东西你不能吃了或者只能尝尝了，喜欢喝的也不能喝了或者也只能尝尝了；大鱼大肉不利于健康可是没鱼没肉也不利于健康；所以年轻时过度了，到时候就一定要找回来。但关键是找不回来了。那么只有控制了，食欲不能满足还要控制，是不是对很多人来说是一件极其痛苦的事情呢？但是如果年轻时让我们控制食欲、控制饮食，我们能够接受吗？不能吧。因为只有事实才能教育我们，也只有发生在自己身上以后才能让自己醒悟，但确实有点晚了，但晚不等于就要放弃，所以学会控制饮食是自己必须面对的。

关于锻炼更是一个不得不说的话题，我们在学校时，包括上大学时还有一些体育活动和锻炼机会，一旦参加工作后我们就放弃锻炼了，于是在学校风度翩翩的小伙子们，苗条可人的姑娘们，多年后个个改变了模样，当年的风度早已经远去了，大腹便便未老先衰，好像人间变了模样。个个聊天时都在提当年勇，可是谁也不会再有当年了啊！当不得不走进医院时，大夫要求加强锻炼的话不得不听啊，于是今天能看到很多人天天为了一万步，成了心理负担了。因为医生说每天一万步，健康后半生。这种教条式的健康又让很多走入了另外一个误区，为锻炼而痛苦地锻炼，于是不能乱吃又要强行锻炼，这都是年轻时惹下的祸害。

身体对你自己重要，对你家庭也重要。

原来以为事业重要，原来以为金钱重要，原来以为地位重要，原来以为权力重要，这一切也许很重要，因为这一切能为你带来荣耀、带来光环、带来满足，还能更多地能满足你的虚荣。但是按现在流行的说法这一切都是身外之物，你带不来也带不走，所以健康才是你自己的。

健康是快乐的源泉，健康是幸福的源泉，健康是梦想的源泉。

身体要健康，心理要健康。规律生活，适度饮食，适度锻炼，无论你在哪个年龄段这都是健康的先决条件。

意识到健康；行动为健康；努力为健康。行动吧，为了健康！

第五十八章

时光转眼间

时间的流逝确实不以任何人的意志为转移，无论你是伟人还是普通百姓；无论你在地球的南端还是在地球的北端；无论你是黄皮肤还是黑皮肤或者白皮肤，这一点对所有人来说都是公平的。

人们常说老了的标志就是该记住的却记不住了，该忘记的却忘不了了。我看我们中学同学朋友圈，还有小学同学朋友圈，基本上都是在不断回忆上学时的时光，他们能够记起很多上学时的细节，一起走过的路、一起说过的话、一起吃过的饭，还有一起暗恋过的谁谁谁。回忆几十年前的细节仿佛就在昨天。说实话，我自己很少去想起自己的年龄，老觉得自己还很年轻，心态好像还在 30 岁左右。但是同学们相聚时，总是不断提醒大家都不年轻了，要怎么怎么样。甚至还有同学经常提起你都多大多大了，还想怎么怎么样。意思是说不要在追求什么了，安于现状吧！包括我跑步锻炼或者跑马拉松，他们都是一半赞扬一半讽刺。似乎到了 50 岁就不能有任何想法了，可是我自己认为还年轻啊，跑马拉松我也是控制自己的节奏和关注自己的身体状态啊！在几次跑马拉松的过程中，我注意到了有一些年龄比我大不少的同志，依然如风般地奔驰在远方的路上。

是啊，仔细想想自己确实早已经不是18岁了，而且也早已远离了两个18岁了，自己没感觉到老，但在刚参加工作的学生眼中，我们已经是老前辈了。自己的家人也不时提醒自己老大不小了。想想也是，每次回到我出生的院子，早已经没有当年的感觉了：当初院子里的热闹被今天的荒凉代替了，当初院子里的美好记忆被今天的冷冷清清包围了。总想回去找到当年的感觉，但每次在心里都会有深深的失落和淡淡的伤感，仔细想想离开老家的院子已经几十年了，院子里的亲人和老一辈已经走了，吾辈及年轻一代也外出打工多年并且搬出了院子。我梦想总有一天回到老家，把院子好好整修一下，也可享受乡村之乐，不知道能否实现这个梦想，或许就会仅仅是个梦想吧?！因为在大都市生活久了回去不一定习惯了。

儿时一直希望自己快快长大，那时一个美好愿望就是早日离开；上学时一直希望早早毕业早日走入社会；参加工作也是希望自己尽快走上管理岗位。就这样一直在各种希望中长大了，慢慢变成熟了变老了。就这样时间在不知不觉中过去了。

我们受到的教育总是让我们要有梦想，要有理想，要有革命的远大志向。今天看来，这样的教育我个人认为是不完美的：因为一个社会绝大多数人是普通人是自然人，是有血有肉有各种欲望的凡人，所以大家追求的幸福是普通的幸福，普通的幸福有了，家庭也就幸福了，家庭幸福了，社会就和谐了，社会和谐了，伟大的中国梦就可以实现了。

时间是公平也是绝情的，公平在于谁也没有便宜可占，绝情在于流失得太快。年轻的时候总是说有的是时间，甚至是犯了错误也总认为有很多时间来修改，年轻的时候总是认为年轻就是资本，但这种资本也被每一个人浪费掉了。当你后悔时又觉得时间无可更改了。

于是很多关于心态的教育学说出现了。心态是教育出来的，但更多时候是自己经历以后自我悟出来的，没有刻骨铭心的反省和醒悟是不可能改变心态的。今天心灵鸡汤的东西太多，绝大多数人看心灵鸡汤时激动万分，甚至自己发誓要改变，可是基本上第二天就忘得一干二净了。所以，心灵鸡汤改变不了什么，时间才会改变一切，因为如果你不改变自己，时间就会是离你最近的坟墓。

不畏时间，因为什么时候都不晚；

珍惜时间，因为时间不会因为自己错过而停顿；

忘记时间，因为你所有的努力都会因为时间而得到回报。

第五十九章

人生不反转

人生最大的平等就是所有人的时间都是一样的，不会顾此失彼；同时另一方面的公平体现在，任何人走过的路都不可能给你机会再走一次。人生面临一次又一次的选择，无论我们怎样选择都会失去另外的选择，所以选择是一种偶然选择也是一种赌博。但你是否愿赌服输呢？

在现实生活中，人们经常后悔做了什么、做错了什么，也常常听到说如果当初怎样现在就会怎样怎样。可是从经济学的常识看这就是机会成本，因为你的选择一定会失去另外的选择，也就是要承担失去另外选择的成本，也许另外的选择得到的结果会更好。但是在同一时间、同一地点和同一空间，有很多选择时，我们也只能选择一种方案。

高考时，我选择了农业院校放弃了重庆大学，这一选择我从来没有后悔过，重庆大学是一所好大学，但我到了西南农学院遇到了对我十分信赖和欣赏的老师，给予了我很多锻炼的机会并且得到了不少荣誉；大学毕业时选择到了北京服从学校安排当了老师，我内心一直希望来到北京，但为什么来北京，今天看来更多的是虚荣心在作祟，当老师是我从小到大都没有想过的事，当初基本上是不情愿的，可是我没有坚持自己的意见。今天看来当老师也培养了我，让我读了很多书，提高了讲课和演讲技巧，靠口才和演讲水平也让我得到了不少机会。

后来离开学校寻找不同的工作岗位和行业，无论过去还是现在，我都感觉有点盲目了，自己并没有非常肯定的方向和职业规划，一次次盲目的选择不仅仅是浪费了时间，而是会让自己心灵上受到不同的煎熬，多次的选择都会让自己被动万分。现在看来不是每次选择有多少错误，而是因为自己更多的价值观有问题：总是喜欢站在不同的角度用不太正确的标准去衡量公司和别人，所以以为自己都是正确的，总是领导和同事不如自己，这样就失去了一个又一个今天看来非常好的机会。

我在思考人生时，充分意识到选择虽然重要，坚持才是最重要，没有坚持，选择也就是一种浪费，没有坚持，就体现不了什么样的选择是理想的。放弃往往都是在离胜利不远的地方，任何人成功的背后都是痛苦的煎熬和坚持。这个道理是我喜欢上马拉松后悟出来的。当我第一次参加全程马拉松跑到大概35公里时，确实到了我的极限，一直想放弃甚至连死的心都有了，一位跑过马拉松的跑者这个时候陪着我、鼓励我、带着我，当我终于跑过42.195公里的终点线时，我成功了！

于是我回想：这么多年换了不少工作，每一次的放弃和再选择都是我没有调整好自己，没有适应环境的变化，没有咬牙坚持，至少是没有调整好自己的心态，以为换个岗位就好了，殊不知好像就成了习惯。为了证明我的醒悟是否正确，我参加了好几次全程马拉松了，尽管家人不太支持，并且每次跑都会遇上新的问题，但我心理上已经不畏惧了，各种新情况我也知道该如何去应对和调整了。无论每一次成绩怎样，最起码我知道坚持到终点了，因为过程中我可以去调整脚步、调整节奏、调整步幅、调整快慢了，这就是跑步带给我的收获。

心平静不慌乱，按照自己的节奏，平均用力，合理分布体力就一定会安全到达胜利的彼岸，当然这一切都是需要自己平常的积累和练习。

长距离跑步就和工作完全一样，没有任何机会让自己再来一次，只有下一次。一次马拉松不理想没关系，因为有下一次，一次工作不成功也没关系，因为还有很多机会。

人生没有后悔药，不后悔不反悔。珍惜自己的选择，坚持自己的选择，抓住自己的选择。

走过的路就让它过去吧，迈好自己的脚步，眼睛盯住前方，一步一步往前走。

人生不反转。

后记　从平凡到平凡

对我来说，曾经有过很多的梦想。三十年过去了，就在一瞬间。无论哪个阶段，自己都不曾停下脚步，细细想来很多梦想还是实现了，只不过没有所谓的辉煌罢了。

提笔写这本书，算是对自己的一个回顾和总结，也是对自己的一些修正。与我有类似经历的人很多，我们的经历，是自己的历史也是时代变革的缩影。在历史的长河中，三十年就是一瞬间，而对于个体的我来说，却是最黄金的三十年。三十年来，从一个平凡走向另一个平凡，真真体会到了平凡也是一种生活和一种幸福。我祝愿我自己和有缘阅读这本书的朋友们，在平凡中幸福开心地过好每一个平凡的日子。

一个字一个字地写，写出来这么多字，算是对自己的一个交代吧。

这本书今天能够出版，我要特别感谢我的夫人和儿子，作为最重要的两位读者，他们给我提出了很多修改意见，尽管最后也不尽完美。

在初稿形成之后，我也特别邀请了我的几位朋友给我提出宝贵的意见。在北京事业有成的马继芳女士，百忙之中认认真真地审读了我的初稿，并从一个成功人士的角度提出了建议，还亲自动手修改了不少内容。远在成都的小学同学肖小玲女士，花了好几天时间认真研读和修改。我还邀请了80后的高异凡先生和 90 后的陈乾先生帮我审阅，并去听他们年轻人对本书的建议和判断。

正是朋友们给予我鼓励和支持，才使得我有信心和决心出版这本书。但愿能够和有缘阅读这本书的朋友们，共享我这三十年的心路历程，并产生共鸣。

三十年来，在我的职业生涯中，有很多领导、同事和朋友们，给予了我很大的帮助和关怀，我一直心存感激。我祝愿你们每一个人，都家庭幸福，开心每一天！

本书出版过程中，有劳曹志杰编辑的细心、认真工作，才使本书如期出版。

特别感谢江苏团结农牧发展有限公司杨团结先生的大力支持！

林建华

2017 年 4 月 12 日